KB062967

갠지스강

갠지스강

최희영 장편소설

목 차

작가의 말

에필로그

7년 전, 회사일로 인도에 출장을 간 적이 있었다. 장기출장이라 경비도 아낄 겸 호텔을 뒤로하고 뉴델리 인근 구르가온 게스트하우스에서 2년 정도 머물렀다. 인도는 축제가 많다. 9월부터 두세라 축제, 디왈리 축제, 그리고 년 초에 열리는 홀리 축제가 그것이다. 축제 기간은 짧게는 일주일에서 길게는 보름 동안 열리는데 나에게도 카쉬(바라나시)를 여행할 기회가 생겼다. 세계 4대 문명 발상지라는 갠지스문명, 잔뜩 기대를 품으면서 말이다.

카쉬는 바라나시의 옛 이름이다. 생명을 가진 모든 것의 어머니라는 갠지스강 유역의 성지 중의 성지, 이름을 외우는 것만으로도 모든 능력을 얻을 수 있고, 세상의 종말이 와도 카쉬는 없어지지 않는다고 그들은 말한다. 카쉬는 만물 중에 있는 것이 아니라 중심에 있기 때문이라고. 믿거나 말거나지만, 아무튼 수많은 사람들이 드나드는 것을 보면 성스러운 곳인 것만은 확실했다. 인간의 삶과 죽음이 공존하는 곳, 죽음을 앞둔 인도사람들이 구원을 받으려고 들른다는 곳이다.

인도를 여행하다 보면 선사시대와 초현대를 동시에 실감할 수 있다. 초고층 빌딩 아래에서 천막을 짓고 사는 사람들이 무수히 많은 것을 볼 수 있다. 엄청난 저택에서 비대한 몸집에 넥타이를 매고 유럽산 고급 승용차를 타고 출근하는 사람들이 있는가 하면, 빌딩 옆 공터에서 천막을 치고 하루 한 끼도 먹지 못해 삐쩍 마른 걸인들이 구걸하는 모습도 흔하게 볼 수 있다. 카스트(브라만, 크샤트리아, 수드라, 바이샤, 그리고 달리트) 제도가 아직까지 존재하는 나라 신기하기도 하고 아이러니했다.

나는 인도의 계급 문화(카스트 제도)가 현재까지 존재한다는 것을 이해할 수가 없었다. 사람이라면 누구나 평등과 자유를 누리고 싶을 것이다. 인구수는 13억 명(15억 명이라고 함), 그들 대부분은 궁핍하게 산다고 했다. 게다가 최하층민인 달리트만 해도 10%(1억5천만 명)를 웃돈다고 했다. 그런데도 그들의 표정은 두려움이나 긴박감보다 편안하고 평화롭게 느껴지는 이유는 무엇일까.

우리는 하루하루를 긴장 속에서 살아간다. 너를 이기지 못하면 내가 죽을 수 있다는 위기의식에서 벗어날 수 없는 게 현실이다. 자칫 한눈을 팔았다가는 나락으로 떨어져 버린다. 범죄는 이런 위기의식 속에서 비롯되는 것은 아닐까.

콜린 윌슨은 그의 저서 『인류의 범죄사』에서 에이브러햄 매슬로의 논문을 소개했는데, 이 논문에서 매슬로는 인간을 '욕구 단계' 또는 '가치 단계' 측면에서 설명하는데, 4단계의 범주가 있다고 했다. 이를테면, 생리적 욕구, 안전의 욕구, 소속감과 애정의 욕구, 존경의 욕구가 있으며, 그 욕구 단계를 넘어 5번째 또다른 욕구가 있다고 주장했다. 그것은 바로 '자아실현의 욕구'로 그 자체로 즐겁기 때문에 알고 이해하고 창조하는 문제를 해결하고자 하는 욕구를 주장했다. 그리고 대부분의 사람들은 4단계에서 머무른다고 했다. 그의 논문에 의하면 결국, 사람은 욕구 단계를 충족하기 위해 범죄를 저지른다고 했다.

1999년 경상남도 의령에서 보험설계사 박정숙(가명) 살해사건이 발생했다. 그러나 경찰은 이 살해사건의 범인을 검거하지 못한 채 미궁으로 빠졌고, 2009년, 사건이 일어난 지 10년이 지나면서 공소시효가 지나 미제사건으로 남았다. 공소시효가 얼마 남지 않을 즈음 모 방송 추적 프로그램에서 이 사건이 재조명되었지만, 용의 선상에 올랐던 피해자의 남편도 이미 죽은 뒤라 사건은 풀어나갈 실마리가 매몰되고 말았다. 그리고 사건의 증거들도 세월에 묻혀버렸다. 완전 범죄인 셈이다.

'완전 범죄?'

가능한 일일까. 매일 매일 마주치는 사람들과 사람들, 미디어 매체가 홍수처럼 쏟아지고 인터넷을 통한 정보를 실시간으로 접하는데, 살인을 저지른 범인이 숨을 곳이 있을 것 같지 않았다.

적어도 우리나라에서는 말이다. 하지만, 미제사건이 의외로 많다. 대표적으로 김천 개구리 청소년 실종사건과 화성 연쇄살인 사건이다. 이처럼 굵직한 사건들도 범인을 특정하지 못하는데, 매스컴의 관심을 끌지 못하는 단순 미제사건들은 영원히 완전범죄로 묻혀버리는 게 안타까웠다.

나는 방송사의 추적 프로그램을 통해 우연히 보험설계사 박정숙(가명) 살해사건을 접하게 되면서 자연스럽게 갠지스강 강가의 바라나시를 떠올리게 되었다. 바라나시는 죽음으로 통하는 길목(인도사람들은 구원이라고 한다)이다. 고집스러운 염소들과 삐쩍 마른 소들이 도로를 점령하는 더러운 도시, 하루 한 끼도 못 먹어 가죽만 남은 걸인들이 득실거리는 도시, 어느 누구도 간섭하려 하지 않고 간섭받지도 않는다. 인도사람들은 성스러운 곳이라지만, 내가 본 바라나시는 범인들이 숨어 살기에 적합하고 은닉시켜줄 수 있는 최고의 도시라는 생각이 들었다. 만약, 한국에서 범죄를 저지르고 이곳까지 무사히 탈출할 수 있다면, 아무리 뛰어난 수사관이라도 용의자를 쉽게 검거하지 못할 거라는 확신이 들었다.

'장편소설 갠지스강'은 내가 인도 출장 동안 머물렀던 인도 뉴델리 인근 신도시 구르가온 섹트37의 아리랑게스트하우스가 배경이다. 갠지스강을 탈고한 뒤 구글지도를 검색해보니 불행하게도 영업을 접은 것 같았다. 어떤 이유인지 모르지만, 폐업한 것으로 확인됐다.

    범죄의 재구성이라는 식상한 주제기는 하나 인도라는 배경에 초점을 맞추다 보면 조금은 덜 지루하게 읽히지 않을까, 조심스럽게 기대해 본다. 아무쪼록 끝까지 읽어줬으면 하는 바람이다.

부천에서 최희영

1부, 도망자

1,

비행기가 하늘로 솟구쳤다. 기압 때문인지 귓구멍이 먹먹해 코를 잡고 숨을 길게 내쉬었다. 고막이 찢어질 것같이 아팠다. 비행기를 탈 때마다 겪는 일인데, 별도리 없는 게 더 짜증이 났다. 창밖을 내다보았다. 남산타워 첨탑 조명이 비행기 날개 끝자락을 오르내리며 조급거렸다.

'돌아올 수 있을까?'

인천국제공항을 이륙하자 졸음이 몰려왔다. 끝없이 내려오는 눈까풀, 강수복은 눈을 부릅떴다. 그러나 그뿐이었다.

"현재 델리 기상 상황은 매우 양호해 삼십 분 후면 인디라간 디국제공항에 도착할 예정입니다. 델리의 현재 온도는 47도, 습도는 40퍼센트로 승객 여러분의 여행에 참고하시기 바라며, 우리 비행기는 잠시 후 착륙하겠습니다. 장시간 여행에 수고하셨습니다. 목적지까지 안전하게 가시기 바랍니다."

속도감 있는 영어 방송에 이어 어눌한 한국어 방송이 끝나자 스튜어디스들이 의자를 바로 세웠다. 싱가포르 창이공항에서 인도행 비행기로 환승할 때까지 멍하더니 뉴델리 인디라간디국제공항에 착륙한다는 기내 방송을 들은 뒤 인천국제공항 탑승 게이트에서 보았던 뉴스가 언뜻 떠올라 온몸의 털끝이 곤두섰다.

경상남도 의령에서 발생한 보험설계사 살인사건이 공소시효가 지났다는 이유로 영구 미제사건으로 처리해버린 경찰을 비난하는 뉴스였다. 텔레비전 화면이 바뀌려는데 탑승을 서둘라는 안내방송이 흘러나왔다.

강수복은 탑승구를 바라보았다. 마지막 승객이 여권과 탑승권을 안내원에게 내밀고 있었다.

—다음 뉴스는….

S은행 전경이 텔레비전 화면에 클로즈업되었다.

강수복은 대기석에서 일어나 탑승구로 향했다.

"손님, 탑승권과 여권 보여주세요."

"…."

다음 뉴스가 궁금해 고개를 돌렸으나 텔레비전 화면을 보기에는 너무 멀었다.

"손님, 서두르셔야 합니다."

13

탑승 안내원이 강수복을 재촉했다.

'10년 동안 범인을 잡지 못했다니….'

강수복은 보험설계사 살인사건보다 화면에 클로즈업되었던 S 은행 뉴스가 더 궁금했다.

"손님, 탑승권 보여주세요?"

탑승을 서둘러 달라는 안내원의 독촉에 다음 뉴스를 보지 못한 게 강수복은 아쉬웠다.

강수복은 여권 갈피에 끼워두었던 입국 카드를 꺼내려고 슈터 안주머니에 손을 넣었다. 만년필이 손끝에 걸렸다. 출국 채비를 하다가 책상 서랍에서 발견한 해묵은 만년필과 다이어리 한 권이었다.

샌디에이고주립대학교 어학연수원을 수료하고 본과 입학을 며칠 앞뒀을 때였는데, 학기 내내 발음을 교정해주던 인도 유학생이 선물해준 독일산 몽블랑 만년필이었다. 그녀의 것은 빨간색 셸에 금장 클립이었고, 강수복의 것은 검은색 셸에 금장 클립이었다. 교내 매점에서 살 수가 없어 MTS 버스(일반 시내버스)로 한 시간이나 걸리는 샌디에이고 중심가 파라다이스 쇼핑센터에 함께 갔던 기억이 어슴푸레했다. 성공과 존경의 의미가 담겨있다던 몽블랑 만년필, 삼십 년 동안 책상 서랍에 용하게 보관돼 있었다니….

'프레안카 프리야드시니….'

잊을 수 없는 이름이었다. 금장식 클립이 예뻐 슈터 앞주머니에 꽂으면 괜찮을 거라고, 하얀 이를 드러내며 활짝 웃던 모습만 희미하게 떠올랐다.

다이어리를 펼쳤다. 갈피마다 익숙한 사람들의 이름과 숫자들이 빼곡하게 적혀있었다.

'다이어리가 나를 살려줄지도 몰라….'

강수복은 다이어리를 캐리어 깊숙이 집어넣고 만년필을 슈터 안주머니에 꽂는 데 오랜 시간이 걸리지 않았다.

지옥 같았던 시간이 파노라마처럼 지나갔다.

워싱턴 DC로부터 시작한 리먼브러더스 금융 사태는 한국의 은행들을 금세 집어삼켰다. S 은행에서 빌린 돈을 갚으라는 통지가 왔다. 그때 사업을 포기해야 했다. 혜지의 판단을 믿었다가 결국 회사는 어려워졌다. 그러나 그녀를 원망하지 않았다. 책임은 강수복의 몫이기 때문이었다. 부도를 막기 위해 은행으로 출근하다시피 했다. 최종 부도를 막지 못하면 부모에게 물려받은 재산까지 몽땅 날릴 수 있었지만, 수습할 방법이 없었다. 어쩌면 부도나기를 바랐는지도 몰랐다. 회생한다 해도 경영할 자신도 없었다. 월말이면 그만 바라보던 직원들의 참혹한 눈빛들이 하나둘 원망으로 바뀔 때 그들을 마주할 자신도 없었다.

강수복은 죽음을 생각했다. 죽음, 그다음은 무엇일까. 직원들의 원망스러운 눈빛을 보지 않아도 될 것 같았다. 그리고 적어도 지금보다 나을 거라는… 확신. 그 생각뿐, 단지 그 생각 때문에…. 아파트 베란다 창문을 열었다.

"오빠, 그만둬!"

혜지의 단호한 목소리에 강수복은 꼼짝할 수 없었다. 그리고 그녀의 품속에 얼굴을 묻고 눈물을 보였을 때 그저 등만 쓰다듬어 주었다. 그날 밤 이후 혜지가 무릎을 내주지 않으면 강수복은 잠조차 잘 수 없었다.

"오빠, 해외 가서 바람이나 쐬고 와."

강수복은 혜지의 얼굴을 빤히 바라보았다. 그녀는 아무 말도 하지 않았다. 다음날 새벽, 동이 트기 전, 여권과 탑승권을 받아 들고 인천국제공항으로 출발할 때, 혜지 얼굴에 비쳤던 결연함, 소름이 돋을 만큼 침착한 그녀 모습에 살아야겠다고 생각했다.

'그래, 어떻게든 살자.'

만년필 뚜껑을 열었다. 펜촉이 밝게 빛났다. 여권 갈피에 넣어두었던 입국 가드를 펴놓고 만년필을 눌렀다. 펜촉만 누렇게 갈라졌다. 책상 서랍에 30년을 묵혀두었으니 잉크가 마를 수밖에.

여권을 폈다.

─MIN JAE KIM

낯선 이름이 여권 윗부분을 차지하고 있었다. 뉴델리 인디라 간디국제공항에 비행기가 착륙한다는 기내 방송을 듣는 순간, 인천국제공항 출국심사대를 통과할 때만큼 긴장되지 않았지만, 김민재라는 이름이 강수복의 뒤통수를 조였다.

'김민재는 누굴까?'

입국 카드에 비행 편명과 여권번호를 적은 뒤 국적을 기록했다. '대한민국' 알 수 없는 분노에 가슴이 울컥했다. 돈을 빼돌리는 게 죄라면 대부분의 기업 대표들은 교도소에 가야 할 것이다. 다만, 그들은 운이 좋았을 뿐이다. 재수 없게 걸려들어 가본 적도 없는 생면부지의 나라 인도까지 도망을 가야 하다니….

강수복은 출입국카드를 뒤집어 위험 물질을 체크하고 다음 칸을 보았다.

'외환 지참금?'

지갑에는 3천 달러가 들어있었다. 다행히 상한액이 5천 달러였다. 그런데 캐리어에 감춰둔 만 달러가 문제였다. 어떻게 하지. 신고를 해야 하나…? 백 달러 지폐를 궐련처럼 말아 캐리어 모서리에 한 땀 한 땀 바늘로 꿰매던 혜지의 야무진 모습이 떠올랐다.

"오빠, 만 달러야."

"어, …."

강수복은 혜지의 말이 귀에 들어오지 않았다.

"이 돈이면 육 개월은 버틸 수 있을 거야."

혜지는 입술을 꼭 다물었다.

'육 개월이라….'

강수복은 아무 말도 못 하고 혜지만 멍하게 바라보았다.

'육 개월 뒤에 대한민국으로 돌아올 수 있을까….'

인천국제공항 보안검색대는 무사히 통과했다. 그러나 인디라 간디국제공항 입국심사대를 무사히 통과한다는 보장은 없었다. 발각되기라도 하면 만 달러를 압류당하는 게 문제가 아니었다. 인도 땅은 밟아보기도 전에 한국으로 압송될 것이다. 그렇게 되면 모든 게 끝장이다. 강수복은 마음을 단단히 먹었다.

'인천국세공항보디야 보안 검색이 허술하겠지….'

설혹, 압송된다고 하더라도 혜지가 해결해 줄 거라는 확신도 들었다. 종이에 돌돌 말은 백 달러 지폐처럼 그녀는 야무졌다. 혹시라도 하는 생각에 힐끗 주위를 살폈다. 덩치 큰 인도사람이 강수복을 바라보고 있었다. 움찔했다. 그러나 아무렇지도 않은 척 입국 카드를 썼다.

'문제없을 거야….'

비행기가 착륙하는지 귀가 먹먹했다. 강수복은 코를 잡고 숨을 내쉬었다. 그렇게라도 하지 않으면 가슴이 벌렁거려 견딜 수 없을 것 같았다. 출국 금지가 되고 적색수배령이 내려지려면 빨라도 일주일이라고 혜지가 말했다. 하지만, 강수복의 출국 사실이 발각되면 시차까지 고려해도 인디라간디국제공항 입국관리소까지 4시간이면 충분했다.

'설마, 적색수배가 내려진 것은 아니겠지….'

혜지가 일주일이라고 말했을 때는 이유가 있었을 것이다. 그렇지만, 그녀의 정보가 틀렸다면, 엑스400(인터폴 통신망)으로 인도 중앙정부 경찰국 외사국(인터폴)과 통화하기에 충분한 시간이다. 자칫 공항에서 미적거리다 입국 심사가 늦어져 발각이라도 되면, 추방당하는 것은 시간문제였다.

강수복은 입을 벌려 몸 안의 기압을 한 번 더 조절했다. 항로를 알려주는 불빛들이 유령처럼 비행기로 달려들었다. 숨이 가빴다. 비행기 바퀴가 활주로에 부딪치는 소리가 둔탁하게 들리고 몸뚱이가 허공으로 튕겼다.

"우리 비행기는 인디라간디국제공항에 무사히 도착했습니다. 승객 여러분께서는 비행기가 완전히 멈출 때까지 안전벨트를 맨 채 자리에 앉아 기다려주시기 바랍니다."

스튜어디스의 낭랑한 목소리가 채 끝나기도 전에 승객들이 우르르 자리에서 일어나 화물 트렁크에서 수화물을 꺼냈다. 강수복도 캐리어를 꺼내 들고 승객들 사이로 민첩하게 움직였다. 그의 머릿속에는 다른 사람들보다 먼저 입국심사대까지 도착해야겠다는 생각밖에 없었다.

입국심사를 받으려는 사람들이 길게 늘어섰다.

'어떻게 하지….'

심사원들의 눈에 띄지 않으려고 덩치 큰 인도사람 뒤에 바짝 붙어 섰다. 그의 행동이 어설펐던지 앞에 섰던 인도사람이 뒤를 돌아보며 히죽이 웃었다. 얼떨결에 강수복도 비굴한 웃음을 날렸다.

입국 심사원은 느긋했다. 검은 피부에 건장한 체구, 백인도 흑인도 아닌 또 다른 인종이었다. 귀밑까지 터번을 눌러쓰고 금방이라도 목덜미를 낚아챌 것같이 매서운 눈초리, 인천국제공항에서 출국 심사를 받을 때 분위기와 완전히 달랐다. 강수복은 주위를 둘러보았다. 싱가포르 창이공항까지는 한국사람들이 더러 보였는데, 인도 뉴델리행 비행기로 갈아탄 뒤로 보이지 않았다.

누릿한 냄새가 콧구멍을 자극했다. 미칠 것 같았다. 거기에다 한결같은 콧수염과 덥수룩한 구레나룻을 기른 덩치 큰 남자들, 반디(결혼한 여성은 붉은색, 남편이 죽은 여성은 검은색으로 이마에 찍는 작은 점)를 이마에 찍은 비대한 인도 여인들의 뒤를 따라가려니 강수복은 속이 터질 것 같았다.

'제기랄!'

앞에 섰던 덩치 큰 인도 사람도 보이지 않았다. 도움이라도 받으려고 비굴한 웃음까지 날렸는데…. 주위를 살펴보았다. 도움을 받을 만한 사람은 눈에 띄지 않았다. 강수복은 입국 카드를 한 번 더 살폈다. 5천 달러, 외환 보유 상한액이 확실했다. 여행용 가방을 돌아보았다. 캐리어 모서리마다 꽉 쬐게 매달린 백 달러 지폐가 아우성치고 있었다.

유럽 관광객이 입국심사대를 빠져나가고 붉은색 터번을 눌러쓴 입국 심사원이 머리를 좌우로 흔들었다. 느려 터져만 보이던 그의 눈초리가 갑자기 예리해졌다.

'검색대 앞으로 오라는 것일까?'

강수복은 기다려야 할지 말지 잠시 망설이다 입국 심사대로
다가가 여권과 탑승권을 내밀었다. 입국 심사원이 그를 힐끗 보
더니, 여권 갈피를 뒤적거렸다. 그리고 고개를 들고 콧수염을 실
룩거렸다. 가슴이 덜컥했다. 뒤이어 스탬프 찍는 소리가 들렸다.
여권을 테이블 위에 올려놓고 턱을 좌우로 흔들었다. 들어가야
할지 말지 망설이는데 이번에는 턱을 아래위로 흔들며 싱긋 웃
었다. 소름이 돋았다.

"탱큐 서어."

강수복은 한 번 더 비굴한 웃음을 날렸다. 그리고 공항 출구
를 향해 앞만 보고 걸었다. 공항을 빠져나가는 게 우선이었다.
승객들이 수화물 컨베이어를 뺑 둘러싸고 장사진을 치고 있었
다. 6개월을 버티려면 필요한 게 많았다. 옷가지와 생필품만 해
도 수화물 트렁크 한 개로는 부족했다. 그런데, 수화물 트렁크가
불편할 거라며 기내 캐리어를 이용하라던 혜지의 말이 그때야
이해됐다.

인디라간디국제공항 청사를 나서자 숨이 턱턱 막혔다. 어깨
에 잔뜩 힘을 주던 입국 심사원의 끈적끈적한 눈길도 뉴델리의
더운 열기보다 덜 했다. 공항청사 출구에는 여행객을 기다리는
까만 사람들로 북적거렸다. 알파벳 피켓(A4 용지에 이름을 적
은)을 흔들며 그들이 기다리는 사람을 찾아 열을 올리고 있었다.
그들은 열광적이며 거칠어 강수복의 캐리어를 가만히 놓아둘 것
같지가 않았다. 강수복은 캐리어 손잡이를 꽉 잡고 'Kim'이라 쓴

피켓을 찾아 재빨리 눈알을 회전시켰다. 그러나 그가 찾는 피켓은 어디에도 보이지 않았다. 몇 번을 더 둘러보아도 마찬가지였다.

'어떻게 된 걸까?'

모바일폰으로 혜지에게 전화를 걸었다.

"뚜~ 뚜~뚜뚜….'

신호가 뚝 끊어졌다.

'분명 혜지 전화번호인데….'

강수복은 전화번호 숫자를 또박또박 다시 눌렀다. 숫자를 잘 못 눌러 실수한 적이 더러 있었기 때문인데 똑같은 착신 음이 되돌아왔다. 캐리어 포켓에 넣어두었던 대포폰을 꺼냈다. 혜지와 통화할 때만 사용하던 거였다. 바탕 화면이 열리자 밝게 웃는 혜지 모습과 현재 날짜와 시간이 나타났다.

[00:30 AM, 8월 2일 월요일]

단축 번호를 눌렀다. 귓속으로 전자음이 빨려들더니 로밍을 하라는 음성메시지와 요금이 올라간다는 안내 문자 '예' '아니요'가 모바일폰 화면에 나타났다. 전화를 기다릴 혜지가 떠올라 강수복은 마음이 다급했다. '예' 버튼을 꾹 눌렀다. 익숙한 컬러링(비발디의 사계 봄 부분)이 흘러나오더니 금세 끊어졌다. 버튼을 다시 눌렀다. 잡음이 흘러나왔다. 두세 번을 반복해도 마찬가지였다.

'무슨 일일까?'

온몸은 땀으로 진득거렸다. 긴장한 탓도 있겠지만, 더워도 너무 더웠다. 강수복은 불안한 생각이 언뜻 머리를 스쳤다.

'설마….'

가이드를 찾지 못하면 낭패였다. 강수복은 인도에 관한 정보는 아무것도 없었다.

'가이드를 못 찾은 것일까?'

주위를 다시 둘러보았다. 섬뜩하리만치 예리한 까만 눈들이 강수복을 노려보았다.

2,

스모그가 코넛플레이스를 뒤덮었다. 평소와 다르게 출장에서 돌아오면 먼지 냄새가 유독 심했다. 환경이 달라서일 것이다. 프랑스 리옹의 깨끗한 공기와 론강의 맑은 물이 눈에 선했다. 발원지가 알프스 몽블랑이라지만 도심을 관통하는 강물을 깨끗하게 관리한다는 것은 쉬운 일이 아니다. 서울도 그랬다. 20여 년 전, D 대학에서 유학할 때였다. 천만이나 사는 서울 도심을 가로지르는 한강에서 깨끗한 강바람을 쐴 수 있다는 게 신기했다.

'뉴델리는 언제 깨끗해지지….'

샌지 쿠마르 굽타는 폴리스 스테이션(뉴델리 인도 중앙 경찰국) 8층 사무실에서 코넛플레이스를 내려다보았다. 출근 시간이 지났는데 거리에는 사람들이 득실거렸다. 일자리를 찾아 시골에서 도시로 몰려든 사람들이다. 돈벌이를 위해서라지만, 거리를 헤매는 사람들이 많아도 너무 많았다. 프레첸 힌두사원 첨탑이 보였다. 하얗던 첨탑은 언제부턴가 먼지로 덮여 회색으로 변했다. 뉴델리에 있을 때는 몰라도 해외출장을 다녀오면 금방 알 수 있다. 사원을 에워싼 나뭇잎들도 뿌옇다. 녹색이어야 할 나뭇잎에 먼지가 쌓였다는 생각이 드는 순간 숨쉬기조차 겁났다.

'용의자가 인디라간디국제공항 청사 앞에 나타났다니….'

어젯밤 비행기에서 일어났던 일들을 되짚어 보았다.

인천국제공항에서 출발한 비행기는 한 시간 간격으로 인디라간디국제공항에 착륙한다. 열한 시에 대한항공, 한 시간 뒤에 아시아나 항공이 도착한다. 아시아나 항공은 싱가포르 창이공항을 경유하기 때문인데, 샌지 쿠마르 굽타도 파리 드골공항을 이륙해 싱가포르 창이공항에서 뉴델리행 아시아나 항공을 탔다.

"손님, 일어나세요. 비행기가 곧 착륙합니다."

스튜어디스 성화에 샌지 쿠마르 굽타는 부스스 눈을 떴다.

'조금 더 잤으면 좋겠는데….'

잠을 깨우는 스튜어디스가 못마땅했다. 프랑스 리옹을 3일 만에 출장을 다녀온다는 게 만만한 일정은 아니었다. 솔직히 짜증나는 일이지만, 다른 부서로 전출 가기 전에는 일 년에 두어 번은 이 짓을 해야 한다.

"젠장, 뉴델리 직항로를 탔으면 덜 피곤할 텐데…."

외사부 CP(Commissioner Police/경찰국장)가 급하게 호출해

회의 일정도 취소하고 서둘러 귀국하는 바람에 뉴델리 직항 에 어인디아 비행 편을 놓쳐 싱가포르 창이공항을 경유해 아시아나 비행기를 탔다.

'살인 용의자라….'

샌지 쿠마르 굽타의 머릿속에는 용의자 사진만 가득했다. 한국사람들이 범죄를 저지르면 거리도 가깝고 정보가 풍부한 중국으로 도피하지 인도로 선택하는 경우는 지극히 이례적이다. 그런데, 최근에는 인도로 도피하는 경우가 종종 발생했다. 그가 한국에 유학할 때는 한국사람들에게 인도는 미개국 중의 미개국이라고 친구들이 아는 체도 하지 않았다.

'인도로 도피하는 한국 범죄자가 많아지다니….'

샌지 쿠마르 굽타는 입맛을 다셨다.

스튜어디스가 승객들이 젖힌 의자를 바로 세우고 있었다. 샌지 쿠마르 굽타는 의자를 세우려다 말고, 옆 좌석에서 초조해하는 부르카(머리에서 발목까지 뒤집어쓰는 인도 여성들의 전통복식/통옷)를 두른 여인이 보였다.

"헛, 으음…."

에어인디아였다면 반대편으로 돌아가라고 사납게 눈을 흘겼겠지만, 아시아나 비행기는 한국 국적기라 탑승객들의 눈치를 보지 않을 수 없어 헛기침하며 길을 터주었다. 부르카를 쓴 여인은 미안할 새도 없는지 앞만 바라보며 화장실로 부리나케 달려갔다. 샌지 쿠마르 굽타는 다시 일어나는 게 귀찮아 엉거주춤 섰는데, 앞 좌석 창가에 한국인이 눈에 띄었다. 중국이나 일본사람 같기도 했지만, 한국사람이라는 것을 그는 단번에 알아보았다. 다정하지만 성급한 성격, 목표를 정하면 지치지 않고 달려들어 어떻게든 제때 목적을 달성하고 마는 어이없는 사람들이다. 내 일도 있고 모래도 있는데, 굳이 오늘, 그것도 그 시간을 외친다. 그들은 오로지 오늘만 사는 사람들 같았다.

오랜만에 보는 한국사람이라 반갑기는 했으나 입국 카드를 쓰느라 정신이 없는 것 같아 샌지 쿠마르 굽타는 아는 체하려다 가 그만두었다. 한국 여행객이 부쩍 늘었다고 즐거워하던 아리 랑게스트하우스 차 사장이 생각났다. 지난해에 처음 개업했을 때 게스트가 한두 팀이 전부라고 울상을 짓던 게 엊그제 같았다.

OZ737, 아시아나 비행기가 인디라간디국제공항에 착륙하자 마자 창가에 앉았던 한국 승객은 서둘러 짐칸에서 캐리어를 꺼 내 승객 사이를 비집고 출입구를 향해 바삐 움직였다. 급해도 보 통 급한 게 아니었다. 빨리 가봐야 호텔일 텐데, 한밤중에 무엇 이 그리 급한지, 역시 그는 한국사람이었다. 기다리는 사람이라 도 있는지 보통 서두르는 게 아니어서, 이상하기는 해도 반듯한 옷맵시를 보면 범죄를 저지를 사람 같지 않아, 샌지 쿠마르 굽타 는 웃고 말았던 기억이 났다.

코넛플레이스에는 사람들이 점점 불어났다. 온종일 거리를 배회하다 결국 일자리는 얻지 못하고 그들의 움막으로 돌아갈 것이다. 안타까웠다. 시계를 들여다보았다.

'열 한 시….'

차 사장이 한창 바쁠 시간이었다. 여행객과 동반하지 않을 때
는 게스트하우스에서 휴식을 취하는 게스트들의 점심을 준비한
다고 했다. 그가 한가한 시간은 오후 세 시라고 했다. 두어 시간
은 더 기다려야 편하게 통화할 수 있다. 그렇지 않아도 급한 성
격에 시간까지 쫓기면 깊은 대화는 어렵다. 샌지 쿠마르 굽타는
CP가 메일로 보내준 용의자 사진 파일을 열었다. 오래된 사진인
지 나이에 비해 훨씬 젊어 보였다.

3,

"저어, 선생님 도와드릴까요?"

익숙한 한국말에 강수복은 반사적으로 뒤돌아보았다. 삐쩍
마른 체구에 햇볕에 검게 탄 얼굴, 턱수염도 덥수룩했다.

'가이드는 인도사람이라고 했는데…?'

무턱대고 도와주겠다는 낯선 사내. 일단, 경계하는 게 좋을
것 같았다. 강수복은 대답을 할까 말까 망설이며 사내를 흘끔거
렸다.

"가이드를 못 찾았습니까?"

유창한 한국말로 연거푸 말을 거는 사내가 수상스러웠지만,
강수복은 대답을 안 할 수 없었다.

"예, 그렇습니다만….."

강수복이 대답을 얼버무리자 사내가 다시 말을 붙였다.

"어느 회사에 오셨습니까? 제가 한 번 찾아보죠."

"아니, 그게….."

강수복이 재차 머뭇거리자 사내의 덥수룩한 수염을 의식했던 지 알았다는 듯 싱긋 웃었다.

"아, 저요. 한국사람입니다. 우리 집에 오기로 한 손님이 탑승 하지 않아 허탕 치고 돌아가려는데, 선생님께서 가이드를 찾는 것 같아 도움이 될까 해서요."

사내가 너스레를 떨었다.

"네, 예….."

"출장 오셨습니까?"

노타이에 짙은 남색 슈터에 베이지색 바지를 입었다. 단기간 출장 온 회사원 차림이어서 사내가 한 말이었다.

"아니, 뭐, 저어, 그게….."

강수복은 사내의 행색을 재빠르게 훑으며 어떻게 대답을 해 야 할지 궁리했다. 마르긴 해도 멀쩡한 허우대에 햇볕에 탄 얼 굴, 덥수룩한 수염 때문인지 오십은 훨씬 넘어 보였다. 50㎏은 됨직한 수화물 예닐곱 개를 승합차로 옮기는 운전기사까지 거느 린 것을 보면 영락없는 한국 교민이었다.

"저어, 그게…., 뉴델리가 초행이라서 그런데, 호텔까지만 부 탁할 수 있을까요?"

강수복의 목소리는 목구멍으로 기어들었다.

"그렇게 하지요."

사내의 대답은 시원했다.

'믿어도 될까…?'

부탁은 했지만, 강수복은 선뜻 판단이 서지 않았다.

"어느 호텔입니까?"

사내가 물었다. 인도에 도착하면 가이드가 알아서 해줄 거라던 혜지 말이 떠올라 강수복은 뒤통수를 긁적거리며 한 번 더 주위를 살폈다.

"아, 예…. 그게…."

가이드는 어느 여행사 소속인지, 호텔 예약은 했는지, 그리고 보니 호텔 예약 바우쳐도 없었다. 그 어떤 것도 혜지에게 물어보지 않았고 들은 적도 없었다. 아무리 정신이 혼란스러웠어도 최소한의 정보는 확인해야 했다. 강수복은 슈터 안주머니에 손을 넣었다. 두툼한 지갑이 손끝에 닿았다.

'3천 달러.'

묵직한 질감만으로도 마음이 든든했다.

호텔에 도착하면 혜지와 연락할 수 있을 것 같았다. 캐리어 모서리마다 백 달러 지폐를 바늘로 한 땀 한 땀 꿰매던 그녀의 야무진 모습, 용의주도한 방법에 강수복은 혀를 내둘렀다. 언제까지 인도에 머물러야 할지 알 수 없어도 캐리어에 숨겨둔 만 달러만 있으면, 6개월은 충분히 버틸 수 있다던 혜지의 말이 기억나 강수복은 그때야 어깨를 폈다.

"… 그게."

강수복이 다시 우물거렸다.

"알겠습니다. 조금만 기다리세요."

강수복의 사정을 알았다는 듯 사내는 시원하게 대답했다.

"구르가온으로 가는 길목에 호텔이 있긴 합니다만…."

사내는 강수복의 표정을 살폈다.

구르가온에서 인디라간디국제공항을 가려면 일주일에 두어 번은 오라나 호텔 앞을 지난다. 혹시나 해서 전화번호를 모바일 폰에 저장해 두었던 생각이 났기 때문이었다.

"예, 그렇게 하지요."

강수복은 허리를 굽실거리며 고맙다는 인사를 했다.

사내는 그때야 환하게 웃었다.

도요타 승합차 두 대가 그들 앞에 멈췄다. 사내는 유창한 영어로 운전기사에게 뭔가 지시를 했다. 오래전이지만, 샌디에이고주립대학에서 유학을 했던 강수복도 웬만한 영어는 알아들을 수 있을 거로 생각했다. 그런데 대충은커녕 아예 들리지도 않았다.

승합차 한 대를 먼저 출발시킨 후에야 사내는 손을 내밀었다.

"차상철입니다."

드센 경상도 억양이었다.

강수복은 얼결에 사내의 손을 잡으면서 본명을 밝혀야 할지,

여권에 쓰인 가명을 써야 할지 잠시 망설였다.

"김민잽니다."

호텔에 도착하면 차상철이란 사내와 만날 일이 없을 텐데, 굳이 본명을 밝힐 필요가 없을 것 같았다. 그리고 아파트를 나설 때 가명을 쓰라던 혜지의 말도 한몫했다. 도움을 받으면서 본명을 밝히지 못한 것은 미안하지만, 어쩔 수 없이 한국으로 돌아갈 때까지 김민재로 살아야 한다.

"뉴델리에는 처음 오셨습니까?"

무엇을 알고 싶은지 차상철의 질문은 집요했다. 김민재는 고개를 끄덕거리며 짧게 대답했다.

"예."

차상철과 대화가 길어질 이유가 없었다. 괜히 꼬투리라도 잡혔다가 정체가 탄로 날 수 있을 것 같아 김민재는 가능한 말 수를 줄였다.

'그러면 그렇지….'

몇 푼이라도 출장비를 아끼려는 김민재의 의도를 금방 알아챘다. 차상철은 알았다는 듯이 고개를 끄떡인 후 더는 묻지 않았다.

"차에 오르시죠."

김민재가 승합차에 오르기를 기다려 차상철도 뒤따라 올라탔다.

에어컨에서 냉기가 쏟아졌다. 시원했다. 차상철이 말을 걸어

올 것 같아 김민재는 잔뜩 긴장했다.

"후텁지근하죠?"

"괜찮습니다."

어디서 본 듯한 얼굴이었다. 차상철은 창밖을 내다보며 지난 기억을 일일이 더듬어 보았다.

'어디서 보았지?'

하긴, 게스트하우스에 들락거리는 수많은 사람을 일일이 기억하는 것도 무리였다. 비슷한 사람들이 더러 있어도 특별하게 기억에 남은 사람은 없었다.

가로등 불빛은 천천히 다가와서 빠르게 사라졌다. 가로등이 없으면 칠흑 같은 밤이다. 십 년 전, 의령읍에서 한참이나 산속으로 들어간 산골 저수지 천수답에 물을 댔던 운계 저수지로 가는 숲길, 한 사람이 겨우 지나갈 수 있는 숲이 울창했던 오솔길이었다. 갈 때는 정신이 없어 아무 생각도 없었다. 그러나 돌아올 때는 나뭇잎을 스치는 바람 소리만 들어도 온몸이 오싹했던 기억이 났다.

[Orana Hotel & Resort]

호텔은 화려했다. 영어 알파벳과 지렁이 같은 힌두어가 위아래로 나란히 쓰인 현란한 아치를 지나, 호텔 로비 앞에 승합차가 멈추자 안내원이 부리나케 달려왔다. 차상철이 승합차에서 내려 호텔 안내원에게 뭐라 말을 주고받더니, 곧장 안전 검색대에 몸을 맡겼다. 그리고 로비를 지나 프런트로 들어가더니 잠시 후 돌아왔다.

"김 선생님, 특실밖에 없다는데…?"

동의를 구하고 있었다. 김민재에게 선택권은 없었다. 생면부지의 사내, 차상철이 도와주는 것만으로도 다행이었다. 정보가 없으면 무력해진다는 것쯤은 김민재도 알았다. 더는 말이 필요하지 않았다. 고개를 끄떡였다.

"2백8십 달러나 되는데요?"

차상철이 한 번 더 확인했다.

"할 수 없죠, 다른 호텔을 갈 수도 없고…."

호텔 요금이 문제가 아니었다. 하마터면 공항에서 노숙할 뻔했는데 차상철이 호텔까지 데려다준 것으로도 충분히 고마웠다.

차상철이 프런트에서 객실을 정하고 승합차로 돌아왔다.

"큼, 트렁크 열어!"

차상철은 승합차 운전기사에게 말했다.

"예스, 보스."

승합차 트렁크에서 김민재의 캐리어를 꺼내 안전검색대에 올려놓았다.

만 달러! 순간, 김민재는 아찔했다. 공항 보안검색대를 무사히 통과했다고 해도 안심하기에는 아직 일렀다.

'어떻게 하지?'

캐리어가 안전 검색대를 통과할 때까지 조마조마하게 바라보던 김민재의 입술은 파르르 떨었다.

"여권과 신용카드 주세요."

투숙 절차가 끝났는지 차상철이 고개를 돌리며 말했다.

"여권을요?"

설마, 차상철이 여권 진위를 확인할 리 없겠지만, 김민재는 괜히 불안했다. 그렇다고 안 줄 수도 없었다. 여권과 외환 비자카드를 차상철에게 내밀었다.

"3317홉니다."

차상철은 마스터키와 오라나 호텔 정보가 적힌 소책자를 김민재에게 내밀었다.

"초면에 신세까지 지네요. 고맙습니다."

김민재는 한숨을 내쉬었다.

"신세라니요, 도우면서 사는 거지요."

"아무튼, 감사합니다."

"무슨 일이 있으면 여기로 연락하세요."

차상철은 명함 한 장을 건네주고 승합차에 올라탔다.

"예, 그렇게 하겠습니다.

김민재는 고맙다는 인사를 하고 명함을 슈터 주머니에 쑤셔 넣었다.

'다시는 차상철을 만날 일이 없겠지….'

차상철이 탄 승합차가 네온이 번쩍이는 호텔 아치를 완전히 사라질 때까지 김민재는 호텔 로비에 서 있었다.

호텔안내원이 엘리베이터 앞에서 기다리고 있었다. 김민재는 마스터키에 적힌 객실을 확인했다. 3층에서 파란 불빛이 깜빡거렸다. 문이 열렸다. 붉은 양탄자가 눈앞에 펼쳐졌다. 객실 출입문마다 녹색 바탕에 금장 숫자가 붙어있었다. 3317호, 마스터키를 확인했다. 방문을 열자 후텁지근한 바람이 얼굴을 덮쳤다. 울컥했다.

호텔안내원이 캐리어를 테이블에 올려놓은 뒤 화장실과 비상 승강기 사용법을 설명했다. 그리고 미니바(객실 전용 냉장고)를 사용하면 추가 요금이 발생한다는 것 같았으나 그의 몸짓만 바라보며 김민재는 고개만 끄떡거렸다. 호텔 안내원이 객실을 나가자 피곤이 밀려왔다. 시계를 보았다. 새벽 1시였다. 한국시간은 새벽 4시 30분, 혜지가 깊은 잠에 빠져있을 시간이었다.

'전화를 기다리다 지쳐서 잠들었을까?'

김민재는 씻지도 않은 채 침대에 벌렁 드러누웠다. 설마…. 그럴 리가 없었다.

'모바일폰을 두고 목욕하러 갔을 거야….'

메시지를 봤으면, 곧바로 전화하거나 메시지를 보냈을 것이다.

"오빠, 6개월만 해외에 있다가 조용해지면 돌아와."

혜지의 말에 강수복은 그녀를 뚫어지게 바라보았다. 회사가 어려워 한계가 오면 파산과 동시에 자살하면 했지 도피할 생각은 없었다. 그것도 해외로 도피하라니….

"해외 어디?"

강수복은 지나가는 말처럼 혜지에게 되물었다.

"인도."

'인도'라는 그녀의 옹골찬 한마디에 강수복은 소름이 돋았다.

"인도라고?"

"인도가 어때서!"

1초도 머뭇거리지 않고 대답히는 혜지를 보면서 강수복은 뒤
통수를 한방 얻어맞은 기분이었다. 그래, 인도가 뭐 어때서, 미
리 생각이라도 해둔 걸까. 강수복은 그녀의 말을 퇴짜 놓을 자신
도 없었다.

"인도라…."

강수복은 오래전 기억을 떠올렸다. 너무 아팠던 기억 때문에
감히 기억할 수 없었던 과거였다. 반드시 돌아올 거라며 손가락
까지 걸면서 기다리라고 했다. 그러나 돌아가지 않았다. 비굴해
서 견딜 수 없었던 유학 시절, 지금 생각해도 부끄러워 온몸이
오그라들었다.

4,

웨스트우드 로드, 가로등이 띄엄띄엄 솟대처럼 서 있었다. 하
루살이 떼가 가로등 불빛을 향해 정신없이 날아들었다. 후세를
남기려는 놈들의 마지막 발악일까 아니면 의무일까. 자식도 없

이 하루하루 숨죽이고 사는 것보다 하루살이가 낫다는 생각이 문득 들었다. 차창을 열었다. 도심을 달궜던 복사열이 차 안으로 밀려들어 왔다. 숨이 막혔다. 차상철은 담배 한 개비를 꺼내 물었다.

"싸가지 없는 새끼!"

연락도 없이 예약을 취소한 게스트가 괘씸했다.

"오든 안 오든 연락이라도 해야 기다리지나 않지….."

아시아나 항공 마지막 탑승객이 공항청사를 빠져나올 때까지 눈알이 빠지도록 기다렸던 게 짜증 났다.

"개새끼들…."

수화물을 한 번에 나를 수 있어 그나마 다행이었다. 차상철은 담배 연기를 차창 밖으로 훅 뱉었다.

"보스?"

차상철의 심각한 표정을 흘끔거리던 큼 굽타가 말을 붙였다.

"말해."

"어디로 갈까요?"

평소 같았으면 두말할 것도 없이 아리랑게스트하우스로 곧장 갔을 텐데, 김민재를 오라나 호텔까지 데려다준 게 큼 굽타를 헷갈리게 했던 것 같았다.

"아리랑게스트하우스."

차상철은 퉁명스럽게 뱉어냈다.

'그래도 그렇지, 그런 것도 물어봐야 하나. 아이고, 머리야.'

큼 굽타의 멍청한 질문이 짜증 났다.

"예스, 보스."

연락도 없이 예약을 취소한 게스트 놈을 생각할수록 짜증 났다. 차상철은 담배꽁초를 차창 밖으로 휙 던졌다.

"씨팔!"

승합차가 좌회전했다. 웨스트우드 10번가에서 한 번 더 좌회전하면 구르가온 섹트 27 아리랑게스트하우스다.

—아리랑게스트하우스

간판이 가로수에 가려 보이지 않았다. 색상이 흰 탓도 있었지만, 크기도 작아 가로등이 꺼지고 날씨가 흐리면 보일 듯 말 듯 해 이정표 구실을 제대로 못했다. 가지를 잘라버리고 화려한 네온사인 간판으로 바꾸고 싶어도 주 정부에서 허락하지 않았다. 잡혀가든 말든 가로수를 몽땅 베어버리지 못한 게 더 후회됐다.

'참아야지.'

남의 나라에서 밥벌이한다는 게 쉽지 않다는 것을 차상철은 몸으로 채득했다.

8년 전, 차상철은 인도 땅을 처음 밟았다. 그는 인디라간디국제공항을 빠져나오자 일단 한숨을 돌렸다. 망막했다. 드넓은 인도, 어디로 가서 어떻게 살지 아무것도 정할 수 없었고 생각나지도 않았다. 단지, 아무도 알아보지 못하는 곳이면 어디라도 괜찮을 것 같았다.

택시를 탔다.

"어디로 모실까요?"

터번을 질끈 눌러 쓴 택시기사는 위압적이었다. 차상철은 캐리어를 꽉 잡았다.

"뉴델리 기차역."

차상철은 기차역으로 가자고 했다. 어디로 가든지 일단, 뉴델리 기차역에서 정할 예정이었다.

자정이 훨씬 지났는데 뉴델리역 광장에는 사람들이 우글거렸다. 엎어져 자는 사람 보퉁이를 끌어 않고 쭈그리고 앉은 사람, 피난이라도 가는지. 머리에는 이고, 등에는 지고 아이 두세 명은 기본으로 달고 다녔다. 매표소 앞에는 표를 사려는 사람들로 가득해 차라리 아수라장이었다.

'아이고, 어떻게 하지….'

숨이 막혔다. 차상철은 한참을 기다려 겨우 매표소 앞에 도착했다.

"목적지를 말씀해 주세요."

차상철이 머뭇거리자 매표원이 고개를 내밀며 빙그레 웃었다.

"바라나시?"

여행객으로 보였던지 '바라나시'라고 매표원이 먼저 말했다. 한 번도 들어보지 못한 도시였다.

"…?"

차상철이 뜬금없다는 듯 매표원을 바라보자 그는 머리를 잘

래잘래 흔들었다. 그래, 그곳으로 가자. 여권을 디밀었다. 한참
을 꾸물거리던 매표원이 여권과 승차권을 돌려주었다.

"즐거운 여행 되세요?"

"…!"

새벽 5시 출발 도착은 다음 날 자정이었다. 시간은 많았다. 다
음날이던 그다음 날이던 중요하지 않았다. AC2(에어컨이 있는 2
층 침대칸) 승차권, 남은 시간은 4시간, 차상철은 대합실 구석에
쭈그리고 앉았다.

기차는 느릿했다. 창밖에는 끝없는 평원이 펼쳐졌다. 드문드
문 보이는 야자수는 더운 열기를 감당키 힘든지 잎을 늘어뜨렸
다. 객차 구석에서 뿜어내는 누린내를 견디며 스무 시간이나 걸
려 도착한 바라나시는 사람 살 곳이 아니었다. 더러웠다. 하루
한 끼도 못 얻어먹었는지 비쩍 마른 거지들과 고집스럽게 머리
를 들이미는 염소들, 그리고 게으른 소들은 도로를 가로막았다.
그야말로 끔찍했다.

차상철은 바라나시역에 인접한 게스트하우스를 찾았다. 레마
패잉 게스트하우스, 바라나시역에서 간판만 보고 찾아간 곳이
었다. 소똥 냄새, 음식물 썩은 냄새, 밤에는 쥐들이 제 세상인 양
우글거렸다. 사람들은 왜 그리 많은지…. 날이 밝으면 도로는 가
트(목욕 터)를 향하는 사람들이 줄을 이었다. 사람 사는 곳이 아
니었다. 그래도 숨어 살기에는 이만한 곳도 없어 보였다.

일주일이 지나서 래마패인 게스트하우스 종업원으로 따리를

틀었다.

'8년만 버티자.'

그리고 한국으로 돌아가자. 그리고 차상철은 바라나시를 구석구석 헤집으며 게스트하우스 호객을 하며 8년 동안 몸살을 앓았다. 지긋지긋한 세월이었다.

직원들은 잠들었는지 출입문 조명등만 희미하게 켜져 있었다. 한국에서 부쳐온 식자재를 운반할 거라 일러두었는데 모두 잠든 모양이었다.

'게을러빠진 것들…. 그러니까 저 꼴로 살지….'

승합차가 대문 앞에 도착하자 얄크르가 부리나케 일어나 대문을 열었다. 열 번은 더 내쫓다시피 한 교육 덕분이라 생각하니 차상철은 그나마 뿌듯했다.

"얄크르 아직 안 잤어?"

"예스, 보스."

얄크르는 달리트(하리잔, 또는 불가촉천민)다. 인도에서 최하층민이다. 소나 돼지가 도로를 지나가면 모든 차가 기다린다. 그러나 그들은 도로조차 마음대로 건너지 못한다. 짐승보다 못한 인간들이었다. 차별을 금지하는 법률이 있다지만, 수천 년 동안 몸으로 익힌 습관을 고친다는 게 쉽지 않을 것이다. 내려놓는다는 것, 버린다는 것, 결국 인간들의 의지일 것이다. 하지만, 몸으로 체득한 오랜 습관을 바꾼다는 것이 의지로만 되는 것은 아니다. 그는 아들에 대한 기대가 대단했다. 그의 아들은 델리대학에서 전자공학을 전공하는데 졸업반이라고 했다. 그리고 그의 월급으로 아들 공부시키는데 몽땅 털어 넣었다고 뻔한 거짓말을 할 때는 어이가 없었다. 그가 거짓말을 한 게 한두 번이 아니었다. 어떤 말을 해도 차상철은 믿지 않을 거라 굳게 다짐하지만, 또다시 속는다. 그래도 어쩌랴. 그들 나라에서 먹고살려면 이보다 더한 일도 참아야 한다는 것을 그들의 습관을 잘 아는 차상철이 참는 도리밖에 없었다.

'정규태만 왔어도 공실은 없을 텐데….'

차상철은 입맛을 다시며 불 끄진 2층 객실을 올려다보았다.

"니미럴…."

언제 일어났는지 주방장 아룬이 부리나케 현관으로 달려와 식자재를 날랐다. 마른 것은 지하 창고에 냉동식품은 냉동고와 내일이라도 사용할 식품은 주방 냉장고에 나누어 넣었다.

"들어가 쉬어."

차상철은 주방 직원들을 지하 거처로 보내고 모바일 메시지를 확인했다. 아무런 흔적도 없었다.

"개새끼!"

혼잣말을 투덜거리며 차상철은 3층으로 올라갔다. 잠자리에 들기 전에 복도에 켜진 전등과 옥상 문을 점검할 참이었다. 혹시 발생할지도 모를 화재도 그렇지만, 옥상 문을 통해 도둑이 들어올까 봐 점검을 하던 게 버릇처럼 됐다.

차상철은 반쯤 열린 201호 객실 출입문을 열었다. 적막했다. 욕하는 것조차 귀찮았다. 나머지 객실은 모두 찼다. 모레면 한국으로 떠나는 게스트가 많아 공실은 더 늘어난다. 두세라 축제를 기대해 보지만, 아직은 예약 손님이 없었다. 그래도 마음은 뿌듯했다. 개업할 때만 하더라도 한두 명의 게스트가 전부였다. 그때 가슴 졸이던 것을 생각하면 지금은 부자였다. 지하는 둘러볼 필요가 없었다. 식품 창고와 게스트들이 연회라도 할 수 있게 만들어진 대형 홀과 한쪽 구석에 네팔에서 온 주방장 아룬과 인도 여종업원들이 거처하는 작은방 두 칸뿐이기 때문이다.

침실 출입문을 열었다. 텅 빈 침대가 왠지 낯설었다. 지난주, 딸을 만나기 위해 재혼한 아내 순애가 귀국했다는 것이 그때야 실감이 났다. 재혼이라기보다 동거한다는 게 옳다. 1년 전쯤, 박영호 전도사를 따라 인도에 왔다가 차상철을 만났다. 그녀의 딸은 신림동에서 혼자 산다고 했는데, 올해 J 대학에 합격해 학교 인근으로 전셋집을 구해야 한다며 귀국했다.

샤워실 문을 열었다. 습한 공기가 콧구멍을 막았다. 상철은 땀이 절은 옷을 세탁기에 집어넣고 샤워기 앞에 섰다. 불룩한 배 아래에서 성기가 움츠리고 있었다, 순애가 떠나기 전날 행사를 치르지 못해서인지 반응을 했다. 수도꼭지를 틀었다. 미지근한 물줄기가 머리를 눌렀다. 옥상에 설치해 놓은 물탱크도 온종일 내리쬐는 열기를 감당하기 벅찼는지 미지근했다.

"아이고…."

43

순애라도 있으면 안아보기라도 할 텐데…, 차상철은 입맛을 다셨다. 그녀도 갱년기가 오는지, 아니면 다른 마음이라도 먹었는지 섹스를 달가워하지 않았다. 돌아오려면 한 달이나 남았다. 틈틈이 달려드는 욕정을 감당하기 쉽지 않을 거란 생각에 차상철은 사타구니를 쓰다듬어 올렸다.

'어이구.'

성정이 불뚝거렸다. 차상철은 주체할 수가 없어 샤워기를 세게 틀었다. 미지근한 물살이 온몸을 두드렸다. 샤워를 하고 나니 기분이 한결 상쾌했다. 침대에 누워 눈을 감았다.

'무슨 일을 했지?'

온종일 바빴던 것 같은데 호텔까지 데려다주었던 김민재만 또렷이 기억에 남았다.

'어디서 보았지?'

넥타이를 매지 않아도 깔끔했다. 베이지색 바지에 짙은 남색 슈터가 잘 어울렸다. 대기업 중견 간부일까? 김민재의 어눌한 행동이 어이가 없어 차상철은 피식 웃음이 나왔다.

'호텔 예약도 하지 않고 출장을 오다니….'

급한 일이 생기면 호텔 예약할 겨를도 없이 막무가내로 출발하는 얼치기 게스트들이 가끔 있긴 했다. 그래도 공항택시 이용하는 방법쯤은 알아야지. 아무튼, 어디서 본 듯한 김민재의 얼굴이 머릿속을 빙빙 돌았다.

'급한 일이 있었겠지!'

그러기에는 어딘지 모자라 보였다. 김민재라는 이름은 처음인 것 같은데 얼굴은 낯설지가 않았다. 누굴까. 굵직한 저음에 한 번쯤은 만났을 것 같은 얼굴. 하기는 오십 수년을 살았으니 스쳐 간 사람이 어디 한두 명이겠는가.

차상철은 뉴델리 주 정부 외사국(인터폴) 샌지 쿠마르 굽타 경사가 보냈던 메시지가 언뜻 떠올랐다.

'설마, 김민재가?'

어디를 보나 김민재는 범죄를 저지를 사람 같지는 않았다.

5,

알람 소리가 요란했다. 새벽 다섯 시, 일어나야 할 시간이다. 어제 온종일 돌아다녔던 게 피로가 풀리지 않았는지 뻐근했다.

"어이쿠!"

아그라로 중형 승합차를 아그라로 띄우려면 바삐 움직여야 한다. 차상철은 침대를 박차고 일어나 샤워장 문을 열었다. 세면대 거울에 얼굴을 비췄다. 아침에 일어나면 가장 먼저 하는 의식 같은 것이었다. 희끗희끗한 구레나룻이 제법 촘촘하게 자랐다.

'조금 더 촘촘해야 감쪽같을 텐데….'

옆모습을 거울에 비췄다. 딱히 지적하기 어려워도 어딘지 모르게 옛 모습이 남은 것 같아 차상철은 턱을 돌려가며 구레나룻을 가위로 다듬었다.

'구레나룻이 좀 더 자라면 모습은 더 달라지겠지….'

차상철은 여행객을 아그라로 출발시키고 한낮에 즐길 낮잠을 상상하면서 현관문을 열었다. 화분들이 양옆으로 줄지어 있었다. 순애가 가꾸는 꽃들이다. 부레옥잠이 옆으로 쓰러져 있었다. 재래시장에 들렀다가 도롯가에 내팽개쳐진 몇 뿌리를 주워와 항아리에 띄워놓은 것인데 물이 말랐는지 드러누워 있었다. 한낮 열기를 버티려면 용기에 물을 채워놓아야 한다던 순애 말이 생각났다.

'해뜨기 전에 물부터 주어야지….'

차상철은 빗장을 풀고 쪽문을 열었다. 마찰 소리가 날카롭게 귓속을 후볐다. 소름이 돋았다.

기다리지 말라던 순애 말이 생각났다. 빨리 돌아오라고 닦달하지 말라는 뜻일 것이다. 전 남편의 딸 등록금 때문인지 최근 들어 부쩍 돈을 빼돌리는 횟수가 많아졌다. 순애가 아무리 감쪽같이 돈을 챙겨도 차상철은 금방 알 수 있다. 월급을 따로 주지 않으니 할 말도 없었다. 그것보다 주일 예배 후에 박영호 전도사와 쑥덕거리는 게 더 신경이 쓰였다.

'도대체 무슨 할 말이 그렇게 많은지?'

바깥을 내다보았다. 도로 건너 공터에 자주 출몰하던 멧돼지도 안 보였다. 차상철은 쪽문을 반쯤 열어 놓았다. 큰 굽타가 도착하려면 한 시간은 더 남았지만, 미리 쪽문이라도 열어두어야 그가 대문 밖에서 주뼛거리지 않고 게스트하우스로 바로 들어올 수 있다. 주방에 불이 켜졌다. 종업원들 그림자가 부산하게 움직였다. 한식 조리법과 식자재를 주방장에게 일러줬어도 제대로 맛을 내기는 쉽지 않을 터. 차상철의 입맛에도 턱없이 부족한데 게스트들의 입맛에 맞을지 걱정이었다. 아침은 김밥을 준비하라 일러 놓았으니 김밥 재료 다듬기에 정신없을 것이다. 맛이 덜하더라도 순애가 돌아올 때까지 게스트들에게 양해를 구할 참이다.

오늘 아침, 아그라로 출발할 여행객을 일일이 깨워야 한다. 여섯 명, 9인승 승합차 한 대면 충분했다. 연료비가 조금 더 나오겠지만, 큼 굽타가 충분히 이해할 것이다. 미리 깨우지 않으면 출발 시각을 놓칠 수 있어 다그쳐야 한다. 늦어도 새벽 여섯 시에 출발해야 러시아워 시간을 피할 수 있다. 차상철은 여권을 정리했다. 오늘 여행객은 모두 세 쌍이다. 인터넷으로 예약해 그들의 신상정보는 대충 짐작할 수 있지만 헷갈리는 게스트가 몇 있어 여권 사본을 정리해 놓아야 안전사고가 발생해 한국대사관에서 요청이 있을 때 빠르게 대응을 할 수 있다.

큼 굽타가 도착했는지 쪽문 여는 소리가 들렸다. 그는 다른 여행사를 제쳐두고 아리랑게스트하우스에만 9인승 승합차를 제공했다. 그의 외삼촌 샌지 쿠마르 굽타의 부탁으로 몇 푼 더 얹어주기로 한 게 그에게 감동을 준 모양이었다.

201호와 203호 게스트는 이미 내려와 식당에 아침 식사를 하고 있었다. 204호 게스트가 아직 보이지 않았다. 2층 계단을 바라보았다. 내려오는 기척이 없었다. 차상철은 2층으로 올라가 204호 방문을 노크했다.

"사장님! 일어나셨어요?"

204호 게스트는 온종일 델리 여행을 한 탓인지 일어날 기미도 대답도 없었다. 가끔 있는 일이어도 이따위 게스트를 만나면 정말 짜증 난다.

"사장님, 출발 준비하셔야 합니다."

"…."

여전히 기척이 없었다. 이런 인간들은 대부분 불만이 더 많다. 깨우는 것도 짜증 나는 일인데, 늦게 일어난 것은 아랑곳하지 않고 깨우지 않았다고 오히려 불평을 늘어놓는다.

'제기랄!'

게스트하우스에 숙박하는 사람들은 두 부류다. 여행을 좋아하는 마니아들, 출장비를 줄여 여행경비로 사용하는 직장인들, 그들은 숙박비를 줄여야 더 많은 곳을 여행할 수 있다. 그리고 졸부들이다. 돈은 있는데 쓸 줄 모르는 얼치기들이다. 이들은 게스트하우스가 마치 특급호텔로 착각해 거드름까지 피운다. 아무튼, 돈이 아까워 호텔로 가지 못한 좀팽이 게스트라도 차상철에게는 고객이다. 꼴불견이라도 함부로 대할 수 없었다. 그랬다가는 그들의 불만이 홈페이지를 도배해 곤란했던 적이 두어 번 있었다.

"사장님 일어나셨어요?"

출입문에 귀를 붙였다. 여자의 비음이 문틈을 비집었다. 차상철은 얼굴이 화끈거렸다.

'아침부터 지랄들이야!'

이런 경우는 정말 곤란했다. 문을 확 열어버리고 싶지만, 기다리는 게 상책이다. 꼴사납기는 해도 먹고 살려면 어쩔 수 없는 노릇이다. 개가 길거리에서 교미해도 건드리지 않는데, 하물며 사람이 하는 짓을 모른 척하지 못해도 타박까지 할 수 없었다. 차상철은 204호 게스트의 아침 정사가 짜증 나기보다 화끈거리는 얼굴을 종업원에게 발각될까 봐 오히려 신경 쓰였다.

아리랑게스트하우스 주변에는 정리되지 않은 공터가 많았다. 그곳에는 풀이 무성해 야생 짐승들이 살았다. 멧돼지와 들개, 그리고 우리를 뛰쳐나온 소들도 마음대로 도심을 돌아다니며 공터 숲에서 살았다. 인도 사람들의 짐승을 신성시하는 힌두교의 영향일 것이다. 대부분의 인도사람은 베지트리안(채식주의자)이라 도심 주택가를 돌아다니는 멧돼지와 들개를 잡아먹거나 죽이지 않았다. 심지어 소 떼가 도로를 점령해 교통체중이 발생해도 지나갈 때까지 무던히 기다린다. 참지 못하는 여행객들이 짐승을 잘못 건들었다가 망신당하는 경우도 더러 있어 차상철은 게스트들에게 특별히 조심시키지만, 예사로 듣는 여행객들이 있어 매번 긴장을 늦출 수 없다.

네댓 마리 들개들이 고기 냄새라도 맡았는지 코를 킹킹거리며 대문을 기웃거렸다.

"개새끼들…."

차상철은 혼잣말을 중얼거리며 삿대질을 했다. 그 소리에 들었는지 큼 굽타가 어깨를 움츠리며 대문을 기웃거렸다.

카말 큼 굽타(Kamal Kum Gupta), 그의 외삼촌이 지어준 이름이라고 했다. 그는 아버지를 본 적이 없다고 했다. 미국에서 자라 영어가 유창하다. 인도 사람들은 영어를 잘하지만, 영국식이라 한국사람은 알아듣기가 어렵다. 그는 한국말도 곧 잘해 특히 한국 여행객에게는 최고의 여행 가이드를 겸한 운전기사다.

델리 지역은 아리안계 인도인들이 대부분이다. 키도 크지만, 생김새는 아랍인들처럼 생겼다. 카말 큼 굽타는 그들과 확연하게 달랐다. 그의 한국어 솜씨는 유창하지 않아도 정감이 있어 차상철의 눈에 드는데 한몫했다. 어머니와 미국에 살았을 때 한국 유학생에게 배웠다는데 한국말 할 때는 밉지가 않았다. 차상철은 카말 큼 굽타를 발음하기가 어려워 그냥 '큼'이라 불렀다.

대문을 기웃거리는 큼을 보자 차상철은 조바심이 더했다. 다시 2층으로 올라가 204호 방문 앞에 섰다.

"사장님 출발할 시간이 지났습니다."

"…."

기척이 없었다.

'잠이 들었나?'

차상철은 방문을 슬쩍 밀었다.

"헉!"

희멀건 궁둥이가 침대에 널브러져 있었다. 얼굴이 화끈 달아올랐다. 애써 눈을 돌려 손목시계를 보았다. 일곱 시를 향하고 있었다. 오늘 여행 일정은 쉽지 않아 보였다. 더 늦어지면 아그라에서 돌아오는 시간이 늦어진다. 도로 사정도 문제지만, 도로를 가득 메운 차들을 피할 방법이 없다.

204호 게스트를 기다리는 여행객들의 얼굴에 짜증이 가득했다.

"다음에 가라고 하시고 그만 출발하시죠?"

어젯밤 늦게 도착한 젊은 여행객이 먼저 가자고 독촉했다.

"죄송합니다. 조금만 더 기다려 봅시다."

204호 게스트 때문에 나머지 여행객을 기다리게 할 수 없었다. 차상철은 대문 앞을 힐끗 보았다. 큼 굽타가 초조하게 손을 비비며 대문을 서성거렸다. 여행할 게스트가 줄면 굳이 9인승 승합차가 필요 없었다. 5인승 승합차를 이용하면 백 달러는 절감할 수 있었다. 그렇게 되면 큼의 9인승 승합차는 쉬어야 한다. 큼에게 미안했지만, 다른 방법이 없었다.

'다른 여행사를 알아볼 수 있을 텐데….'

장거리 렌터카는 이삼일로 임대계약하기 때문에 예약이 취소되더라도 보상은 해 주지 않았다. 전례를 남기게 되면 다음에도 보상해 주어야 한다. 그렇다고 게스트에게 배상시키기도 어렵다. 대부분의 게스트는 한국사람이다. 그들에게 배상 운운했다가 홈페이지에 악성 댓글로 금세 도배해 버린다. 홈페이지를 개

설한 지 얼마 되지 않았을 때였는데, 악성 댓글을 내려달라고 게스트에게 사정한 적이 두어 번 있어서 함부로 배상 운운하기도 어렵다. 인도사람들도 마찬가지다. 방법은 달라도 결과적으로 피해를 주는 것은 한국사람들과 다르지 않았다. 처음부터 싹을 잘라버려야 한다. 한 번 맛을 들이면 다음에는 그들의 요구를 무조건 들어주어야 하고 배상도 해 주어야 한다. 외국인이 운영하는 사업장은 뉴델리 주 정부의 감시대상이어서 자국민 보호라는 명분이 항상 따라다녀 벗어날 방법이 없었다. 어쨌든, 잘 구슬려 돌려보내는 것이 최선이었다.

"헤이 큼?"

큼이 고개를 굽실거렸다.

"예스, 보스."

큼 굽타는 애원하듯 차상철을 바라보았다. 굳이 아그라가 아니어도 좋았다. 보내주기만 해도 좋을 것 같았다.

"큼, 미안해 손님이 일어나질 않네…."

차상철은 '미안하다'는 말을 먼저 던졌다.

이런 경우가 더러 있어 큼 굽타는 금세 시무룩해졌다.

"미안해, 큼!"

"괜찮아요."

차상철은 큼을 껴안았다. 형식적이지만, 정말 미안하다고 그를 꼭 껴안았다. 사실, 한국에 있을 때는 상상도 할 수 없었던 행동이었다. '미안하다'라는 말을 한다는 게 그렇게 어려웠다. 그만 불편하지 않으면 그만이었다. 바라나시에서 게스트하우스 종업원으로 여행객들 상대로 호객을 하면서 몸으로 터득했다. 그가 불편하지 않아도 상대방이 불편할 수 있다는 것을. 204호 늙은 게스트 따위가 감히 알지 못할 것이다. 오천 루피(팔만 오천 원)면, 게스트에게 큰돈이 아닐 수 있어도 큼 굽타에게는 그의 가족 한 달 치 생계비였다.

차상철은 축 처진 큼 굽타의 어깨를 두드리며 204호를 힐끗 쳐다보았다.

'나쁜 연놈들….'

차상철은 큼의 9인승 승합차를 돌려보내고 월대(1개월 단위로 임대)로 쓰는 5인승 도요타 승합차를 아그라로 띄우기로 했다.

"헤이, 라비 어디 있어?"

도요타 승합차를 월대로 계약할 때 함께 온 운전기사를 불렀다.

"라비, 아그라 좀 갔다 와."

라비가 눈을 희번덕거렸다. 야근 수당을 달라는 뜻이었다.

"알았어, 인센티브(수당) 챙겨줄게."

5인승 도요타 승합차를 겨우 아그라로 출발시켰다.

"한 팀 출발시키는데 이렇게 힘들다니…."

아리랑게스트하우스를 떠난 승합차 뒷모습이 시야에서 사라지자 그때야 차상철은 한숨을 휴 하고 내뱉었다.

6,

보리수나무가 먼지에 뒤덮였다. 우기雨期 동안 줄기차게 내리
던 빗줄기도 먼지를 씻어내지 못했는지 바람만 살짝 불어도 뿌
옇게 흩어져 내렸다. 혹시라도 먼지가 집안에 들어올까 봐 늘 걱
정이었다. 프레얀카는 베란다 문을 단단히 닫았다. 어린 게 집안
에 혼자 남아 얼마나 울었던지 기관지가 상했다. 먹고살기 위해
어쩔 수 없었다지만 큼 굽타가 어릴 때 혼자 내버려 두었던 게
마음이 아팠다.

'얼마나 울었으면 목이 상했을까….'

큼 굽타가 마른기침을 할 때마다 프레얀카는 가슴이 덜컥거
렸다. 세탁소와 식당을 전전하며 돈을 벌어도 겨우 입에 풀칠하
기 바빠 돌볼 시간이 없었다.

프레얀카가 임신을 했다는 소식을 들은 뒤 아버지는 등록금
을 보내주지 않았다. 엄청나게 화났을 아버지를 충분히 이해하
면서도 서운했다. 힌두 율법이 아무리 지엄해도 해외에서 임신
중인 딸에게 부모가 할 수 있는 일은 아니라는 생각 때문이었다.

'동생 샌지 쿠마르 굽타 같았으면 어땠을까?'

그녀는 입술을 앙다물고 대학을 그만두었다, 공부를 계속하
고 싶어도 불러오는 배를 감출 수 없었다. 다행히 인도 출신 조
지 교수의 배려로 샌디에이고에서 아르바이트를 하며 견뎌냈다.
그리고 영주권도 취득했다. 그녀가 일하러 갈 때는 큼 굽타를 프

리스쿨(어린이집)에 맡겼다. 그때 건강이 나빠졌을 것이다.

머늘아기가 집에서 빈둥거리는 것을 볼 때마다 프레얀카는 불만이었다.

'젊은 것이 뭐라도 해야지….'

인도에서 여자는 사람이 아니라는 것쯤은 안다. 하지만, 몸이 아파도 가족을 먹여 살리기 위해 온종일 일하는 큼을 생각하면 집안에서 빈둥거리는 아나슐라가 꼴사나워도 대놓고 나무랄 수도 없었다.

"어이구."

프레얀카는 가슴을 툭툭 치며 베란다 창문을 닫았다. 그녀가 할 수 있는 일은 먼지가 집안에 들어오지 못하게 문 닫는 일과 걸레질밖에 없다는 것을 알지만, 큼 굽타의 퇴근 시간이 가까워져 오면 그녀는 더 예민해진다.

"아나슐라?"

프레얀카는 머늘아기를 찾았다. 아이들 학교를 보내기 위해 이른 아침부터 서둘더니 아직도 돌아오지 않았는지 대답이 없었다. 그녀는 현관문을 기웃거리다 말고 그녀의 안방 머리맡에 두었던 모바일폰을 들었다. 큼 굽타가 사준 거였다. 아나슐라 전화번호를 눌렀다. 신호 가는 소리가 들렸다. 샌디에이고에서 스미스에게 매일 전화했던 기억이 났다.

'스미스 큼.'

그녀에게 스미스는 잊을 수 없는 사람이었다.

"맘?"

며늘아기 아나슐라의 음성이 모바일폰에서 들렸다. 프레얀카는 뛸 듯이 기뻤다. 사실, 큼 굽타가 사주기는 해도 전화 요금이 아까워 기껏해야 전화 받는 게 고작이어서 직접 전화하기는 처음이었다.

"아나슐라. 지금 이디야?"

"계단 올라가고 있어요. 맘!"

아나슐라가 아파트 계단을 오르는 중인 것 같았다.

3층짜리 저층 아파트, 20년도 더 된 낡은 아파트라도 공터의 빈민들 천막과는 비교할 수 없이 좋지만, 프레얀카는 계단 오르내리기가 쉽지 않았다. 층마다 쉬어야 겨우 현관에 도착할 수 있었다. 힌두사원에 기도하러 갈 때도 아나슐라 도움을 받지 않으면 움직일 수가 없어, 대부분 집안에서 보냈다.

아나슐라가 아파트 출입문을 여는 소리가 들렸다. 프레얀카는 힌두율법에 따라 결혼한 아들 큼 굽타에게 얹혀살았다. 무슨 일이라도 해서 아들에게 도움을 주고 싶었지만, 인도는 미국과 달라 일자리 찾기가 어려웠다. 더군다나 나이 든 아낙들이 할 일은 없었다. 아들이 관광가이드로 번 돈으로는 가족을 부양하기에는 턱도 없이 모자라란다는 것쯤은 그녀도 안다. 그렇지만, 그녀가 할 수 있는 일은 큼 굽타가 건강하고 안전하게 일할 수 있게 시바신에게 기도하는 게 고작이었다.

승합차 한 대가 아파트로 입구에 들어왔다. 보리수 나뭇잎에서 뽀얗게 먼지가 날렸다. 푸른 잎이 겉으로 시원해 보여도 자세히 나뭇잎을 들여다보면 엄청난 먼지가 묻어있다. 차들이 빠르게 지나가면 먼지는 속도를 버티지 못하고 흩어져 내렸다. 처음 이사 왔을 때는 깨끗한 아파트였다. 날아드는 먼지는 구석구석 쌓여 매일 걸레질해도 숨이 턱턱 막혔다. 프레얀카는 당뇨병으로 오 년째 병치레 중이다. 최근에는 심장까지 나빠 늘 가슴이 답답했다. 그러나 그녀는 병원에 가지 않았다. 참을 수 있을 때까지 견딜 심산이다. 병원에 가자고 큼이 졸랐지만, 그럴 수 없었다. 자식들 학비와 생활비도 빡빡할 텐데, 병원이라니…. 가당치도 않았다.

프레얀카는 베란다 의자에 앉아 아파트로 들어오는 차들을 바라보며 병원에 가자던 큼 굽타의 말을 되새기고 있었다. 그녀의 건강보다 큼 굽타의 건강이 우선이었다. 그녀는 시바신에게 기도했다.

"오, 브라만이여, 후손들의 주시여, 당신 외에 이 모든 피조물을 품은 자 없습니다. 우리가 공물을 바쳐 얻고자 하는 욕망을 이루어 주소서, 아들로 하여금 부의 주인이 되게 하여 주소서."

"맘!"

아그라로 간다며 이른 새벽에 집을 나섰던 큼 굽타의 목소리에 프레얀카는 화들짝 놀랐다.

"큼, 무슨 일이냐?"

"오늘은 쉬어야겠습니다."

시무룩하게 대답하는 큼에게 무슨 일이 생긴 것 같았다. 프레얀카는 더는 묻지 않았다. 가이드 일이 항상 있는 것은 아니었다. 한 달에 네 번만 일해도 그나마 괜찮았는데 오늘은 일이 어그러진 모양이었다.

출입문을 여는 큼 굽타의 어깨가 축 처져있었다.

"걱정하지 마라!"

프레얀카는 큼 굽타의 어깨를 어루만져 주었다. 아버지 없이 산 세월이 30년이었다. 이제는 결혼해 자식 둘을 둔 어엿한 가장이지만, 결혼하기 전까지 조용한 아이였다. 혼자 두었던 게 말 없는 아이로 만든 것 같아 그녀는 늘 가슴이 아팠다.

프레얀카의 미국 생활은 쓸쓸했다. 샌디에이고주립대학교를 다니다 말고 샌디에이고 외곽에 작은 아파트를 임대했다. 불러오는 배를 감추면서 대학교에 다니기에 그녀에게는 너무나 가혹했다. 꼭 돌아오겠다던 스미스는 연락도 없었다, 처음 몇 달간은 전화도 해 주었다. 그러나 그게 끝이었다. 생활비도 문제였다. 아버지가 부쳐주는 등록금 3천 달러와 생활비 천오백 달러, 가을학기 등록을 포기하고 임대한 아파트였다. 기숙사에서 짐을 싸안고 나올 때는 하염없이 울었다. 배는 점점 불러왔다. 아기를 낳으려면 뭐든지 많이 먹어야 한다던 산부인과 의사의 말이 생각났지만, 힌두 율법을 거스를 수도 없었다. 먹고 싶은 것도 많았다. 슈퍼에서 햄과 소시지를 들었다 놓기를 수십 번, 결국, 카트에 실리는 것은 고작 시금치와 브로콜리 같은 채소 따위가 전부였다. 가끔 치킨을 사 와도 입덧이 심해 먹을 수 없었다.

"맘, 저와 같이 병원에 가세요."

어머니를 반드시 병원에 모시고 갈 거라고 큼 굽타는 단단히 마음먹었다.

"병원은 무슨, 괜찮다니까?"

프레얀카는 손사래를 쳤다.

어머니가 돈 때문에 병원에 안 가는 것 같아 큼 굽타는 마음이 무거웠다.

"걱정하지 마세요. 다음 주에는 반드시 제차를 이용할 거라고 차 사장이 말했어요."

"오, 고맙기도 해라. 다행이지 뭐냐."

프레얀카는 차 사장의 약속을 믿지 않았다. 더욱이 남자라면 치를 떨었다. 사랑했던 사람 스미스도 그랬고, 아버지 엔 피 굽타도 마찬가지였다. 가문을 더럽힌다고 생활비조차 보내 주지 않았던 아버지도 남자였고, 돌아오겠다고 철석같이 약속했던 스미스도 남자였다. 아리랑게스트하우스 차 사장이라고 다르지 않을 것이다. 그녀가 믿는 사람은 그녀의 마지막을 지켜줄 아들 큼 굽타뿐이었다.

"맘, 오늘은 병원에 꼭 가서야 합니다."

어깨가 축 처진 채 제방으로 들어가는 큼 굽타가 안타까웠다. 20년을 미국에서 살았다. 인도로 돌아오고 싶어도 그럴 수 없었다. 스미스에 대한 믿음이 너무 컸기 때문이었다. 그러나 그는 끝내 돌아오지 않았다.

"아나슐라, 어머니 병원 갈 채비 해줘?"

"예스, 큼."

프레얀카는 방문을 닫고 꿈쩍도 하지 않았다. 가슴이 답답하고 얼굴이 화끈거려도 병원에 가야 할 만큼 심하게 아프지도 않은데, 아들이 힘들게 번 돈을 함부로 쓰기에는 너무 염치가 없었다.

"맘?"

아나슐라 목소리가 들렸다.

"괜찮다니까!"

프레얀카가 짜증을 냈다. 그러지 않고서는 쓸데없이 검사를 하느라 돈만 날릴 게 뻔했다. 샌디에이고 종합병원 같으면 심장병 치료가 가능할지 몰라도 뉴델리는 병원시설도 형편없을뿐더러 의사의 진찰도 믿을 수 없었다.

큼 굽타는 돈 걱정은 하지 않았다. 이번 아그라 여행 가이드는 게스트의 늦잠으로 놓쳤지만, 다음번에는 차 사장이 꼭 연결해 줄 거라 믿었다. 아리랑게스트하우스에 9인승 승합차를 지입한 이후로 벌이는 좋아졌다. 일을 하고 싶어도, 뉴델리에는 일거리가 없었다. 현장 일 얻기도 쉽지 않았다. 얻는다고 해도 날품이었다. 대학에서 관광학을 전공했다. 그러나 인도에서 써먹을 수 없었다. 영어는 잘해도 인도 젊은이들도 관광객과 소통하는 데 아무 문제가 없어 그들과 경쟁하기가 더욱 쉽지 않았다.

큼 굽타는 뉴델리 변두리 임대아파트에 살았다. 외할아버지
엔 피 굽타에게 내쳐진 프레얀카를 안타까워하던, 외삼촌 샌지
쿠마르 굽타가 얻어준 거였는데, 이 아파트도 올해 말이면 계약
기간이 만료되어 비워줘야 한다. 매달 부은 적금으로 임대 기간
을 연장할 수 있어도 외삼촌에게 빌린 돈을 갚을 만큼 준비하지
못했다. 계단을 오르내리기가 힘든 어머니를 편하게 모시고 싶
어 엘리베이터가 있는 새 아파트나 구르가온 외곽지역의 주택으
로 옮길 생각이었다.

프레얀카의 병 상태가 나빠져 시력도 잃어간다는 의사는 말
을 들었을 때 큼 굽타의 마음은 다급했다. 사실, 오늘 같은 경우
도 다른 여행사에서 일할 수 있었다. 그러나 큼 굽타는 포기했
다. 몇 푼 더 벌자고 차 사장과의 약속을 저버리고 싶지 않았다.
어려울 때 한 푼이라도 수고비를 챙겨주려고 애쓰는데 차마 그
의 부탁을 거절하기 어려웠다. 수요일에는 한국 게스트 6명이
아리랑게스트하우스에 예약돼 벌지 못한 돈은 그때 채우면 될
일이었다.

"맘, 11시에 진료 예약해 두었어요."

반드시 어머니를 진료를 받게 해야지…. 큼 굽타는 직접 프레
얀카를 병원으로 모실 생각이었다.

"괜찮대도 그러네."

프레얀카가 손사래를 쳤다. 이번에도 병원에 가지 않을 참인
지, 일단 가지 않겠다고 버텼다. 저대로 두었다가는 병이 더 악

화할 것은 자명했다. 걷지도 못하면서 치료를 받지 않겠다니 가슴이 답답했다. 큼 굽타에게 어머니는 두르가(시바의 아내)신이나 마찬가지였다. 샌디에이고에 어머니와 단둘이 살 때 아픈 몸을 추스르며 일 나가던 어머니 모습이 눈에 선했다.

7,

인디라간디국제공항에서 구르가온으로 가려면 뉴델리 도심을 지나는 게 거리상으로 가장 가깝다. 그러나 차들의 왕래가 빈번한 출퇴근 시간에 걸리면 옴짝달싹도 할 수 없이 도로에 갇혀버린다. 도심을 우회하는 외곽 도로도 크게 다르지 않아 아무리 빨라도 두어 시간은 족히 걸린다.

차상철은 뉴델리의 복잡한 도로 사정을 극복할 수 있는 방법을 찾으려고 시간이 날 때마다 큼 굽타를 데리고 지름길을 찾았다. 도로 사정에 익숙한 뉴델리 거주자라도 시간마다 달라지는 교통량을 알아내기는 불가능해 구르가온 지름길을 찾는다는 게 쉽지 않았다. 아그라로 가는 도로도 마찬가지다. 반드시 뉴델리를 거쳐야 한다. 차들이 밀리는 출퇴근 시간이면 약속된 시간에 도착한다는 것은 상상도 할 수 없었다.

승합차가 한 대가 아리랑게스트하우스를 빠져나가고 있었다. 아그라로 여행 가는 게스트들이다. 웨스트우드 도로에 진입하려면 백 미터 전방에서 유턴해야 한다. 도로에 진입하는 승합차를 확인한 뒤 차상철은 3층 옥상으로 올라갔다. 집 안에 있어 봐야 객실 정리에 분주한 종업원들뿐이라 마땅히 말 붙일 사람도 없었다.

"순애라도 있어야지…."

딸이 이사한다는데 돈 한 푼 보태주지 않으면서 귀국하겠다는 순애를 눌러 앉힐 수도 없었다.

'여비라도 넉넉히 줄걸….'

차상철은 쪼잔하게 굴었던 게 마음에 걸렸다.

'도대체 믿을 수가 있어야지….'

순애는 돈 씀씀이도 헤펐지만 입도 가벼웠다. 성경책을 옆구리에 끼고 신방을 한다며 아리랑게스트하우스를 드나드는 박영호 전도사와 무슨 할 말이 그렇게 많은지…. 만날 때마다 하나님에게 기도하는 것도 아닐 테고…. 속내를 털어놓을 만큼 차상철은 믿음이 가지 않았다.

'헤벌쭉거리는 꼬락서니 하고는…. 바람이라도 났나?'

차상철은 혼자 중얼거리며 옥상에서 얼쩡거렸다.

부르카를 쓴 여인이 대문을 기웃거렸다. 공터 천막 아낙이 순애가 없는 틈을 타 게스트하우스에 물을 훔치러 온 것 같았다. 상수도 시설이 없는 공터 천막 아낙들은 항아리 머리에 이고 공용 상수도까지 물을 길으러 간다. 수돗물 공급은 시간제로 운영하는데, 담아온 물로는 식사 준비하기에 부족하다는 것은 굳이 보지 않아도 뻔했다.

수도료가 비싸다고 '물이 금값이네'라며 수도료 고지서를 들고 투덜거리는 순애의 말을 종업원들이 못 들었을 리 없었다. 아무리 영어가 서툴러도 일그러진 표정까지 놓칠 리 없을 텐데 그녀가 집을 비우기라도 하면 종업원들은 에누리 없이 대문을 빠끔히 열어놓았다.

공터가 한눈에 내려다보였다. 집 지을 건축업자가 없었는지 공터에는 움막 두어 개가 있을 뿐 주위는 횅했다. 두어 가족, 여남은 명은 족히 되었다. 천막과 천막 사이를 천으로 막아 공간을 분리하고 부모와 자식들의 잠자리는 분리해도 배뇨 처리할 마땅한 방법이 없었다. 이른 아침에 아낙들과 아이들이 먼저 일어나 하얀 페트병에 물을 채운 뒤 가까운 공터 숲으로 이동해 배설하고, 페트병에 든 물로 뒤처리를 하고 나면, 남정네들이 뒤를 따랐다. 그다음은 들개와 멧돼지들이 차례로 그들이 내지른 배설물을 먹어 치운다.

'나 원 더러워서…!'

차상철은 구르가온보다 몇 배나 더러운 바라나시에서 8년을 그들과 함께 살아도 도무지 이해할 수 없었다. 게다가 아무렇지도 않게 그들의 배변 방법을 천연덕스럽게 말하는 샌지 쿠마르 굽타가 더 어이없었다.

움막 여인이 물동이를 이고 재빠르게 대문을 빠져나가더니 움막 가운데 놓아둔 큰 독에 물을 부었다.

'두세 번은 더 다녀가겠지….'

흙으로 빚은 큰 항아리에 담은 물로 음식을 만들고 몸을 씻는 게 그들의 일과 중 두 번째로 하는 일이었다. 그러나 그들이 움막에서 다투는 소리를 들은 적이 없었다. 슬퍼하거나 불행한 표정을 본 적은 더더욱 없었다. 그저 그렇게 당연하게 받아들이는 것 같았다.

'가능한 일일까?'

어려울 때도 초연한 그들을 보면 살기 위해 못 할 짓이 없었던 차상철과는 달라도 너무 달랐다.

스마트폰 알람이 울었다. 주방장 아룬이 저녁 준비에 필요한 식자재를 의논하기 위한 전화일 것이다.

"할로, 미스터 차?"

"차상철입니다만….."

"델리 경찰서 샌지 쿠마릅니다."

"오, 미스터 샌지, 오랜만입니다."

상철은 바짝 긴장했다. 샌지 쿠마르 굽타는 델리대학 정보학과를 졸업한 뉴델리 경찰청 외사부에 근무하는 영향력 있는 경찰이었다. 외사부는 국제범죄를 다루는 곳이다. 한국에서 범죄를 저지르고 인도로 도피한 용의자가 있을 때마다 게스트들의 정보(여권 사본)를 요청한 적이 있었으나 여태까지 별 탈 없었다.

"미스터 샌지, 무슨 일로?"

샌지 쿠마르 굽타는 차상철이 인도에 처음 왔을 때 싱가포르를 경유하는 뉴델리행 아시아나 비행기에서 알게 되었다. 그의 옆자리였는데 몸집이 거구여서 자리다툼을 하다가 주먹질 직전까지 갔다. 다행히 그가 양보하는 바람에 머쓱해지긴 했지만. 한국 같았으면 가만두지 않았을 것이다. 어쨌든, 그때 인연으로 차상철이 인도에 정착할 때는 그에게 많은 도움을 받았다. 바라나시에서 처음으로 게스드하우스에 취업할 때도, 아리랑게스트하우스 건물을 임대할 때도 주인을 소개해 주기도 했고, 외국인에게 배타적인 인도 관료들도 소개해 줘 무사히 게스트하우스 영업허가를 받을 수 있었다. 당연히 뒷돈이 들어갔다. 백만 루피(천칠백만 원) 정도면 많은 돈이 아니라고 박영호 전도사가 말해 줬는데 차상철에게 큰돈이었다. 영업 허가서를 받기 위해 서너 번은 서류를 수정 보완해 네댓 번은 관공서에 들러도 영업 허가는 쉽지 않았다. 물론 그때도 샌지 쿠마르 굽타의 도움을 받았다. 어쨌든 뒷돈 없이 관공서 영업허가는 불가능하다. 공짜로 되는 게 없는 나라였다.

"객실 있어요?"

"미스터 샌지, 객실은 있습니다만….."

적색수배 용의자가 뉴델리로 도피한 것 같았다.

"2층 객실 부탁합니다."

샌지 쿠마르 굽타가 말하는 2층 객실은 203호였다. 베란다 문만 열어도 게스트하우스 대문을 출입하거나 3층으로 올라가는 게스트를 동시에 감시하기에는 제격이었다.

"203호 말인가요?"

샌지 쿠마르 굽타에게 203호라 말은 던졌지만, 차상철은 내심 걱정이었다. 그 객실은 이번 주말까지 게스트가 머물 예정이다.

"203호던가? 그 방이면 좋겠는데….."

"네, 양해를 구해 보겠습니다만….."

샌지 쿠마르 굽타의 요청은 거절할 수 없었다. 개인적인 관계도 그렇지만, 국제범죄를 다루는 뉴델리 경찰서 외사부 소속 경찰의 요구사항이었다. 조건 없이 지원해 줘야 뒤탈이 없다. 그러나 차상철은 신경 쓰지 않았다. 인도 사람에게 약속날짜는 별다른 의미가 없었다. 와봐야 오는 것이다. 그들에게 약속은 언제든지 변경될 수 있는 것이다. 시간이 오늘밖에 없는 것도 아니다. 모든 것은 시바신이 정한다. 약속 시각도 다르지 않다. 내일이란 오지 않을 수도 있는 것을…..

샌지 쿠마르 굽타가 전화를 끊었다.

'적색수배라면, 사기범? 아니면 살인 용의자?'

어젯밤, 인디라간디국제공항에서 오라나 호텔까지 데려다준 김민재가 생각났다. 초점을 벗어난 불안한 눈빛과 행동도 어설펐지만 죄를 저지를 사람 같지 않았다. 하기는 범인이라고 이마에 써 부치고 다니는 것도 아니다. 어디 흉악범만 범인인가. 돈 떼먹은 경제사범, 거짓말을 밥 먹듯 해대는 사기범, 공공연히 갑질하는 대기업 관리들, 수없이 많다. 흉측하게 생겼다고 모두 범죄를 저지르는 것도 아니다. 차상철은 구레나룻을 쓰다듬었다.

'김민재라….'

오라나 호텔 프런트에 내밀었던 김민재의 여권은 신규로 발급한 것이었다. 오십 줄에 들어선 나이에 처음 해외를 나오지는 않았을 테고….

사람 속내를 들여다볼 수 없으니…. 차상철이 일본 후쿠오카에서 얼굴 성형을 힐 때만 헤도, 시체가 득실거리는 바라나시에서, 그리고 구르가온에서 숨죽이고 숨어 살 거라는 생각은 해보지 않았다.

'오늘도 어떻게 될지 알 수 없는데 내일은 무슨.'

8,

커튼을 걷었다. 햇살이 밝게 비쳤다. 깊은 잠을 못 잔 탓인지 찌뿌듯했다. 두 팔을 들어 올렸다.

'무슨 일일까? 혜지는 왜 연락이 없지?'

잠들었던 것일까. 김민재는 모바일폰을 켰다. 붉은색 아이콘이 눈에 띄었다. 앞뒤 잴 것 없이 메시지 폴더를 꾹 눌렀다.

[데이터 사용설정이 거절로 설정되어 있습니다]

데이터를 받을 경우 추가 요금이 발생한다는 메시지가 먼저 떴다.

"오빠, 비행기 탑승하면 환경설정을 '데이터 거절'로 바꿔야 해!"

아파트를 나설 때 혜지가 했던 말이었다. 해외여행 중 로밍을 잘못해 전화요금 폭탄을 맞은 적이 있었다. 그렇다고 메시지를 보지 않을 수도 없었다. 붉은색 아이콘이 깜빡거렸다. 혜지 메시지일까. 연락만 된다면 전화 요금 따위가 문제 될 리 없었다. 김민재는 붉은색 아이콘을 뚫어지게 노려보다 [받음] 버튼을 꾹 눌렀다. 통신요금이야 어떻게 되던 혜지와 연락하는 게 우선이었다. 메시지가 우르르 업로드됐다. 통상외교부에서 보낸 한국대사관 연락처, 뉴델리에 폭동이 일어났으니 가능한 숙소나 호텔에서 머물라는 외교부의 경고문, 그리고 인도 방문을 환영한다는 인도 포털사이트의 환영 메시지, 그러나 기대했던 메시지는 없었다. 김민재는 가슴이 답답했다.

'잠에 곯아떨어져 있을까?'

혜지는 잠이 많았다. 빨리 일어나야 오전 열한 시였다. 손님들의 술잔을 한 잔씩만 받아도 위스키 열 잔은 넘게 마실 것이다. 술이 센 사람이라도 매일 밤 위스키 열 잔이라면 당찬 여자라도 감당하기 쉽지 않을 것이다. 가게 마무리를 종업원들에게 맡긴다 해도 새벽이 돼서야 술에 취해 비틀거리면 아파트에 들어갈 것이다.

'급한 일이 있겠지….

김민재는 혜지를 믿으려고 애썼지만, 머리는 그녀를 의심하고 있었다. 전화를 받지 않으니 확인할 방법도 없었다.

"어떻게 하지?"

아무리 생각해도 대안이 없었다. 시장기가 왔다. 비행기에서 제공하는 기내식으로 먹은 빵 두어 조각이 전부였다.

호텔 로비로 내려갔다. 주린 배라도 채워야 할 것 같았다. 로비 끝자락에 레스토랑이 보였다. 입구에 들어서자 강한 향이 코를 자극했다. 구역질이 올라왔다. 그러나 뱃속은 꼬르륵거리며 음식을 불렀다. 레스토랑은 한산했다. 시간이 늦어선지 아침 먹는 사람들은 서너 테이블이었다. 뷔페 음식대가 레스토랑 가운데 배치되었고 식사할 수 있는 테이블은 양옆으로 자연스럽게 놓여 5성 호텔 레스토랑다웠다. 왼편 음식대의 짙은 향으로 보아 인도식, 오른편은 서양식이었다. 가운데에 워킹 토스터가 보였다. 김민재는 토스트 두어 조각을 채널에 올렸다. 채널은 쉴 새 없이 돌아갔다. 몇 분쯤 기다리면 될까.

'하나, 둘, 셋….'

익숙한 토스트 냄새가 콧구멍을 자극했다. 접시를 찾아 샌드위치와 프레쉬 밀크 한 컵을 올리고 테이블에 앉았다. 입안이 깔깔해 넘길 수가 없었다. 그래도 먹어둬야 할 것 같아 힌입 베어 물었다. 토스트가 모래알처럼 입안을 굴렀다.

'도대체 뭐 하는 짓이야…?'

샌드위치를 질겅질겅 씹어 목구멍으로 욱여넣고 객실로 돌아와 버렸다. 눈물이 핑 돌았다.

텔레비전을 켰다. 이리저리 채널을 돌려보았으나, 한국 방송은 찾을 수가 없었다. 그렇다고 CNN이나 BBC 방송을 볼 수도 없었다. 겨우 하루 지났는데 몇 달이나 된 것처럼 지루하고 답답해 숨이 막혔다.

'어떻게 된 일일까.'

김민재는 비스듬히 침대에 기대 모바일폰만 바라보며 텔레비전 채널을 이리저리 돌렸다. 그는 인도로 도피할 거라 생각해본 적이 없었다. 하지만, 그에게 인도는 생소하지 않았다. 혜지가 인도라고 말했을 때 거부감이 없었던 이유도 그 때문이었다.

30여 년 전의 까마득한 일이다. 동그란 눈에 깊은 쌍꺼풀, 그리고 갈색 눈동자, 피부가 흑인처럼 검지도 백인처럼 희지도 않은, 부르카를 항상 쓰고 다녔던 본과 유학생 프레얀카 프리야드시니였다. 그녀는 전자 공학을 전공하는 샌디에이고주립대학교 4학기를 이수한 학생이었고 강수복은 샌디에이고에 도착해 언어연수를 막 끝내고 본과를 시작하려는 초보 한국 유학생이었다.

"스미스, 도와줄까?"

강수복이 마지막 수업을 마치고 어학당을 막 빠져나오려는데, 프레얀카가 말을 걸었다. 부르기 쉽게 어학 당 교수가 지어준 스미스는 강수복의 미국식 이름이었다.

"…."

스미스가 어떻게 해야 할지 몰라 머쓱해 하자 프레얀카는 그에게 따라오라는 손짓을 했다. 그리고 태평양이 훤히 내려다보이는 캠퍼스 언저리 벤치로 향했다.

"일본에서 왔니?"

프레얀카가 일본이라는 말에 스미스는 당황했다. 한국에서 왔다고 말해야 할지, 아니면 가만히 있어야 할지, 도무지 생각이 떠오르지 않았다. 게다가 김민재의 영어 실력으로 멋있는 대답도 쉽지 않았다.

"한국."

김민재는 짧게 대답했다.

한국이라는 나라는 처음 들어본다는 듯이 프레얀카는 고개를 갸웃거렸다

"…. 한국이 어디 있니?"

프레얀카는 스미스를 빤히 쳐다보았다.

스미스는 한국의 위치를 그의 짧은 영어로는 설명할 수 없어 머뭇거리자 프레얀카가 말했다.

"오, 미안, 내가 지도에서 찾아볼게."

다행이었다. 스미스는 얼굴이 홍당무가 되었다. 프레얀카를 보는 게 부끄러워서인지 한국이 부끄러워서인지 아무튼, 얼굴을 붉혔다.

"인도에서 왔어, 뉴델리, 알지?"

세계사 시간에 잠시 배웠던 인도, 설핏 생각나기는 했지만, 스미스에게 떠오르는 단어는 비폭력 저항을 했던 간디나 네루 정도였다.

"…, 마하트마 간디?"

스미스는 더듬거리며 겨우 한마디 뱉어냈다.

"응 맞아."

프레얀카는 하얀 이빨을 드러내며 생긋 웃었다.

"어, 동인도 제도던가?"

프레얀카는 시무룩해졌다. 동인도 제도는 그녀가 듣기에 불편한 단어 같았다.

"어, 프레얀카 미안, 그냥 내가 아는 게 그것뿐이라서….”

스미스는 프레얀카가 왜 시무룩해지는지 알 수가 없어 당황했다.

프레얀카는 매일 어학당 앞에서 기다렸다. 그리고 버스를 타고 시내를 돌아다녔다. 그녀는 늘 명랑해 어두운 그림자라고는 찾아볼 수 없었다. 훌륭한 집안에서 귀하게 자란 것 같았다. 스미스의 부모같이 졸지에 부자가 된 집안과는 달랐다.

"스미스, 우리 LA로 여행갈까?"

"정말?"

스미스는 프레얀카가 여행을 가자는 말에 깜짝 놀랐다.

"그래, 이번 학기 종강하면 LA로 여행가. 약속한 거야?"

"알았어."

스미스는 프레얀카를 힘껏 포옹했다.

"절대 안 돼!"

어머니가 비명을 질렀다.

"우리 집안이 어떤 가문인데 어디 여자가 없어 깜둥이를 데리고 와. 네 애미 죽는 꼴 안 보려면 당장 그만둬!"

어머니는 입에 거품을 물고 고래고래 고함을 질렀다.

"검은 피부가 어때서?"

강수복은 어머니가 반대하는 이유를 이해할 수 없었다. 어머니가 말하는 가문이 뭘 말하는지, 기껏해야 돈 몇 푼 가진 것밖에 없으면서 도대체 가문이 뭔데. 가문이라는 말도 어이없지만, 피부가 검어서 안 된다는 것도 어이없기는 마찬가지였다. 당상관을 지낸 조상이 있는 것도 아니었고 장관을 배출한 가문도 아니었다. 운 좋게 한강 언저리 모래밭 가격이 졸지에 올라 남보다 돈이 좀 많은 것뿐이면서.

"왜 안 되는데요?"

강수복은 어머니에게 대들었다. 부모 덕택에 돈깨나 쓰면서 폼 나게 대학을 다녔지만, 강남 졸부 아들이라는 친구들의 뒷말을 들었을 때는 늘 갈등했다. 뒷문으로 들어간 열등감 때문인지 학생운동을 할 때도 그는 늘 언저리에서 맴돌았다.

"스미스 언제 샌디에이고로 돌아올 거야?"

프레얀카 메시지를 받을 때마다 강수복은 가슴이 미어졌다.

"곧 갈 거야. 조금만 기다려."

'형편없는 가문이라니….'

프레얀카 부모는 인도 크샤트리아(카스트의 무사 계급)였다. 수천 년을 귀족으로 살았고, 지금도 귀족이었다. 돈으로 치면 강수복의 부모와 상대도 되지 않았다. 뉴델리 인근에 이십만 평이 넘는 저택에다 그녀의 아버지는 뉴델리 경찰청 총경이었다. 그녀의 동생도 델리대학 정보학과에 졸업 예정인데, 한국의 D 대학으로 유학할 거라고 했다. 그런 가문이 형편없다니….

사랑하는데 피부색이 왜 문제가 되는지 강수복은 어머니 말을 도무지 이해할 수 없었다. 프레얀카 정도면 피부 색깔이고 뭐고 간에 강수복의 집안과 견줄 바가 못 되었다. 적어도 프레얀카 집안은 부르주아 상위 그룹이다. 한강 모래펄 졸부가 수천 년을 유지해온 인도 무사 계급 집안의 자존심을 깡그리 뭉개버렸다. 하지만, 강수복이 할 수 있는 것은 아무것도 없었다.

2부, 아리랑게스트하우스

1,

뿌옇다. 모든 것이 뿌옇게 변해있다. 하룻밤 새 그렇게 된 것
은 아니다. 이유야 여럿 있겠지만, 도시는 분명 먼지 속에 갇혔
다. 아리랑게스트하우스 옥상도 다르지 않았다. 매일 아침 쓸어
도 먼지가 쌓여 한 발자국만 내딛어도 슬리퍼가 너저분해졌다.
심한 날은 입속까지 버썩거려 죽을 맛이었다.

"아이고, 이런 먼지 좀 봐…."

슬리퍼 자국을 돌아보면 차상철은 입을 막았다. 그가 옥상에
들리는 것은 좀도둑을 잡으려고 시작한 짓이다. 지하부터 3층
옥상까지 오르내리며 문을 잠그고 창문을 감시하면 도둑을 잡을
수 있을 거로 생각했다. 그러나 도둑은 쉽사리 모습을 드러내지
않았다.

'CCTV라도 설치할까….'

냉장 만두가 없어졌을 때는 공터 천막 사람들의 짓인 줄 알았다. 한 끼로 하루를 때우는 까만 아이들을 의심했다. 조금만 경계가 소홀해도 냉장고 한구석이 비었다. 많지도 않았다. 기껏해야 생닭 한두 마리나 한국산 신라면 서너 봉지였다. 그런데 범인을 잡고 보니 내부 종업원의 소행이었다. 훔친다는 것을 알면서 근거 없이 닦달할 수 없었다. 주방장 아룬을 제외하면 모두 인도 출신 여자종업원들인데, 외출할 때마다 가방을 들칠 수도 없었다. 심하게 닦달이라도 하면, 절대 훔치지 않았다고 잡아떼면 해고하기도 쉽지 않았다. 어설프게 경찰서에 신고해 차상철이 되레 유치장 신세를 진 것이 한두 번이 아니었다.

"제기랄! 이럴 수도 저럴 수도 없고⋯."

차상철은 투덜거렸다.

'어떻게 하지⋯?'

별것 아니지만, 냉장고 물건이 없어지는 날이면 범인을 잡을 때까지 기분이 더러웠다. CCTV를 설치해 확실한 증거를 잡아 해고하는 방법이 그나마 났다. 그렇지만, 믿을 만한 인도사람 종업원을 구하는 것은 더 어렵다.

"나 원, 더러워서⋯."

해고당한 종업원의 신고로 경찰이 출동하면 이유 여하를 막론하고 게스트하우스를 엉망으로 만들어 버린다. 그럴 때는⋯. 그럴 때는 차상철은 정말 한국으로 돌아가고 싶었다. 하지만, 그는 돌아갈 조국도 고향도 없었다. 어쩌다 보니 이 지경이 됐다.

엎질러진 물을 다시 그릇에 주워 담을 수도 없었다. 살아도 산 게 아니라는 생각이 들 때는 무인도에 떠내려간 쓰레기 같았다. 그나마 공소시효가 지나 법적인 책임을 벗어났다는 게 유일한 위안이었다.

'한국으로 돌아갈 수 있을까…?'

지금 생각해도 아내가 원망스러웠다. 믿을 수가 없었다. 소줏 값을 달라고 했을 때 기만 원만 줬더라도 곽가 놈하고 화해했을 텐데….

마누라가 다른 놈과 바람피운다는 말을 들었을 때는 꼭지가 돌았다. 돈 못 번다고 타박하는 것쯤이야 참을 수 있어도, 마누라가 바람피운다는 소문을 듣고 참을 남자는 없을 것이다.

'나쁜 년, 바람피우지 않았다고 끝까지 우기던지….'

긴 세월이었다. 그나마 공소시효가 지났다.

차상철은 순애에게 그의 과거를 털어놓고 싶어도 살을 섞고 산 세월이 너무 짧아 망설였다. 구르가온 햇빛교회에서 처음 만나 겨우 일 년밖에 안 돼 믿기에는 서로가 일렀다. 혼인신고를 해도 바람을 피우는데, 동거한다고 그의 과거를 이해해 줄 것 같지 않았다. 가슴이 답답하면 지하 연회장에서 노래방 기기를 틀어놓고 혼자 소리 지르는 게 고작이었다.

인도 사람들은 친절해 보인다. 그러나 그들과 이웃한다는 것은 상당히 위험한 일이다. 눈만 깜짝해도 가방이 없어지고 주머니가 털린다. 게다가 거짓말을 밥 먹듯 해대니 그들과 소통한다는 것은 더 끔찍한 일이다.

'꼭 돌아와야 할 텐데….'

순애는 귀국한 뒤로 한 번도 연락이 없었다.

며칠 전에는 한국산 참치통조림을 훔치던 여종업원을 현장에서 잡아 그 자리에서 해고했다. 울고 불며 용서해 달라고 매달렸지만, 한두 번도 아니어서 단호하게 해고해 버렸다. 경찰서에 불려가 고초를 치르는 한이 있어도 그편이 나았다. 봐주기 시작하면 재산이 거덜 나는 것도 한순간이었다. 그렇다고 차상철이 먼저 경찰에 신고할 수도 없었다. 가재는 게 편이라고 물건을 훔친 도둑은 문책조차 하지 않고 훈방으로 풀려나와, 되레 해코지하는 종업원도 더러 있어 증거를 잡았을 때 현장에서 해고하는 게 차라리 나았다.

종업원들에게 욕하는 것도 지겹다. 그런다고 달라지지도 않았다. 훔쳐 간 라면 한 개로 부모님에게 두 끼를 드릴 수 있다니 할 말도 없었다.

"차라리 굶어 죽지."

차상철은 게스트하우스 뒤편 공터 천막을 내려다보았다. 칸막이(천으로 된 가림막) 너머 삐쩍 마른 사내가 바가지로 물을 뒤집어쓴 뒤 비누칠을 하고 있었다. 검은 피부에 흘러내리는 희뿌연 비누 거품이 선명하게 보였다.

'씻어질까?'

아침마다 보는 광경이었다. 텐트 두 개를 붙여 지은 천막에

여남은 명이 함께 살았다. 어린아이들 대여섯에, 노모처럼 보이는 삐쩍 마른 할머니, 그리고 사십 줄은 충분히 될 것 같은 부부였다. 그들의 아버지는 이미 죽었거나 출가수행(나이 들면 힌두 율법에 따라 가족을 떠나 떠돌이 생활을 함)을 떠났는지 한 번도 본 적이 없었다. 그런데, 그들의 천막에서 고함을 들은 적이 한 번도 없었다. 아무 갈등도 없는 것일까. 아니면 늘 평안해서일까. 후자라면 가능한 일일까. 차상철은 아무리 생각해도 그들이 평안하지 않을 것 같았다. 차라리 삶을 포기한 거라고 단정 지어 보지만, 그러기에는 그들의 생활은 너무 평온했다.

항아리에서 퍼낸 물을 뒤집어쓰던 사내가 천막 안으로 들어갔다. 그뿐이었다. 뻥 뚫린 커튼인데 안이나 밖이나 달라 보이지 않았다. 벌거벗은 사내 모습은 도로에서 훤히 보이는데도 아랑곳하지 않았다. 사실, 그럴 필요도 없었다. 관심을 가지는 사람도 없었다. 조상으로부터 물려받은 검은 피부, 씻어도 달라지지 않는다는 것쯤은 태어나면서부터 알 텐데, 매일 씻었다. 물을 끼얹으면 그나마 위안이 되는지. 차상철은 그들에게 검은 피부가 다행이라 생각했다. 피부가 희기라도 했다면, 그들은 조상이 물려준 이 덥고 열악한 땅을 내팽개치고 벌써 떠났을 것이다.

차상철은 203호 문을 두드렸다.

"미스터, 샌지!"

"…."

'아직 한밤중인가?'

"아침 먹어야죠?"

차상철은 손목시계를 들여다보았다. 여덟 시가 넘었다. 샌지 쿠마르 굽타가 아리랑게스트하우스에 투숙하면, 뉴델리 경찰청으로 출근하는 일 외에는 웬만해선 바깥출입을 하지 않았다. 무엇을 하는지 알 수 없어도 식사 때를 제외에는 온종일 객실에 틀어박혀 있었다.

"샌지! 아침 먹어야죠?"

차상철은 목소리를 높였다. 게스트에게 아침을 먹여놔야 퇴실할 때 뒤탈이 없다. 제때 식사를 하지 않거나 그들의 사정으로 먹지 않고는 몇 끼를 먹지 않았으니 식비를 돌려달라는 엉뚱한 일 때문이기도 하지만, 식사를 하지 않으면 최고의 서비스를 제공하지 못한 것 같아 편하지 않았다. 어차피 만드는 음식, 제때 먹여놓아야 뒤탈이 없었다.

샌지 쿠마르 굽타는 예약일보다 늦게 투숙했다. 이삼일 늦은 게 뭐 별거냐는 그의 표정을 보면 사실 짜증부터 난다. 그나마 그는 약속을 잘 지키는 편인데도 이삼일이었다. 다행히 203호에 머물던 게스트가 조기 귀국을 하지 않았으면 차상철은 속앓이를 할 뻔했다.

객실 출입문을 슬쩍 밀어보았다. 소리 없이 열렸다. 차상철은 고개를 들이밀고 객실 안을 들여다보았다. 비대한 몸뚱이가 침대 가운데에 엎어져 있었다.

'아이고 머리야….'

차상철은 머리를 감싸 안았다.

관공서나 회사는 아홉 시부터 업무를 시작하는데, 그들은 출근한 뒤 한 시간은 수다를 떤 뒤에야 제자리에 앉아 업무를 시작한다. 세무서도 마찬가지였다.

'일은 언제 하누.'

알다가도 모를 인간들이었다.

'저러니까 구걸이나 하면서 살지….'

세금을 내고 나오면 큰 소리로 말을 못해도 한국말로 구시렁거렸다.

"미스터 차, 무슨 일입니까?"

출입문에 선 차상철을 발견한 샌지 쿠마르 굽타는 깜짝 놀라 하초를 가렸던 삐자마(인도 전통 바지의 일종)를 추슬렀다.

"아침 먹어야죠."

"벌써 식사 시간입니까?"

"빨리 내려오세요. 준비해 놓을 테니."

차상철은 퉁명스럽게 뱉어내며 객실을 나왔다. 샌지 쿠마르 굽타가 1층 식당까지 내려오려면 한참을 더 기다려야 한다.

"좀, 서두르지…."

식성도 까다로웠다. 한국 음식을 먹기는 해도 고기(돼지고기, 쇠고기, 양고기)는 입에도 대지 않았다. 흔히 말하는 베지트리안(채식주의자)이다. 귀찮지만 어쩔 수 없이 그의 입맛에 맞춰야 한다. 하지만, 인도에서 이정도 신분을 가진 사람과 친분이 있다는 사실만으로도 차상철에게 엄청난 재산이었다.

아리랑게스트하우스 1층에는 식당이 세 개 있다. 4인용 식탁이 있는 작은 식당에는 함께 식사하기 꺼리는 게스트가 투숙했을 때 이용한다. 하지만, 대부분의 게스트는 큰 식당에서 함께 식사하는 것을 좋아했다. 불편하기는 해도 여행을 즐기려는 게스트들이 정보를 교환하기에는 제격이라는 게스트들의 말을 듣고는 홈페이지에 자랑을 늘어놓았더니 의외로 반응이 좋았다.

열 명 이상 단체 여행객인 경우에는 지하 연회장을 사용한다. 규모가 작은 1층 식당 옆에는 트윈 베드를 갖춘 객실이 둘 있다. 늦은 밤이나 새벽에 입 출국하는 출장자들이 이용할 수 있게 준비한 객실이다. 하룻밤 투숙에 40달러여서 삼 분의 일 가격밖에 안 돼 단기간 출장하는 게스트들이 제법 이용하는 편이었다.

가운데 계단을 통해 2층으로 올라가면, 왼편으로 객실이 셋, 오른편으로 객실이 둘, 부부 여행객이나 연인들이 여행을 왔을 때 쉴 수 있게 더블베드와 샤워실, 레스트 룸도 갖춰져 있다. 그리고 3층은 대형 객실 둘 뿐이다. 더블베드와 레스트 룸 그리고 작은 거실도 갖춰져 안락하게 쉴 수 있다. 아무리 많은 게스트가 투숙해도 3층 객실은 조용해 사람들의 눈을 피하려는 여행객들이 주로 이용한다. 그렇지만, 가격이 일반 호텔과 비슷해서인지 공실일 때가 더 많았다.

차상철은 3층 객실 가격을 낮출까 고민 중이다. 샌지 쿠마르 굽타가 투숙한 객실은 203호다. 2층이지만 시야가 트여 아리랑게스트하우스를 출입하는 사람들은 한눈에 볼 수 있었다. 대문을 들락거리거나 2층으로 올라오는 사람들도 커튼만 걷으면 3층과 옥상으로 올라가는 사람들도 감시할 수 있게 복도를 향한 창문도 있어 센지 쿠마르 굽타가 선호하는 객실이다.

'용의자가 뉴델리에 잠적이라도 한 건가?'

차상철은 센지 쿠마르 굽나가 아리랑게스트하우스에 투숙한 게스트들의 정보를 조사해 달라는 메시지를 받았을 때부터 감을 잡았다.

아룬에게 센지 쿠마르 굽타 아침 식사 준비를 시켰다. 그는 한국 게스트들에 비해 까다로운 편은 아니었다. 차파티(타원형인 발효되지 않은 밀가루 빵, 인도나 네팔사람들의 주식)나 란(발효 밀가루 반죽을 탄두르(점토로 만든 원통형 가마 오븐)에 넣어 잎사귀 모양으로 얇게 구워낸 인도식 빵)에 커리 한 대접이면 충분했다. 그는 가끔 한국 음식을 먹기도 하는데, 주로 돼지고기가 들어간 김치찌개나 된장찌개를 달라는 것을 보면 베지트리안이라기보다 잡식성이었다.

인도사람들 대부분은 베지트리안이지만, 그렇지 않은 사람도 많았다. 사람들의 눈을 피해 몰래 돼지고기나 쇠고기를 먹다가 발각되어 마을 사람들에게 돌팔매에 맞아 죽었다는 뉴스를 보면 그들끼리 쉬쉬하면서도 고기 맛을 잊지 못하는 것 같았다. 센지 쿠마르 굽타는 한국 유학 시절 돼지고기가 들어간 김치나 된장찌개는 많이 먹어봤다고 자랑하기도 했는데 입술에 손가락을 대면서 상철에게만 몰래 한 말이었다.

차상철은 오늘 일정을 점검했다. 어젯밤 늦게 도착한 301호 부부 외에 3층 객실은 비었다. 2층에는 어제 온다는 여행객이 연락도 없이 오지 않아 202호실이 비었다.

"나쁜 놈의 새끼!"

미리 연락을 줘야 다른 여행객이라도 유치할 수 있지…. 다음부터는 객실료를 입금하지 않으면 예약을 받아주지 말아야지…. 게스트의 편리를 봐주다 보면, 결국, 차상철만 손해를 보는 것 같아 속상했다. 돈을 벌자고 시작한 일이지만, 게스트 편리 위주로 운영하다 보니 손실이 너무 컸다. 차상철은 그의 침실 옆 책상에서 컴퓨터를 켰다. 입금하기 전에는 객실 예약을 보증할 수 없다는 주의 사항을 홈페이지 운영지침을 업로드 할 예정이었다.

2,

커튼을 젖혔다. 스콜이라도 오려는지 창밖이 어두웠다. 번갯불이 번쩍거리더니 강한 빗줄기가 창문을 두드렸다. 온통 암흑이었다. 김민재는 침대를 빠져나와 칫솔을 입에 물었다. 텁텁한 입이라도 헹궈낼 참이었다. 거울을 보았다. 하룻밤 새 턱수염이 제법 자라 산적山賊이 따로 없었다. 세이빙 비누를 턱에 골고루

바르고 면도날로 턱을 밀었다. 속살이 하얗게 드러났다. 겨우 며칠 지났는데 얼굴이 까맣게 타다니…, 한국 사람이라며 까만 얼굴을 들이밀며 말을 붙이던 차상철이 생각나 피식 웃음이 나왔다.

'그나저나, 혜지는 전화를 왜 안 받지?'

사정이 있어도 메시지는 보내야지 전화를 받지 않는다고 해결될 일도 아닌데…. 배신이라도 한 건가. 테이블에 올려놓은 캐리어가 보였다. 백 달러 지폐를 돌돌 말아 캐리어 모서리마다 바늘로 한 땀 한 땀 꿰매던 혜지 표정에는 거짓이라고는 찾아볼 수 없었는데.

'경찰서에 연행이라도 된 걸까, 아니면 쫓기고 있을까?'

김민재는 불안한 생각이 들었다. 두려웠다. 돈도 돈이지만, 혜지가 검찰에 체포되기라도 하면 모든 게 끝장이었다. 아파트에도 전화가 안 됐다. 전화를 폐쇄했는지 없는 전화번호라고 했다. 도대체 어떻게 된 일일까. 더군다나 호텔 프런트와는 말도 통하지 않으니 아무것도 할 수 없었다.

메시지 도착 알람이 들렸다.

"제발!"

내려받는 속도는 더뎠다. 그러나 인터넷 포털사이트를 선전 메시지만 줄줄이 엮여 나오고 정작 기다리던 혜지 메시지는 없었다.

캐리어를 침대 위에 올려놓고 지퍼를 열었다. 그리고 손을 넣었다. 빳빳한 종이가 손끝에 닿는 순간 김민재는 인천공항 보안검색대를 통과할 때만큼 가슴이 두근거렸다. 혹시 누가 엿볼까 봐 객실 출입문에 귀를 댔다. 인기척이 없었다. 출입문을 열고 복도를 확인했다. 투숙객들이 체크아웃이라도 했는지 조용했다. 김민재는 출입문 보안키를 확인한 뒤 침대로 돌아와 호흡을 가다듬었다.

만 달러. 이 돈으로 얼마나 버틸까. 지갑에 3천 달러까지 합치면 6개월은 충분히 버틸 수 있을 것 같았다. 혜지도 6개월은 버틸 거라고 했다. 그녀와 당장 연락이 안 되더라도 일단 안심이되었다. 종이말이(궐련처럼 돌돌 말은 종이 뭉치)를 조심스럽게 뜯어냈다. 실오라기 터지는 소리가 유난히 커 가슴이 두근거렸다. 그리고 정성스럽게 말은 창호지를 한 겹씩 풀었다. 그녀가아니면 누구도 할 수 없는 일이다.

달러를 싼 종이말이가 한 꺼풀씩 벗겨졌다.

'아니, …이게?'

남은 마지막 종이 한 장은 백 달러 지폐가 아니었다. 돈은 보이지 않았고 하얀 창호지만 남았다.

'어떻게 된 거야?'

가슴이 덜컥 내려앉았다. 옷가지를 모두 꺼냈다. 그리고 캐리어 모서리에 매단 종이말이를 뜯어내 풀어 헤쳤다. 하나같이 종이를 겹겹이 말은 창호지였다. 김민재는 어안이 벙벙했다.

'설마….'

혜지에게 속았다는 생각이 들었다. 종이말이를 모조리 풀어 헤쳤다. 종잇조각이 침대 위에 수북이 널브러졌다. 김민재는 망연자실했다. 김민재는 그때야 공항 보안검색대를 무사히 통과할 수 있었던 이유를 알 것 같았다. 보안이 철통같다던 인천공항 보안검색대나 인디라간디국제공항 검색대가 종이와 돈(달러)을 구분 못 할 만큼 허술할 리 없었다. 만 날러.

'혜지가 그럴 리 없어?'

김민재는 눈앞에 벌어진 상황을 믿을 수가 없었다. 도저히 믿기지 않았다. 일어나지 말아야 할 일이었다.

더럭 겁이 났다.

'무슨 사정이 있을 거야….'

김민재는 이 상황을 애써 믿고 싶지 않았다. 혜지에게 전화를 걸었다. 발신음이 귓속을 왕왕거리더니 뚝 끊어졌다. 다시 눌렀다. 마찬가지였다. 미쳐버릴 것 같았다.

'나쁜 년….'

김민재는 침착해야겠다는 생각이 들었다. 그러나 온몸이 부들부들 떨려 가만히 앉아 있을 수조차 없었다. 캐리어를 집어던졌다. 종잇조각이 하얗게 객실에 날아올랐다.

'만 달러!'

종잇조각이 방바닥으로 떨어졌다. 가슴이 부글거려 도저히 참을 수가 없었다. 침착하고 싶었지만, 끓는 분노가 멈춰지지 않았다. 소리를 지를 수도 하소연할 데도 없었다.

"그래, 무슨 사정이 있었겠지….""

혜지가 거짓말을 할 리 없었다. 당차기는 해도 사기詐欺를 칠 만큼 부도덕한 여자는 분명 아니었다.

혜지를 만난 것은 3년 전이었다. 진행하던 국책 프로젝트 사업자금이 부족해 지지부진할 때 우선 투입할 자금을 융통하기 위해 만났던 S 은행 강남 지점장과 역삼동 J 단란주점에 들렸다.

"지점장님 오랜만에 오셨어요?"

여자가 지점장의 팔짱을 끼며 간드러진 목소리로 말했다.

"아, 그런가?"

지점장은 능청스럽게 여자에게 맞장구를 쳤다.

"지점장님, 같이 온 손님도 소개해 주셔야죠?"

여자는 한쪽 눈을 찡긋했다.

눈이 마주치는 순간 강수복은 가슴이 쿵쿵거렸다.

강수복은 결국 샌디에이고로 돌아갈 수 없었다. 유학도 중도에서 접었다. 그리고 어머니가 소개한 여자와 결혼했다. 물론 그럴듯한 집안의 규수였다. 장인이 경영하는 회사에 입사해 열심히 일했지만, 아내에게 정을 주지 못한 게 탈이 나고 말았다. 결혼한 지 5년쯤 지났을까. 아내가 바람났다는 소문이 회사에 돌았다. 그에게 친절했던 상사였다. 처음 소문을 들었을 때는 설마 했다. 그런데 사실이었다. 결혼을 유지할 이유가 없었다. 처부모의 만류에도 이혼하고 말았다. 아이가 없었던 게 그나마 다행이었다. 애정 없는 결혼 차라리 잘된 일이었다.

강수복은 이혼한 뒤 오십이 넘도록 혼자 살았다. 여자를 사귈수 없었다. 밀려오는 성욕을 주체할 수 없을 때는 혼자 해소했다. 프레얀카에 대한 예의라고 생각했다. 그런데, 단란주점 여자의 묘한 눈웃음에 강수복은 가슴이 두근거려 어떻게 할 줄 몰라 얼굴까지 빨개졌다.

"어, 강 사장 웬일이야? 얼굴이 다 빨개지고?"

"아니…, 뭐…그게."

"민 마담, 이래 봬도 강 사장은 순정팝니다. 오늘 밤 잘 한번 해 보세요?"

강수복의 사정을 잘 아는 지점장이 너스레를 떨었다.

"선배님, 왜 그러세요!"

강수복은 얼굴이 빨갛게 달아올랐다. 그러나 시침을 뚝 떼고 웃기만 했다. 민 마담은 지적이었고 아름다웠다. 참으로 오랜만에 느끼는 감정이었다.

"사장님, 술 한 잔 받으세요. 민혜지라고 합니다."

위스키병을 들어 올리며 강수복에게 재촉하는 민 마담 목소리는 말랑거렸다.

"어머, 사장님, 예쁘게 봐주세요!"

강수복은 가슴이 벌렁거렸다.

"술잔 받지 않고 뭐해, 강 사장!"

머뭇거리는 강수복의 결심을 꺾기라도 하겠다는 듯이 지점장은 그에게 술 마시기를 다그쳤다.

"아, 예….."

강수복은 엉거주춤 궁둥이를 빼면서 위스키 잔을 들었다.

"아이, 사장님, 앉아서 받으세요."

위스키는 민 마담의 달콤한 목소리에 실려 목줄을 타고 강수복의 가슴 깊은 곳을 아찔하게 흔들었다.

"강 사장, 은행에 융자받으려 하지 말고 민 마담에게 부탁하면 30억은 쉽게 빌릴 텐데 말이야….."

지점장이 말꼬리를 흐렸다.

"그렇게 부탁해야겠습니다."

강수복은 지점장의 말을 농담으로 흘렸다.

"민 마담! 이 친구 진국이야 진행하는 국책 프로젝트도 믿을 만하고, 산업자원부에서 투자하는 거라서 수익도 괜찮을 거야. 내가 보증하지."

"여부가 있겠습니까. 지점장님."

진담인지 농담인지 민 마담의 묘한 미소가 J 단란주점을 핑크빛으로 물들였다.

"강 사장님, 지점장님 빼고 언제 우리끼리 따로 한잔하는 게 어떻습니까?"

민 마담이 눈을 찡긋하며 강수복의 허리를 살짝 끌어안았다.

"아니, 이 사람들이, 사람을 앞에 두고 이래도 되는 거야? 그럼, 나 먼저 가겠네, 두 사람이 잘해 보시게."

술이 거나하게 취한 지점장이 짐짓 자리를 일어나더니 밖으로 나가려고 했다.

"선배님 왜 그러세요?"

강수복은 일어나는 지점장을 자리에 앉혔다. 그가 농담한 것이겠지만, 헛말이라도 해야 할 것 같아서였다.

"그럼 에쁜 아가씨들 불러오던지, 둘만 눈으로 주고받으니 도대체 객인 것 같아 재미가 있어야지….'

지점장이 말꼬리를 흐리며 분위기를 잡았다.

"아~잉, 지점장님, 그럴 리가 있겠습니까."

민 마담은 처음부터 끝까지 강수복의 심장을 쥐어뜯었다. 적어도 강수복의 마음은 그랬다.

위스키 두어 병이 더 들어오고 여자들 서넛이 문을 열고 들어왔다. 어디서 무엇을 하고 왔는지 헤벌쭉한 주둥이는 금방이라도 입술을 덮칠 것 같아 강수복은 몸을 뒤로 뺐다. 여자들은 이미 취해 있었다. 한 손에는 술잔을, 나머지 손에는 마이크를 들더니 고래고래 노래를 불렀다. 지점장의 손은 빠르게 움직여 여자들의 젖가슴과 사타구니로 들락거렸다. 여자들의 킥킥거리는 웃음소리가 유행가 리듬을 타고 흘렀다.

강수복은 바람을 쐬어야겠다는 말을 남기고 J 단란주점을 빠져나왔다. 바람이 몹시 찼다. 가슴이 휑한 건지 사업이 어려워서인지 알 수 없어도 아무튼, 그는 몹시 추웠다. 코트 깃을 세우고 청담동 뒤 골목길을 걸었다. 차량 전조등이 번쩍거리자 취객이

토해낸 배설물이 골목 이곳저곳에 번질거렸다.

프레얀카는 어떻게 되었을까. 아이는 유산을 시켰을까. 그 일을 생각하면 강수복은 비겁해서 견딜 수가 없었다. 아버지는 지병으로 시름시름 하시다가 돌아가셨고 어머니도 아버지 뒤를 따랐다. 부모님이 돌아가시기 전까지만 하더라도 말도 꺼내지 못했다. 어떻게라도 프레얀카를 찾아보려고 했다. 그러나 워낙 오래된 일이었고 한국도 아닌 미국이라 찾을 방법이 없었다. 그리고 시간이 지나고 말았다. 그의 탓이라 생각했다. 오래전 일이어서 잊어버린 줄 알았는데 술이 한잔 들어가면 살짝 나온 배를 가리키며 동그란 눈을 치뜨던 프레얀카가 생각나 강수복은 혼란스러웠다.

'젠장! 생각한다고 다시 돌아갈 수도 없는데….'

청담동 밤길은 네온에 취해 흐느적거렸다.

'무슨 일이 있겠지?'

설혹, 혜지가 사기를 쳤어도 믿을 거라 다짐했다.

김민재는 침대 위에 널브러진 종잇조각을 하나씩 주워 방바닥에 차곡차곡 쌓았다. 몸이 부르르 떨렸다. 그리고 어금니를 지그시 깨물고 종잇조각을 쓰레기통에 쑤셔 박았다.

혜지 전화번호를 눌렀다.

"등록되지 않은 전화번호입니다."

또렷한 전자음 메시지가 김민재 귓전을 후볐다.

"민혜지, 이 나쁜 년…!"

김민재는 인디라간디국제공항에서 만났던 차상철이 준 명함을 찾았다. 버린 줄 알았는데 다행히 슈터 주머니에 구겨진 채 들어있었다.

3,

모바일폰이 울렸다. +84로 시작하는 전화번호인 것으로 보아 한국에서 온 국제전화였다. 차상철은 모바일폰을 귀에 댔다.

"여보세요?"

상대방의 호흡이 길었다. 차상철도 호흡을 가다듬었다. 호흡을 잘못 조절하면 상대방과 의사전달에 혼선을 빚을 수가 있었다.

"아리랑 게스트하우숩니다."

차상철은 호흡을 멈추고 잠시 뜸을 들였다.

"김민재라고 합니다."

생소한 이름은 아니었다. 누굴까? 인디라간디국제공항에서 아레나 호텔로 안내해 주었던 사람…. 그 사람일까? 그새 한국으로 돌아갔나? 분명 +84로 시작하는 국제 전화였다. 차상철은 머리를 갸웃거렸다. 한국에서 인도를 방문하는 사람들 대부분은 사업차가 아니면 젊은 사람들이 여행 목적으로 뉴델리를 찾았다. 굵직한 목소리, 젊은 사람 목소리는 아니었다.

"무엇을 도와드릴까요?"

"며칠 전에 인디라간디국제공항에서 신세 졌던 김민재라고 하는데, 혹시 기억하시겠어요?"

꽤, 예의 반듯한 말투다,

"아, 예. 기억하고말고요. 벌써 귀국했습니까?"

아레나 호텔로 안내해준 짙은 남색 슈터와 베이지색 바지를 입었던 사람, 반듯해 보였지만, 어딘가 어수룩해 얼빠진 사람처럼 허둥대던 게 눈에 선했다.

"아, 아닙니다."

"국가번호가 한국이라서요."

"아, 그게…."

"그런데 무슨 일로…?"

머뭇머뭇 말을 잇지 못하는 게 사연이 있어 보였다. 해외 출장을 많이 다녀도 처음 방문하는 나라는 어색하고 두렵다. 게다가 호텔 예약도 하지 않은 채 왔으니 이해 못 할 것도 없었다. 차상철이 일본으로 도피했을 때 후쿠오카 공항에서 헤맸던 기억이 났다. 어디가 어딘지 길은 헷갈렸고, 딱딱거리는 일본 사람들의 말소리는 차라리 소음이었다.

"아, 유심(모바일용 칩)을 교체하지 못했군요."

"네, 아직…."

"아무튼, 무슨 일로 전화하셨습니까?"

차상철은 일단 뜸을 들였다. 그래야 그의 의도를 확인할 수 있기 때문이었다.

"사장님을 만나 뵀으면 하는데….'

김민재는 여전히 어물거렸다.

"아, 그래요. 여기는 구르가온 섹트 27구역인데, 찾아올 수 있겠어요?"

김민재가 뭘 원하는지 의도라도 알고 싶었다.

"아, 참, 아직 아레나 호텔에 계신가요?"

"네, 그렇습니다."

'삼 일밖에 안 됐는데 볼일은 다 본 건가?'

"호텔 프런트에 가면 연락처를 알려줄 겁니다."

"아, 그게….'

김민재가 말꼬리를 흐렸다. 모바일폰 유심을 교체하면 전화비가 적게 들 텐데…, 하기는, 금방 돌아갈 거라면 굳이 유심을 교체할 필요가 없었다.

"아리랑게스트하우스라고 프런트 안내원에게 렌터카를 부탁하면 됩니다."

무슨 일인지 모르겠지만 김민재가 우물거리는 것으로 보아 어떤 문제가 생겼다는 것을 차상철은 금세 눈치챘다.

"저어~, 그게….'

김민재는 여전히 우물거렸다. 이럴 때는 잽싸게 의견을 제시하는 것도 나쁘지 않았다. 가끔이긴 하지만. 호텔에 투숙해 거들먹거리던 여행객들도 엄청난 비용이 아까워 게스트하우스로 옮기는 좀팽이들이 더러 있어 김민재가 아리랑게스트하우스 빈 객실 하나쯤 채워줘도 나쁠 게 없었다.

"운전기사를 보내드릴까요?"

"그렇게 해주면 고맙겠습니다."

특실이라서 숙박비가 너무 비싼가. 아니면 객실료를 아끼려고 그러는가···. 아무튼, 김민재가 무슨 말을 할지 궁금했다.

"몇 호였죠?"

"3317홉니다."

김민재의 목소리가 금세 밝아졌다.

"운전기사를 바로 보낼 테니 호텔 로비에서 기다리시면 됩니다."

차상철은 모바일폰을 든 채 김민재가 들으라는 듯이 큰 목소리로 큼 굽타를 불러댔다. 그래야 게스트를 위해 최선을 다한다는 아리랑게스트하우스 이미지를 그에게 보여줄 수 있을 것 같았다.

"큼, 어디 있어?"

"예스, 보스."

차상철을 지켜보던 큼 굽타가 냉큼 대답했다.

"아레나 호텔에서 미스터 김을 모셔와. 지금 바로, 알았어?"

큼 굽타를 아레나 호텔로 보내기는 했지만, 왠지 기분이 상쾌하지 않았다. 객실이라도 채워주면 다행이지만, 김민재라···. 차상철은 샌지 쿠마르 굽타가 보냈던 메시지가 생각났다.

"그러면 로비에서 기다리겠습니다."

로비에서 기다리겠다는 말을 차상철에게 남기고 김민재는 전화를 끊었다.

'일단 게스트하우스로 옮겨 놓고 보자.'

민혜지를 그냥 놔둘 수 없었다. 그러려면 일단 한국으로 다시 돌아가야 한다. 그래야 죽이든지 살리든지 결판이 날 것이다. 김민재는 어금니를 꽉 깨물었다.

'나쁜 년 사람을 속이다니….'

한국으로 돌아가려면 숙박비라도 아껴야 한다. 아레나 호텔은 5성급 호텔이어서 하룻밤 숙박료만 2백8십 달러, 미니바에서 위스키라도 한 잔 마시면 3백 달러가 훌쩍 넘었다.

김민재는 차상철의 명함을 찬찬히 보았다.

─아리랑게스트하우스 차상철 대표

믿을 수 있을까. 혜지와의 연락이 안 되니 뾰족한 대안도 없었다. 인도에 익숙한 차상철이면 방법이 있을지 몰랐다. 3천 달러. 혜지와 연락될 때까지 이 돈으로 버텨야 한다. 김민재에게 체면 따위가 중요하지 않았다.

차상철은 주방장을 불렀다.

"아룬 어디 있어?"

"예, 보스."

현관문을 열고 아룬이 얼굴을 들이밀었다.

"돼지고기 있어?"

아룬은 눈을 깜빡이더니 손가락을 오므리며 오케이 사인을
보냈다.

아룬은 삼청동에서 한식집 보조로 6개월 일하면서 등 너머로
한국요리를 배웠다는데, 그의 솜씨로 한국 여행객 입맛을 맞출
수는 없겠지만, 해발 3천 미터 고산지대인 네팔의 채소들이 한
국 것과 비슷해 요리하기는 불편하지 않다고 했다. 인도에서는
금기지만, 돼지고기와 쇠고기는 네팔에서 몰래 들여와 음식을
조리하기 때문에 돼지 삼겹살과 쇠갈비도 한국 요리와 별반 다
르지 않아 게스트들도 맛이 괜찮다고 했다.

차상철은 손목시계를 들여다보았다. 점심시간이 다가오고 있
었다. 김민재가 아레나 호텔에서 아리랑게스트하우스로 옮기지
않을지도 모르는데 굳이 대접해야 할 이유는 없었다. 그러나 커
피 한 잔으로 어설피 때우려다 그가 귀국한 뒤에 무슨 소문을 퍼
뜨릴지 알 수 없어 소홀하게 대접할 수도 없었다.

'김민재가 공실이라도 채워주면 좋을 텐데….'

승합차 도착하는 소리가 들렸다. 큼 굽타의 어눌한 한국말이
들렸다. 김민재가 도착한 것 같았다. 차상철은 거실 미닫이문을
열었다. 밤늦게 공항에서 보았을 때와 달리 김민재는 왠지 초췌
하고 불안해 보였다.

'업무가 잘 해결되지 않는 것일까?'

엉뚱한 일에 관여했다가 차상철은 그의 과거가 꼬리 잡힐 수
있다는 것을 항상 염두에 두었다. 공소시효가 지났다고 하나 쓸

데없이 매스컴에 오르내려 비난받을 이유는 없었다. 김민재와 일정한 거리를 두는 게 좋을 것 같았다.

"앉으세요."

김민재에게 소파에 앉으라고 권했다.

"아, 예⋯."

김민재는 땀도 닦지 않고 안절부절 손만 비볐다.

차상철은 김민재에게 다시 한번 더 소파에 앉기를 권했다.

"네 예."

"아이스커피 드릴까요?"

차상철은 아룬에게 아이스커피 두 잔을 가져오라 일렀다.

김민재는 그때야 손등으로 땀을 닦으며 의자에 앉았다.

"덥죠? 땀 닦으세요."

차상철은 물수건을 꺼내주었다.

"아, 예."

김민재는 연신 주위를 두리번거렸다.

"걱정 안 하셔도 됩니다."

차상철은 김민재의 표정을 살폈다. 며칠 전 공항에서 보았던 모습이 아니었다. 어수룩해 보였지만, 그나마 당당했다. 그러나 그의 표정은 그때보다 더 어둡고 지쳐 보였다. 한국사람들이 뉴델리로 오는 경우는 여행이나 출장이 많은데 대부분 중소기업 중건 간부나 직원들이었다. 남쪽 첸나이나 서쪽의 뭄바이 쪽은 대기업 직원도 더러 있다는 소문은 들어도 뉴델리에는 드물었다. 더군다나 범죄를 저지르고 도피하는 경우도 흔하지 않았다.
보아하니 범죄를 저지를 만한 사람 같지 않았다.

아룬이 아이스커피를 내왔다.

"보스, 커피 준비했습니다."

아룬이 커피잔을 내밀자 검은 손이 부담스러웠던지 김민재가
손을 내밀다 말고 주춤거렸다.

"거기 내려놔."

차상철은 아룬에게 커피잔을 테이블에 내려놓으라고 말했다.

"피부가 검어서 그렇지 깨끗합니다."

유난을 떠는 게 짜증 나 김민재를 살짝 비아냥거렸다.

"아, 아닙니다."

김민재는 그도 모르게 나온 행동이라 미안했다.

"그럴 수 있죠, 그런데, 무슨 일로…?"

차상철은 시침을 뚝 떼고 김민재를 똑바로 바라보았다.

"아, 네 그게…."

김민재도 더는 감출 수 없었다. 감춘다고 될 일도 아니었다.
국제 미아가 될 판인데 체면 차릴 여유가 없었다.

"편하게 말씀하세요."

김민재는 주위를 둘러보았다.

"한국말 알아듣는 사람 없으니 편하게 말씀하세요."

차상철은 김민재를 안심시키는 게 우선이라는 생각이 들었다.

"이곳 게스트하우스로 옮기려고 합니다만…."

"저야 괜찮습니다만, 호텔보다 많이 불편할 텐데요."

게스트랍시고 으쓱대는 엉뚱한 화상도 가끔 있어 김민재가 편한 것은 아니었다. 게스트하우스는 언제든지 공실이 생길 수 있어 부담스러워도 김민재가 한국으로 돌아갈 때까지 공실 하나쯤 채워준다면 나쁠 것도 없었다.

"그럼 가격은…?"

"하루에 미화로 80달럽니다."

김민재는 지갑에 든 돈을 계산했다. 아레나 호텔 이틀 비용이면 일주일은 묵을 수 있을 것 같았다. 아침과 저녁까지 포함된 가격이라면, 이곳으로 옮기면 한 달은 더 버틸 것 같았다. 호텔에서 저녁을 먹으면 추가 비용도 부담이지만, 두 끼를 양식으로 먹으려니 속이 메스꺼워 도저히 배길 수 없었다.

"식사는…?"

김민재는 저녁도 제공해 주기를 은근히 바랬다.

"점심은 출장지에서 드시고, 아침과 저녁은 제공해 드립니다."

"네, 그렇군요."

창피하기는 해도 김민재는 물불 가릴 여유가 없었다. 오히려 차상철을 만나기 잘했다는 생각이 들었다.

"장기 투숙도 가능한가요?"

차상철은 출장비를 아끼려는 김민재가 내심 안쓰러웠다. 멀쩡하게 생긴 꼴하고는 달리 몇 푼 아끼려는 그의 안타까운 노력이 차라리 가증스러웠다.

"가능하고말고요. 한 달은 2천 달럽니다."

차상철은 김민재 얼굴을 유심히 바라보았다. 쉰 살이 약간 넘어 보이는 깨끗한 얼굴에 귀티가 흘러 고생이라고는 해보지 않은 것 같았다. 거울에 비춰보았던 그의 얼굴이 생각났다. 분명 비슷한 또래이기는 한데 차이가 나도 너무 났다. 얼굴을 모조리 뜯어고쳤으니 누구를 탓할 일도 아니었다. 그는 구레나룻을 쓰다듬었다.

'그래서 부모를 잘 만나야지….'

쉰 살을 한참이나 넘었는데 타국 땅에서 젊은 놈들에게 혀 짧은 소리 하면서 밥 빌어먹고 살다니…. 한심스럽다는 생각이 들었다.

"오늘 옮겨도 됩니까?"

'아무리 돈이 부족해도 그렇지 호텔에서 게스트하우스로 옮기다니….'

게스트하우스는 이미 만원이었다. 204호와 205호 게스트가 귀국하는 주말은 지나야 공실이 생기는데 그것도 게스트가 여행에서 돌아와 봐야 알 수 있어 확실한 것도 아니었다.

"당장은 어렵고요. 이삼일은 지나야 공실이 나올 텐데, 어떻게 하죠?"

김민재는 당황했다. 당장 옮겨야 한 달은 버틸 수 있는데….

"…."

"당장 옮기시게요?"

"그런 것은 아닙니다만⋯."

김민재 표정이 불안해 보였다. 차상철은 203호 샌지 쿠마르가 투숙한 객실을 염두에 두었다. 그는 며칠을 묵어도 숙박비를 내지 않았다. 그렇다고 매일 게스트하우스에 머물지도 않고, 사무실과 집으로 출퇴근할 때가 많아 객실에 머무는 날은 대중없었다. 다행히 오늘 아침에 뉴델리 폴리스 스테이션(경찰국)으로 출근한다는 메시지를 남겨두고 아침도 먹지 않고 출근했다.

"공실 생기는 대로 바로 연락드리겠습니다."

"예, 사장님."

김민재는 당장이라도 옮기고 싶었다. 아쉽지만, 객실이 만원인 것 같았다. 어쩔 수 없었다.

차상철은 일단 김민재를 호텔로 돌려보내면서 203호 샌지 굽타가 머무는 객실 청소를 먼저 시켰다. 그가 뉴델리 경찰국으로 돌아가면 일주일은 걸렸다. 그가 없는 동안 203호 객실을 사용하고 돌아오기 전에 204호로 바꿔주면 그만이었다. 약속을 제멋대로 어기는 샌지 쿠마르 굽타에게 이렇게라도 보상을 받아야지⋯. 그는 김민재에게 바로 전화를 했다.

"내일 10시까지 승합차를 보낼 테니 그 전에 체크아웃하세요."

"고맙습니다. 사장님."

게스트가 빠지려면 며칠 걸린다더니 운 좋게 공실이 생기는 모양이었다. 승합차까지 보낸다니 고마웠다. 어려울 때는 약간의 도움이라도 엄청나게 힘이 된다. 더군다나 소통이 어려워 김민재는 호텔 프런트 눈치 보는 것도 스트레스였다. 김민재는 차상철이라는 한국사람이 운영하는 게스트하우스로 옮기기만 해도 숨통이 트일 것 같았다.

4,

[170/74/54]
[한국인]
사진 파일도 첨부되어 있었다. 숫자와 부호만으로 구성된 생뚱맞은 메시지, 한국인은 또 뭐지. 범인이 한국사람인가? 사진 파일은 깨졌는지 열리지도 않았다. 한국사람이 죄를 저지르고 뉴델리로 도피했다는 것인가. 어쨌든, 뉴델리 경찰국 외사부에서 움직인다면 적어도 중대 범죄다. 차상철은 신경이 쓰였다.

샌지 쿠마르 굽타가 보낸 황당한 메시지를 확인한 뒤 차상철은 생각에 잠겼다. 무슨 뜻이지…? '한국인'은 또 뭐야. 그렇다면, 키 170cm, 몸무게 74kg, 나이는 54세…? '/'는 공백? 키만 좀 더 클 뿐이지 차상철과 비슷했다. 지난번 샌지 쿠마르 굽타가 아리랑게스트하우스에 투숙했을 때는 객실에만 처박혀 있었다. 그런데, 이번에는 외출도 잦았다. 수상쩍었다. 뉴델리 폴리스 스테이션 외사국 소속인 그가 움직이는 것은 적색수배가 내렸다는 뜻이다. 머리가 돌아가는 범인이라면 정보 노출이 쉬운 호텔보다는 게스트하우스를 선호한다는 것을 샌지 쿠마르 굽타가 모를 리 없었다. 정보 요청 범위가 어디까지일지 몰라도 게스트 정보를 달라는 것일 거다. 개인 정보를 제공하고 싶은 게스트는 없을 것이다. 일일이 동의를 구하기도 쉽지 않았다. 용의자 신병이 확보할 때까지 샌지 쿠마르 굽타와 게스트들 사이에서 눈치를 봐야 할 것 같았다. 어쨌든, 본의 아니게 괜한 사건에 끌려들어 가는 것 같아 차상철은 불길한 생각이 들었다.

일본 후쿠오카에서 성형을 끝내고 중국 상하이 홍차오 공항에서 싱가포르 창이공항을 거쳐 뉴델리 인디라간디국제공항에 처음 도착했을 때만큼은 아니었지만, 긴장되는 것은 사실이었다. 잘못 처신했다가는 차상철의 과거도 노출될 수 있었다. 공항에서 허둥거리던 김민재가 언뜻 떠올랐다. 메시지만으로 단정 짓을 수는 없지만, 그가 용의자 일지도 모른다는 생각이 들었다. 그러나 차상철은 이내 머리를 흔들었다.

'설마….'

김민재가 아리랑게스트하우스를 떠나기 전에 메시지를 보냈으면, 유심히 관찰할 수 있었을 텐데…. 차상철은 샌지 쿠마르 굽타의 메시지를 본 뒤로 뒷골이 우직 거렸다. 게스트하우스가 범죄에 연루되면 사업을 그만두고 다시 바라나시로 숨어들어야할지 모른다는 불안한 생각이 들었다. 죄를 짓지 않아도 경찰이라면 불편한데, 경찰이 들락거리는 게스트하우스에 투숙하려는 멍청한 여행객은 없을 것이다.

차상철은 입맛을 다셨다. 그런데 가끔이지만, 아주 가끔이지만, 이런 메시지를 받으면 피부가 팽팽해지면서 엔도르핀이 솟아올라 흥분할 때도 있었다. 물론 여태까지 용의자가 투숙한 적이 없어서인지, 아니면 오랜 도피 생활과 무료한 해외 생활 탓인지 몰라도….

한태일은 고등학교를 졸업하고 중소기업에 취직했다. 보육원에서 자랐으니 대학은 꿈도 꿀 수 없었다. 그렇다고 부모가 없는 고아는 아니었다. 보육원에 버려진 것을 보면 아버지는 몰라도 분명 어머니는 있었다. 그러니까 부모가 없었던 게 아니고 부모가 버렸던 아이 정도가 맞는 말이었다.

5년 정도 회사에 다녔을 때였다. 유학 갔다던 사장 딸이 회사에 가끔 들렀다. 정말 예뻤다. 한태일은 관심을 가지고 그녀를 지켜봤다. 대학을 졸업하고 유학을 하러 간다고 했을 때도 희망을 놓지 않았다. 열심히 일하면 그에게도 기회가 올 거라는 막연한 희망을. 그런데 언제 유학에서 돌아왔는지 결혼한다는 소문이 회사에 돌았다. 배우자가 궁금했다. 어떤 남잔지. 그러나 그 소문은 한태일을 실망하게 했다. 연애한 것도 아니고 부모님의 소개로 알게 된 유학 도중에 귀국한 그저 돈 몇 푼 가진 강남 모래펄 졸부 아들이었다.

한태일은 속이 상했다.

'재벌 2세라면 몰라도….'

한태일이 짝사랑했던 사장 딸이 허접한 놈과 결혼하다니, 게다가 그놈은 그의 부서로 발령 났다. 그리고 승승장구하더니 5년이 지나자 부서장이 됐다. 말은 하지 않았지만, 견딜 수 없을 만큼 자존심이 상했다.

한태일은 사장 사위인 후배가 싫었다. 승승장구하는 후배가 싫어 그의 아내를 꼬드긴 게 탈이었다. 실력으로 경쟁할 수 없는 불평등한 세상. 열심히 일해도 별 볼 일 없는 사람. 출세를 꿈꾸지 않은 사람도 있던가. 그를 보육원 입구에 내려놓고 꼭 데리러 오겠다며 눈물까지 찔끔거리더니 뒤도 돌아보지 않고 보육원 돌담을 달음박질하던 어머니가 야속했다. 버려지지 않았다면 어떤 사람과도 당당하게 경쟁할 수 있지 않았을까.

한태일은 사람을 믿지 않았다. 낳아준 부모도 그를 버렸는데 누굴 믿을 수 있겠는가. 어떤 사람도 믿지 않았다. 무엇이든 먼저 쟁취하는 것이 임자다. 동료 아내든 그 무엇이라도. 입술을 잘근잘근 깨물었다.

'꼬드긴다고 모텔까지 따라오는 년은 뭐야, 미친년.'

부서 야유회 때였다. 술에 취해 비틀거리던 후배 아내를 모텔로 데리고 가서 범해버렸다. 술에 취했다고는 하지만, 마음에 없으면 따라오지를 말아야지, 그리고 함께 즐겼으면 그만이지 주둥이는 왜 나불거려 망신을 자초하는지 알다가도 모르는 년이었다.

한태일은 직장에서 쫓겨났다. 그러나 그는 후회하지 않았다. 정정당당하게 경쟁할 수 없다면 직장에 다닐 이유가 없었다. 사는 의미가 없었다. 그리고 폐인이 되어 방황했다. 길거리에서 재래시장 쓰레기더미에서 삶을 포기한 노숙자였다. 배가 고파 교회에 숨어들어 음식을 훔쳐 먹다가 붙잡혀 구치소에 갇혀 있는데, 위촉 전도사님의 배려로 풀려났다. 갈 곳이 없어 전도사님을 따라 교회를 다녔다. 그때 아내를 만나 결혼했다. 아내는 미혼모로 딸아이가 한 명 있었다. 그래도 행복하고 좋았다.

"야, 인마, 소문 들었어?"

"무슨 소문?"

양파를 싣고 원주에 다녀왔다던 정 씨 표정이 일그러졌다. 가장 가깝게 지내는 동료의 얼굴이 일그러지다니 무슨 일이 있는 것 같았다.

"아, 아니, 그게…. 니 마누라 말이야…!"

말하기가 곤란했던지 정 씨가 떠듬거렸다.

"마누라가 뭐?"

마누라에게 쥐여산다는 소문을 한태일도 이미 알고 있었다.

'그게, 뭐 대수라고.'

"아니, 그게 아니고….'

아내가 바람을 피운다는 소문을 들었을 때 한태일은 돌아버리는 줄 알았다. 모든 것을 잃어버린 것같이 참담했다.

'그것도 트럭 운전사 주정뱅이 곽 기사와 바람을 피우다니….'

소문만으로도 미칠 것 같은데 본 사람이 있다니 돌아버릴 것 같았다, 벌거벗은 아내의 정사 장면이 머리를 떠나지 않았다. 자존심이 너무 상해 도저히 아내를 용서할 수 없었다.

"죽일 년….”

무엇이 부족했을까. 돈을 못 벌어서? 돈은 아내가 번다면서
옆에만 있어 줘도 행복하다고 하더니 주정뱅이 곽 기사와 놀아
나다니 심장이 터질 것만 같았다. 아무리 참으려고 해도 자존심
이 허락하지 않았다. 견딜 수가 없었나. 곽 기사의 자동차 보험
을 아내에게 알선해 준 게 문제였을까. 정 씨와 헤어져 집으로
돌아오는 길에 술 취한 아내와 곽 기사가 노래방으로 들어가는
것을 목격했다. 보험 계약을 하면 으레 하는 짓이라고 생각했던
게 순진했다.

부부의 성적 트러블이 얼마나 중요한지 그때는 몰랐다. 요즘
들어 느끼는 중이었다. 일주일에 한 번씩 일어나는 생리적인 현
상, 그 짓을 해결하지 않으면 아무것도 손에 잡히지 않았다. 온
종일 허둥거리며 견딜 수 없을 만큼 불안했다. 그리고 식당 종업
원을 불러 기어이 욕심을 해결하고야 나서야 평정심을 찾았다.

지난해 10월로 공소시효가 만료됐다. 지명 수배를 피해 한태
일이 아닌 차상철로 8년이나 인도 바라나시에 숨어 살았다. 게
스트하우스 호객을 하면서 지옥 같은 세월을 보냈다. 죽을 만큼
고생했다. 그나마 아리랑게스트하우스를 개업한 후 안정을 찾아
가는 중이었다.

메시지가 도착했다. 차상철은 모바일폰을 바라보며 가슴을

쓸어내렸다. 메시지 도착하는 알람 소리만 들려도 깜짝깜짝 놀라던 게 엊그제 같은데…, 그나마 최근 들어 마음이 편해진 것을 보면 지난 일들이 하나둘씩 잊어가고 있다는 생각이 들었다.

[정규탭니다]

[갑자기 문제가 생겨 연락을 못 드렸습니다. 죄송합니다. 사장님]

정규태의 메시지를 보는 순간 며칠 전 인디라간디국제공항 출구만 애 터지게 바라보았던 생각이 났다.

[아, 네~]

차상철은 심드렁하게 메시지를 날렸다.

'메시지는 무슨.'

[대한항공, 인디라간디국제공항 2청사 23:00분 도착 예정]

[객실과 픽업도 부탁한다]

미친놈 급하기는 했던 모양이었다.

답신도 보내지 않았는데 연거푸 배달되는 메시지에 차상철은 짜증이 났다. 그렇다고 오겠다는 게스트를 말릴 이유는 없었다.

[입금 먼저 하셔야 되는데…]

상철은 지난번 낭패를 본 뒤부터 입금하지 않으면 예약을 받지 않았다. 언제까지 피해만 볼 수 없어 아리랑게스트하우스 홈페이지에 은행 계좌번호를 올려놓았다.

[사장님, 입금 완료했습니다]

[예, 확인하겠습다]

급할 게 없었다. 한 번 당했으면 됐지 또다시 당하기는 싫었다. 공실도 많지 않아 정규탠지 뭔지 오지 않아도 문제 될 게 없었다. 그리고 통장을 확인해봐야 입금 여부를 알 수 있어 예약여부는 그다음에 결정해도 문제 될 게 없었다.

[입금 확인되면 객실 준비해 놓겠습디]

[넵, 사장님 부닥힘디]

[약속한 날짜를 지키지 않으면 환불 안됨다ㅠㅠ]

기다렸다는 듯이 메시지가 도착했다.

[넵, 알겠습니다. 지난번 일은 도착해서 사과드리겠습니다.]

'나쁜 놈들 와야 오는 것이지….'

정규태가 계좌로 입금했다니 확인해 보면 알 일이었다. 입금확인만 되면 차상철이 손해 볼 일은 없었다.

차상철은 저녁에 인디라간디국제공항에서 픽업할 차량을 준비했다. 정규태가 뭐 하는 사람인지 알 수 없어도 급한 업무로출장 오는 것 같았다.

'이번에는 펑크 내지 않겠지.'

시계를 보았다. 대한항공이 인디라간디국제공항에 도착하려면 10시간은 족히 남았다. 천천히 준비해도 충분했다. 차상철은오랜만에 엔도르핀이 솟았다. 정규태가 오늘 도착하면 객실은만원이었다.

'음식만큼은 제대로 해 먹여야지….'

차상철은 한국 음식에 심혈을 기울였다. 해외에서 한국 음식을 맛보는 것만 해도 기분 좋은 일이라는 것을 오랜 해외 생활에서 몸으로 터득했다. 그리고 게스트하우스 광고는 게스트들의 입을 통해 알려지는 것도 사실이었다. 샌지 쿠마르 굽타 외에 인도사람이 아리랑게스트하우스를 이용하는 경우는 거의 없었다. 하지만, 점점 불어나는 한국 여행객을 유치하려면 불편하더라도 일단은 친절하고 음식 맛이 좋아야 한다. 1년이 겨우 지났지만, 주중을 제외하면 대부분 만실이었다. 그래서 입이 무섭다. 조금만 실수를 해도 금방 홈페이지에 악플로 도배했다.

'이럴 때 순애가 있어야 하는데….'

게스트하우스에 안주인이 있다는 것만으로도 큰 힘이었다. 게다가 그녀는 한국무용을 할 수 있어 일정이 없는 게스트들이 많을 때는 지하 연회장에서 한복차림으로 장구를 치고 부채춤을 출 때는 게스트들이 두 손을 들고 열광했다. 한 달에 한 번 하는 구역예배 때에는 햇빛 교회 교인들을 초대해 대접했다. 박영호 전도사는 늘 하나님에게 감사한다고 말했다.

순애는 시집간 딸과 재미있게 시간을 보내는지 메시지도 없었다. 차상철은 괜히 짜증이 났다.

'딸이 그렇게 좋을까.'

자식이 없는 차상철은 허전할 때도 있지만, 이럴 때는 무자식이 상팔자라는 말을 곱씹으며 스스로 위로했다.

'자식이 있으면 뭐 해. 괜히 뒤치다꺼리나 하지….'

정규태를 픽업하려면 큼 굽타에게 연락해 미리 대기시켜야 한다. 차상철은 모바일폰을 들었다.

"미스터 큼?"

"예스, 보스."

"오늘 저녁에 시간 좀 내야겠어."

"예스, 보스."

큼 굽타는 차상철의 호출을 거절한 직이 한 번도 없었다. 선약이 있어도 그의 전화면 최우선으로 들어주었다. 그의 어머니의 병원 예약도 미뤄놓고 아리랑게스트하우스로 먼저 달려왔다. 인도사람치고는 꽤 괜찮은 친구였다.

"저녁 아홉 시까지 아리랑게스트하우스로 올 수 있어?"

"예스, 보스, 시간 맞춰 갈게요."

큼의 대답은 언제나 시원시원했다.

차상철은 정규태의 입금을 확인했다.

"2천 달러?"

깐짝 놀랐다. 한 달씩이나, 출장치고는 장기간이었다. 가끔 장기간 출장자들이 있긴 해도 대부분 30대의 젊은 직원들이었다. 무슨 일로 장기간 뉴델리에 출장 오는지 몰라도 지난번처럼 예약을 취소하지 않으면 나쁠 것도 없었다. 어쨌든, 큼 굽타가 도착하면 인디라간디국제공항에서 그를 픽업하는 것도 문제없었다.

5,

뉴델리에서 구르가온 아리랑게스트하우스를 거쳐 인디라간
디국제공항을 지나기 때문에 공항으로 곧바로 가는 것보다 거리
가 곱절이다. 차상철 사장이 게스트 정보만 넘겨주면 공항에서
직접 게스트를 픽업해 구르가온으로 가면, 시간도 연료비도 절
약할 수 있는데 굳이 아리랑게스트하우스로 오라는 그의 속내를
알 수 없었다. 그렇다고 승합차 연료비를 별도로 주지도 않았다.
오늘도 마찬가지다. 러시아워 시간을 피하려면 미리 출발해야
한다.

큼 굽타는 승합차를 고속도로에 올렸다. 저녁 해가 코넛플레
이스의 프레첸 힌두사원 첨탑에 걸려있었다. 어머니 프레얀카가
종종 들리는 시바신이 모셔진 사원이었다.

"맘, 일 나갑니다."

"오, 아들, 힘들어서 어쩌지?"

큼 굽타가 집을 나설 때 프레얀카가 항상 하는 말이었다. 그
럴 때마다 프레얀카는 가슴이 미어졌다. 샌디에이고에서 뉴델
리로 돌아오지 않았다면 오히려 편하게 살 수 있었을 텐데, 그를
인도사람으로 키우기 위해 귀국한 것이 아들을 힘들게 하는 것
같아 늘 마음에 걸렸다. 아버지 없이 자란 것도 서러울 것이다.
그러나 묵묵히 일에만 열중하는 모습을 볼 때마다 가슴이 한편
이 항상 시렸다. 그리고 한국에서 온 여행객만 보아도 스미스 소

식이라도 들을 수 있을까 그녀는 마음이 설렜다.

'스미스 큼….'

큼 굽타가 아리랑게스트하우스에 취업하면서 가물거리던 스미스에 대한 기억이 오히려 되살아났다. 한국으로 돌아가 부모님 허락을 받고 온다더니 돌아오지 않았다. 매일 오던 메시지도 뜸해졌다. 프레얀카는 스미스를 한 번도 잊은 적이 없었다. 그를 믿었기 때문이었다. 그녀는 아이를 낳기 위해 학업을 중단했다. 수개월이 더 지나도 그에게 연락이 없었다. 돌아온다는 보장도 희망도 보이지 않았다. 포기했다. 그러나 갓난쟁이 아들 큼을 볼 때마다 추억들이 그림자처럼 몸서리치게 따라다녔다. 스미스가 샌디에이고로 돌아오지 못했던 것은 그녀가 큼을 낳고 가족 곁으로 돌아갈 수 없었던 것과 같은 이유일 거라 짐작은 하지만. 그래도 보고 싶었고 그리웠다.

잊을 수 없는 이름, 스미스 큼, 프레얀카도 그의 한국 이름은 알지 못했다. 단지 그의 성이 큼이라는 기억만으로 아들의 이름을 스미스 큼 주니어라 불렀지만, 동생 샌지 쿠마르 굽타 호적에 올리면서 큼 굽타가 되었다. 큼 굽타를 동생 샌지 쿠마르 굽타의 호적에 올려놓았을 때 아버지 엔 피 굽타가 엄청나게 화를 냈다. 혼외 자식을 낳은 여자가 인도에 산다는 것은 돌팔매에 맞아 죽어도 괜찮다는 뜻이다. 그러니 프레얀카의 결심을 감히 아무도 상상할 수 없었다.

딸을 유난히 예뻐했던 아버지 엔 피 굽타는 프레얀카가 미국에서 신여성으로 거듭나기를 바랐을 것이다. 아이티(IT) 엔지니어링-인도에서 첨단기술이라고 한다. 즉, 미국의 선진 교육을 받고 인도에 돌아오면, 비록 여자라도 사회적인 위치를 확보할 수 있어 흔치 않게 샌디에이고주립대학교로 유학 보냈을 것이다. 그런데 임신이라니, 그것도 극동의 조그만 나라 한국이라는 별 볼 일 없는 나라의 남자라니, 도저히 용서할 수 없는 날벼락이었을 것이다.

인도에서 여자는 사람이 아니었다. 남자의 부속물이다. 똑똑하던 돈이 많던, 브라만이나 크샤트리아도 다르지 않았다. 그런 딸을 유학 시켜 미국에서 사람으로 살게 하고 싶었을 것이다. 임신을 하다니 아버지는 기가 차다 못해 울화가 치밀었을 것이다. 대대로 누렸던 크샤트리아(무사)의 체면을 한꺼번에 무너뜨리는 충격적인 사건이었을 것이다. 그래도 스미스 큼 주니어를 동생 샌지 쿠마르 굽타의 호적에 올려 준 것만 보아도 아버지가 프레얀카를 얼마나 사랑했는지 알 수 있었다.

"아나슐라!"

프레얀카가 며늘아기를 불렀다.

"예스, 맘. 여기 있어요?"

베란다에서 빨래를 널던 아나슐라가 대답했다.

"큼, 일 나간단다. 인사는 해야지?"

"알았어요. 맘."

아나슐라의 목소리가 다정스러웠다. 돈을 벌어 오던 못 벌어오던 출근하는 아들 큼에게 항상 상냥하게 대하는 며늘아기를 볼 때면 프레얀카는 그녀에게 고마웠다. 계단을 내려가는지 큼의 목소리가 멀어졌다.

아파트를 빠져나가는 큼의 승합차 너머 프레첸 힌두사원이 석양을 조용히 밀어내고 있었다. 프레얀카는 시바신에게 간절히 기도했나.

"오, 시바신이여, 늙음과 죽음에서 해방되기 위하여 나를 의지하며 애쓰는 사람들을 은 자아와 관련된 브라만 전부와 행위 일체를 압니다. 부디 아들 큼이 무사할 수 있도록 돌봐 주시기 바랍니다."

승합차 보닛에 뽀얀 먼지가 몸서리쳤다. 큼 굽타는 윈도 브러시를 작동했다. 전면 유리창에 부채모양의 반원이 점점 선명하게 나타났다. 원하든 원하지 않든 출발한 자리로 돌아와서 되돌아가기를 반복했다. 작동 스위치를 끄지 않는 한, 끝도 없이 반복할 것이다.

'한 번, 두 번, 세 번, ….

윈도 브러시는 쉬지도 않고 오가기를 반복했다. 카말 큼 굽타 머릿속에는 뽀얀 먼지가 산란했다. 아리랑게스트하우스에 여행 가이드를 시작할 때부터 아버지가 한국사람일 거라 짐작했다. 한국사람, 아버지, 그는 아버지를 본 적도 기다린 적도 없었다. 차상철 사장이 한국사람이라는 것을 처음 말해줬을 때 프레얀카

의 눈은 반짝거렸던 기억 때문이었다. 큼 굽타는 인디라간디국
제공항에 한국 여행객을 픽업하러 갈 때면 괜히 마음이 들떴다.
아버지에 대한 미련이 있어서는 아니었다. 막연한 기대. 뭐 그런
거였다.

큼 굽타는 인도사람도 한국사람도 아니었다. 곧은 머리에 검
은 눈동자, 검은 피부에 찢어진 눈, 수많은 인종이 인도에 살아
도 그와 닮은 사람을 본 적이 없었다. 누가 보아도 카말 큼 굽타
는 그들과 달랐다.

구르가온이라 쓰인 이정표가 나타났다. 5백 미터만 더 가면
톨게이트다. 고속도로 벗어나 좌회전을 하면 섹터 37, 웨스턴우
드 로드로 진입한다. 멀리 물탱크가 우뚝해 보였다. 이곳을 지날
때마다 10미터만 땅을 파도 물이 풍부하다고 차상철 사장이 말
했다. 그런데도 뉴델리나 구르가온은 여름만 되면 늘 물 부족으
로 아우성친다. 큼 굽타가 사는 뉴델리도 다르지 않았다. 매일
아침 아나슐라가 물을 길어 와도 부족했다. 더욱이 45도를 오르
내리는 여름철이면 더했다. 시민들을 위한 기간산업 투자를 꺼
리는 인도 정부를 비난하던 차상철 사장이 생각났다.

웨스턴우드 로드에 진입했다. 룸미러 정면으로 노을이 가득
들어왔다. 붉었다. 붉어도 너무 붉어 엄숙하기조차 했다. 석양이
인디라간디국제공항 관제탑 아래로 서서히 주저앉았다. 좌회전
만 하면 아리랑게스트하우스에 도착한다. 차상철 사장이 기다리
고 있을 것이다.

대합실 전광판에는 각국에서 오는 비행기 착륙 시간이 쉴 새 없이 깜빡거렸다.

[KE0657, 대한항공, 00:20분 도착]

비행기는 한 시간 이십 분이나 연착했다. 늦었지만, 무사히 인디라간디국제공항에 도착한 것 같았다.

차상철은 큼 굽타를 승합차에 남겨두고 출입국 관리소 빠져 나오는 사람들을 향해 정규태라 쓰인 피켓을 들고 공항 청사를 다급하게 나오는 승객들을 유심히 살폈다. 예약을 두 번이나 취소한 사람이 반가울 리 없었다. 그래도 정규태는 그에게 굵직한 돈이었다. 그것도 한 달 수익을 보장해주는 특급 게스트다. 서너 시간을 공항에서 참고 기다렸던 게 오늘 같은 행운도 따랐다.

"차 사장님이죠? 정규탭니다."

한국 게스트들은 대부분 마지막으로 나오는데 정규태는 의외로 출입국관리소를 빨리 통과한 모양이었다. 인도 출입국 관리소는 외국인에게 친절한 편이 못되어 쉽게 통과시켜주지 않는데 의외였다. 그가 생각보다 젊어 차상철은 살짝 놀랐다. 사십을 갓 넘었을까. 당당한 체구와 윤기 나는 구릿빛 피부에 각진 얼굴은 당차게 보였다. 적어도 출장 오는 회사원으로 보이지 않았다.

"정 선생님, 용케 찾으셨네요."

차상철은 손을 내밀며 악수를 청했다.

"죄송합니다. 약속을 두 번이나 어겨서…."

정규태의 두툼한 손이 차상의 손을 꽉 잡았다.

"아이고 별말씀을 다 하십니다. 바쁘시면 그럴 수 있죠."

차상철은 마음에도 없는 말을 줄줄이 쏟아냈다. 게스트하우스를 운영하려면 이 정도 서비스는 기본이었다. 돈을 벌게 해주는데 무슨 말인들 못 하랴. 쓸개라도 빼줄 수 있었다.

"캐리어는 한 개뿐입니까?"

"예, 금방 돌아갈 텐데요. 뭐."

한 달을 예약해 놓고 금방 돌아가겠다니…. 차상철은 살짝 짜증이 났다. 정규태가 금방이란 게 일주일인가. 나머지 객실료를 돌려달라면 어떻게 하지. 차상철은 신경이 날카로워졌다.

"금방이라니요?"

"말이 그렇다는 거죠."

그렇다고 대놓고 불만을 털어놓을 수도 없었다.

"이쪽으로 오시죠."

승합차를 대기 시켜 놓은 주차장으로 정규태를 안내했다.

"한국도 엄청나게 덥죠?"

차상철이 먼저 말을 붙였다.

"서울도 덥긴 하죠, 근데 뉴델리만큼 덥지 않은 것 같습니다."

이마에 땀을 닦던 정규태가 스스럼없이 대답했다. 생긴 것처럼 그의 대답도 시원시원했다. 빨리 돌아간다는 말만 하지 않았어도 좋았을 텐데….

'무슨 이유로 출장을 연기했을까?'

하늘색 반소매 셔츠에 속옷도 입지 않고 넥타이도 매지 않았다. 슈터는 걸치지 않더라도 한 달이나 머물 짐인데 달랑 기내용 캐리어 한 개가 전부라니. 정규태가 한 달 치 객실료를 입금했을 때 차상철은 적어도 화물 캐리어가 한 개는 더 될 거라 예상했다. 그런데 기내용 캐리어뿐이라니…. 의외였다.

정규태가 언제 귀국할지 몰라 일단, 이층 202호실 더블베드가 있는 객실에 짐을 풀게 했다.

"뭐 좀 드셔야죠?"

정규태가 샤워를 끝내기를 기다려 차상철은 1층 식당으로 그를 불러내 목이라도 축일 것을 권했다.

"물 한 잔만 주세요."

"잠깐만 기다리세요."

'뭐 하는 사람일까?'

정규태의 신분이 궁금했지만, 차상철은 참았다. 내일 아침이면 그의 여권을 복사할 예정이어서 대략이나마 그의 신분을 알 수 있을 것이다.

[174/75/54]

샌지 굽타의 메시지가 기억났다. 그의 몸무게는 90kg 정도에다 키도 훤칠해 180㎝는 돼 보였다. 한국사람치고는 꽤 큰 몸집이었다.

"망고주스 한 잔 드세요."

차상철은 한국의 근황이 궁금했다. 미국 금융회사 리먼브러 더스의 파산으로 한국에도 금융 쇼크로 많은 회사가 부도나거나 파산해 사람들이 자살하거나 해외로 도피하는 경우가 비일비재 하다는 소문이 인도 교민 사회에서도 자자했다.

"한국 경기는 어떻습니까?"

"경기가 어렵다고 하는데 월급쟁이가 뭐 아는 게 있어야죠."

"아, 예, 그렇군요."

정규태가 월급쟁인 게 확실했다.

'공무원일까?'

외모에 풍기는 것으로 보아 공무원 같지는 않았다.

"한국에 들어갔다가 오신 지 오래된 것 같습니다."

정규태의 직설적인 질문에 차상철은 당황했다.

"아니, …그게."

만나자마자 꼬치꼬치 캐묻는 차상철이 정규태는 부담스러웠 다. 신분 노출을 꺼리는 그의 직업 특성상 함부로 말할 수도 없 었다.

"해외에 있으면 정보가 없으니 모든 게 궁금하죠."

정규태에게 계속 말을 시켰다가는 오해를 받을 수 있을 것 같 아 차상철은 슬쩍 꽁무니를 뺐다.

'그래 봐야 월급쟁이겠지….'

"게스트하우스 운영하신 지 오래된 것 같습니다."

"아닙니다. 이제 일 년이 좀 넘었네요. 왜요?"

일 년이라는 차상철의 대답에 정규태는 고개를 갸웃거렸다. 차상철의 여유로운 행동만 보더라도 7, 8년은 훨씬 넘었을 것 같았다.

"영어 회화가 유창해서요?"

"그렇지 않습니다. 갑자기 부끄러워집니다."

"서도 영어 회화를 열심히 공부했는데 영 안 되더라고요."

정규태가 경찰 공무원 시험에 합격했을 때만 해도 토익 740점이 기준이었다. 그렇다고 영어 회화를 잘한다는 것은 아니었다. 토익 점수가 그렇다는 뜻이다

"영어 회화를 못 하면 아무것도 할 수 없어요. 목구멍이 포도청이라 먹고살기 위해 그럭저럭 어깨너머로 배운 도적질이죠."

"그럴 리 있습니까."

아룬이 식당 출입문을 두드렸다.

"보스?"

아룬이 들어와도 괜찮겠냐는 의사를 정규태에게 물었다.

"들어오라고 하세요."

차상철은 문을 향해 말했다.

"들어와!"

아룬이 테이블에 망고 주스 두 잔을 내려놓았다.

"탱큐! 아룬, 들어가 쉬어."

"예스, 보스."

아룬은 부리나케 지하로 내려갔다.

"피곤하실 텐데 오늘은 그만 쉬시고 계획은 내일 말씀하시죠?"

"네, 그렇게 합시다."

2층 계단으로 올라가는 정규태의 뒷모습이 사라지기를 기다려 차상철은 옥상으로 올라갔다. 그리고 옥상으로 나가는 문을 열었다. 칠흑 같은 공허감이 밀려들었다. 공터 천막 사람들도 잠들었는지 전등불이 꺼져있었다. 그는 전등을 끄고 출입문 비상등을 켰다. 가로수에 가린 아리랑게스트하우스 간판이 졸린 듯 깜빡거렸다.

'메시지라도 보내지….'

오늘도 순애에게서 아무런 소식이 없었다.

6,

'분명, 사정이 있을 거야.'

김민재는 혜지에 대한 미련을 버릴 수 없었다.

"에이, 어떻게 되겠지."

9시가 돼서야 호텔 레스토랑에 들렀다. 어제 아리랑게스트하우스에서 마신 아이스커피가 전부였다. 뭐라도 먹어야 할 것 같았다. 토스트 한 조각에 프레쉬 우유 한 잔이면 좋을 것 같았다.

'혜지도 도피 중일까….'

혜지의 모바일폰은 온종일 꺼져있었다. 무슨 일이 있는 것은 확실해 보였다. 그렇지 않고서야 전화를 받지 않을 리 없었다. 김민재는 짐을 꾸리려다 캐리어에 너저분하게 매달린 실오라기들이 보이자 화가 치밀어 올랐지만, 꾹꾹 눌렀다. 열 시에 운전사를 보내겠다고 했으니 지금쯤 체크아웃하면 운전기사가 도착할 시간이다. 적당한 시간 같았다. 방 구석구석 둘러보았다. 빠뜨린 물건은 없있다. 한 짓도 없으니 놓고 갈 것도 없었다.

"체크아웃하려고 합니다만….."

김민재는 프런트 안내원에게 한국말을 했다.

동그랗게 눈을 뜬 프런트 안내원이 김민재를 바라보며 무슨 말인지 알아내려 고개를 앞으로 내밀었다.

"….."

"체크아웃하겠다고요?"

프런트 안내원은 김민재의 보디랭귀지를 알아들었는지 고개를 끄덕거렸다.

"알겠습니다. 잠깐만 기다리세요."

한참을 꾸물거리던 프런트 안내원이 계산서를 내밀었다. 나흘 투숙에 저녁 세 끼 먹었는데 천 백5십 달러였다. 외환 비자카드를 내밀었다. 부산을 떨던 카운트 안내원이 김민재를 쳐다보았다.

"링크가 안 됩니다. 다른 카드를 주세요?"

프런트 안내원이 두 팔을 가로지르며 엑스 자를 만들었다. 안된다는 뜻이겠지.

"…. 왜?"

김민재는 손바닥을 뒤집어 허리 양옆으로 내리고 어깨를 들어올리기를 서너 번, 프런트 안내원이 알아듣든 말든 온몸으로 보디랭귀지를 구사했다.

"카드가 인식되지 않습니다."

카운트 안내원이 김민재가 줬던 카드를 내밀었다.

'외환 비자카드도 잘못됐나?'

김민재에게 다른 카드는 없었다. 출국하기 전 모든 카드는 정지되었고 외환 비자카드는 혜지가 별도로 만들어 준 거였는데 인도에 도착하면 사용할 수 있을 거라고 했다.

'어떻게 된 것일까?'

얼굴이 화끈거렸다. 그렇다고 크게 소리칠 수도 없었다. 김민재가 할 수 있는 것은 그저 끙끙 앓는 일이었다.

"나쁜 년!"

김민재는 혼자 중얼거렸다. 그래도 혜지에게 사정이 있을 거라 믿었다. 문제가 해결되면 반드시 연락할 거라 믿었다. 배신할 리 없었다. 그럴 이유도 없었다. 그녀에게 부양가족이 있는 것도 아니고 수십억이나 되는 돈을 함부로 빼돌릴 수도 없었다. 그리고 오로지 '오빠'밖에 없다던 혜지가 아니었던가, 믿고 싶었다.

"오빠, 사랑해요."

김민재의 가슴을 더듬으며 수십 번도 더 했던 말이다. 그랬던 혜지가 배신할 리 없었다.

'무슨 일이 있을 거야.'

"현금으로 계산해도 됩니까?"

김민재는 떠듬거리며 지갑에서 꺼낸 백 달러 지폐를 프런트 안내원에게 보여 주었다.

"괜찮습니다. 손님."

프런트 안내원이 계산서를 내밀었다. 부가세를 포함한 금액이 천 백오십 달러였다. 지갑에서 미화 백 달러 열두 장을 꺼냈다. 김민재는 손이 부들부들 떨렸다. 남은 돈은 천팔백오십 달러, 아리랑게스트하우스로 옮긴다 해도 겨우 한 달 머물기에도 부족한 돈이다. 그동안 혜지와 연락이 닿지 않으면 꼼짝없이 쫓겨나고 만다.

'국제 미아?'

더럭 겁이 났다. 처음으로 비행기를 타고 로스앤젤레스 공항에 내렸을 때도 이처럼 두렵지는 않았다. 김민재는 호텔 입구를 흘끔거렸다. 차상철 사장이 보내준다던 운전기사를 찾을 요량이었다. 아리랑게스트하우스에서 잠깐 보았던 운전기사가 호텔 로비를 기웃거리고 있었다.

김민재는 손을 들었다. 그렇게 반가울 수가 없었다. 몇 년 만에 보는 친구 같았다. 운전기사가 그를 발견하지 못했는지 여전히 호텔 로비를 두리번거렸다. 그는 손을 다시 흔들었다. 그때야 운전기사가 프런트로 향해 걸어왔다.

'아리랑게스트하우스로 옮겨 놓고 생각하자. 무슨 방법이 있

겠지….'

어떻게 하든지 혜지와 연락을 취해야 한다. 김민재는 마음을
다잡았다.

"미스터 킴!"

운전기사는 김민재를 금방 알아보고 김민재의 캐리어를 넘겨
받았다. 검은 피부지만, 어딘지 모르게 익숙한 얼굴이었다.

"반가워요."

김민재는 엉성한 영어까지 섞어가며 마음에 없는 말까지 주
절댔다. 조금이라도 안면이 있다는 게 이렇게까지 반갑다는 것
을 처음 깨달았다.

"한국에서 왔어요?"

한국이라는 단어만 김민재 귀에 또렷이 들렸다.

"…. 예!"

큼 굽타는 한국사람에게 관심이 끌렸다. 외삼촌 샌디 쿠마르
굽타가 아리랑게스트하우스 차상철 사장을 처음 소개했을 때도
그랬고, 앞에 서 있는 김민재의 인상도 나쁘지 않았다.

"카말 큼 굽탑니다."

"김민잽니다."

김민재는 큼 굽타의 손을 꽉 잡았다.

"큼이라고 부르세요."

큼 굽타는 한국말 발음은 또박또박했다. 그가 김민재의 캐리
어를 끌고 앞장서서 호텔 로비를 걸어 나갔다.

호텔 입구를 나오자 찌는 듯한 열기가 온몸을 엄습했다. 숨이 턱턱 막혔다. 하늘을 바라보았다. 햇무리가 희뿌옇게 빙그르르 돌았다.

7,

미제 사건…. 살해사건 용의자가 지금에야 나타나다니…. 10년이나 숨어 완전 범죄를 꿈꾸다니…. 지독한 놈이었다.

서울 경찰청 외사부로 처음 정보가 입수되었을 때 경찰청 외사부 직원들은 황당해했다. 인도 뉴델리 인디라간디국제공항에서 용의자를 보았다는 제보가 있었기 때문인데, 정치범이나, 경제 사범도 아니었다. 게다가 오래된 미제사건 중 한 건일 뿐이어서 여론의 관심을 가질만한 사건도 아니었다.

'용의자를 특정할 수 있을까?'

공항에서 보았다는 제보만으로 용의자를 검거할 수 있다는 생각을 정규태는 해보지 않았다. 검거한다고 해도 증명을 해야 한다. 그리고 10년 동안 흔적조차 찾을 수 없었던 용의자라면 호락호락 한 놈이 아닐 것이다. 검거한다고 해도 쉽게 인정할 리도 없었다.

경제사범이든 살인범이든 대부분의 범인은 중국으로 도피한다. 서울과 가까운 상해나 북경이다. 그래야 국내 수사 정보를 충분히 파악해 그들이 숨을 장소를 그때마다 쉽게 옮길 수 있기 때문이다. 하지만, 우연한 기회에 관광객이나, 비즈니스 출장자들에게 노출되기 쉬운 단점도 있다. 그래도 용의자는 수사 정보를 입수하기 위해 가까운 곳에 있으려고 하는 게 그들의 심리이다. 쓰촨성이나 티베트 같은 내륙으로 들어가 버리면 용의자로 특정해도 찾아낼 방법이 없다. 그러나 범죄자는 내륙 깊은 곳으로 숨지 않는다. 그들도 사람이기 때문이었다. 수사관들이 범죄 현장에서 잠복하는 것도 범인의 회귀성 때문이라는 것은 비록 수사관이 아니더라도 널리 알려진 지식이다.

'인도 뉴델리라니….'

용의자에 따라 차이는 있겠지만, 그들의 독특한 심리는 크게 다르지 않다는 것은 굳이 심리학자들의 말을 빌리지 않아도 충분히 안다. 정규태의 생각도 마찬가지였다. 처음에는 평생을 교도소에서 보내느니 차라리 아무도 모르는 곳에서 평생을 숨어서 보낼 거로 생각한다. 그러나 대부분의 용의자는 5년을 넘기지 못한다. 죄를 짓고 5년 동안 도망 다니기가 쉽지 않다는 범죄 심리 현상을 연구 발표한 논문도 더러 있어 한태일이 인디라간디 국제공항에 모습을 나타낸 것도 인간의 심리를 벗어나지는 못한 놈일 거라는 예상은 할 수 있었다.

미제사건을 수사하다 보면 전혀 예상하지 못했던 곳에서 단서를 포착하는 경우도 더러 있어 정규태는 긴장했다. 주위 사람들과 아무런 소통도 없이 지낸다는 것은 무인도에서 혼자 사는 것과 다르지 않을 것이다.

"무인도….''

주위에 사람들이 있어도 소통하지 않으면 무인도나 마찬가지다. 말하지 않고 견딘다는 게 가능한 일일까….

사실, 이번 사건은 용의자로 특정되었던 사람이 1차 조사에서 무혐의였나. 그 후로 사건은 오리무중이 되어 10년이 지나 영구 미제사건으로 종결된 사건이었다. 그러나 매스컴(TV 방송)에서 이슈화되면서 세상 밖으로 다시 끌려 나왔다. 그런데, 용의자로 특정되어 추적을 받던 한태일은 8년 전에 이미 자살했다. 뉴델리 인디라간디국제공항에 나타났다니…. 그를 체포한다고 해도 용의자일 뿐 특정할 때까지 시간이 걸릴 것이다.

인도는 한국에서 멀기도 하지만, 인터넷이 활성화되지 않아 정보를 얻기에는 최악의 곳이다. 아이티(IT) 강국이라 소문은 파다하지만, 기반이 열악해 일부 특정 층에만 해당하는 말인 것 같았다. 자료를 보내려면 보통 두어 시간은 넘게 걸린다. 지레 지칠 수 있었다. 지난번 아리랑게스트하우스 예약을 취소한 것도 인천공항 출발 전에 뉴델리 인도 중앙 경찰국에서 샌지 쿠마르 굽타 경사가 엑스400으로 보낸 자료를 접수하지 못한데서 비롯된 일이었다.

덥다. 더워도 너무 더웠다. 에어컨이라도 빵빵 틀어주지, 땀이 온몸을 적셨다. 정규태는 에어컨을 바라보았다. 정전이라도 됐는지 냉기 배출기에 창호지가 축 처져있었다.

'고장이라도 났나?'

웃통을 벗어 던지고 팬티만 입었는데도 사타구니가 끈적거렸다. 뉴델리에는 두어 번 와 본 적이 있었는데, 코넛플레이스 근처 호텔에 머물렀을 때는 이만큼 덥지 않았다. 일 년에 두어 번 프랑스 리옹에서 개최하는 인터폴 정기회의 참석차 들렀다가 한국과 인도 간 국제범죄 인도 조인식에 참석차 폴리스 스테이션 외사국에 들렀을 때 샌지 굽타 경사와는 처음 알게 되었는데, 그때도 경사였다. 그는 한국 D 대학에서 유학한 한국통이었다.

[샌지, 뭐해요]

[…?]

회신이 없었다.

'잠자고 있나?'

[샌지?]

정규태는 가벼운 옷차림으로 옥상으로 올라가 아리랑게스트하우스 대문을 내려다보았다. 개미 세끼 한 마리도 보이지 않았다. 도로에는 승용차 한 대가 오토릭샤를 추월하려고 검은 연기를 도로에 내지르고 있었다. 어제 내린 스콜이 씻어놓은 야자수 코코넛이 숨을 헐떡이고 있었다. 도로 건너편 숲속에서 멧돼지 한 마리가 고개를 내밀더니 뒤이어 새끼 대여섯 마리가 도로로 뛰어나왔다.

"로드 킬?"

숨이 막혔다. 언제 들이닥칠지 모를 차량을 확인하기 위해 로

터리를 바라보았다. 승용차 서너 대가 힘차게 도로를 달려들었다.

"어~어!"

먼저 달려들던 승용차가 급정거하더니 뒤따르던 차들이 천천히 멈추기 시작했다. 그리고 멧돼지들이 도로를 지나가기를 기다렸다. 눈앞에 일어난 일련의 일들이 눈 깜짝할 사이에 벌어졌다. 정규태는 도서히 믿어지지 않았다. 더럽고 무식하게만 보였던 그들이 보여주는 질서가 도저히 믿기지 않았기 때문이었다.

[근무]

한 시간이나 지나서 센지 쿠마르 굽타의 메시지가 도착했다.

[출근?]

[예스, 폴리스 스테이션]

[저녁에 만날 수 있을까요?]

[노, 프로브람]

[…?]

센지 굽타는 출근한 모양이었다. 내일 저녁에야 만날 수 있단다. 그러나 믿을 수가 없었다. 그의 '노 프로브람'은 알았다는 뜻이지 언제 만나기로 약속한 것이 아니어서 그가 와봐야 만나는 것이다.

정규태는 용의자 한태일을 생각해봤다. 그는 왜 아내를 살해했을까. 게다가 시체를 깊은 산속에 유기하고 해외로 도피했을까. 용의자를 체포해봐야 알겠지만, 보험금이 노린 범행이라 유추할 수 있었다. 국과수의 시체 분석 결과 성폭행 가능성도 충분히 있다는 분석이 나왔다. 하지만, 한태일은 이미 자살해 사망신고까지 끝났다. 그의 알리바이를 깨지 못하면 사건은 또다시 미궁으로 빠지게 된다. 어쨌든, 8년 동안 인도에서 감쪽같이 숨어 살았다니…. 인도라서 가능했을지도 몰랐다. 중국이었다면 어떤 경로를 통하더라도 꼬리가 잡혔을 것이다. 아무튼, 8년 전에도 그의 알리바이를 깨뜨리지 못해 풀어 줄 수밖에 없었다.

'죽었다던 한태일이 살아 있다니…. 옛날 모습이 남아있을까.'

정규태는 주머니에서 한태일의 8년 전 사진을 들여다보았다. 살인할 만큼 험상궂은 얼굴은 아니었다. 그저 평범한 직장인이었다. 하긴, 살인범이라고 해서 얼굴이 험악할 이유는 없었다. 범죄를 저지르는데 얼굴 따위가 무슨 상관있겠는가. 이렇게 오랫동안 검거되지 않고 버틸 수 있었다면 어쩌면 용의자는 성형했을지도 모르는 일이다.

"정 선생님!"

차상철 사장이 출입문을 두드렸다.

정규태는 들고 있던 모바일폰을 얼른 침대 옆 협탁 서랍에 집어넣었다.

"예, 들어오세요."

정규태는 실내복 윗도리를 엉거주춤 어깨에 걸치며 침대에서 일어나 출입문을 열었다.

차상철이 객실 안으로 얼굴을 삐죽이 내밀었다.

"덥죠?"

"아, 예 엄청 덥습니다."

"에어컨이 말썽이네요. 수리기사 불렀으니 조금만 참으시면 됩니다."

'조금만 참지, 그까짓 일로 조리 방정을 떨다니.'

차상철이 엉거주춤 변명했다.

"어쩐지 딥더라고요."

정규태는 차상철의 표정을 힐끗 보았다. 어젯밤 친절하던 모습은 간데없고 볼에는 덕지덕지 욕심이 가득했다. 게다가 덥수룩한 구레나룻과 치켜 올라간 작은 눈은 의심이 가득했다.

"조금만 기다리세요."

객실 문을 닫는 차상철의 뒷모습을 정규태는 유심히 바라보았다. 귀찮은 듯 찌든 얼굴인데 눈빛만은 형형하게 살아있었다.

3부, 두세라 축제

1,

번개가 하늘을 갈랐다. 눈 깜짝할 사이다. 천둥소리가 들리기
도 전에 굵은 빗줄기가 도시를 암흑에 가뒀다. 차들은 제자리에
멈췄고 사람들은 빌딩에 숨어들었다. 그야말로 아수라장이다.
어둠이 어둠 속에 감춰진 브라마(힌두 창조의 신)의 태초 이전의
물세례 같았다. 영원히 벗어나지 못할 것 같은 공허였다. 그때
먹구름 사이로 한 줄기 햇살이 보였다. 뉴델리 코넛플레이스. 구
르가온에서 20km밖에 떨어지지 않았다. 도시를 암흑에 가두었
던 드센 빗줄기는 인간의 발걸음을 한 치도 허용하지 않을 것 같
더니 느닷없이 멈췄다.

아리랑게스트하우스 옆 공터에도 빗물이 흥건했다. 그야말로
스콜의 일방적인 겁박이었다. 공터 천막은 완전히 무너졌다. 찢
어진 천막은 공터를 배회했고, 떠내려간 천막은 게스트하우스

담벼락에 걸려 숨을 헐떡거렸다.

조그만 아이, 아이라고 하기에는 너무 작았다. 피부가 까만 주먹만 한 아이가 동생을 허리춤에 껴안고, 눈물을 뚝뚝 흘리며 도롯가에 우두커니 서 있었다. 긴 속눈썹은 젖어 코를 훌쩍거릴 때마다 파리 떼가 극성을 떨며 아이를 괴롭혔다. 동생을 허리춤에 껴안은 조그만 아이, 돈 벌러 간 그의 부모를 기다리는지 옴짝달싹하지 않았다.

'어떻게 하지?'

김민재는 발을 동동 굴렀다. 아무리 주위를 둘러봐도 조그만 아이를 도와줄 사람은 보이지 않았다.

"못 본 척하소."

차상철이 등 뒤에서 한 마디 툭 던졌다.

"아니, 그게….'

뒤도 돌아보지 않은 채 김민재는 조그만 아이와 허리춤에 껴안은 주먹만 한 동생을 바라보며 안타까워했다.

"걱정하지 마소. 저거끼리 알아서 잘할 낌더."

"…."

억센 경상도 사투리다. 영어로 말할 때는 느끼지 못했던 드샌 경상도 억양은 어딘지 강압적이었다. 금방이라도 쓰러져 죽을 것 같은데 걱정하지 말라니…. 도대체 그는 사람이기는 한 것일까. 김민재는 뒤를 돌아보고 나서야 차상철이 뒤에 서 있다는 것을 알았다. 옥상에는 분명히 아무도 없었는데…. 차상철이 팔짱을 낀 채 빗물이 가득 찬 공터를 내려다보고 있었다.

"자주 보게 될 낌더."

입가에 야릇한 미소를 띤 채 차상철은 조그만 아이의 고통을 즐기기라도 하는 듯했다.

"아, 예⋯."

차상철의 눈빛은 섬뜩하리만치 형형했고 말은 거칠었다. 그러나 김민재는 한국말로 소통할 수 있다는 것만으로도 편했다. 손짓 발짓으로 소통한다는 것은 끔찍한 일이다.

김민재는 여전히 까만 아이 형제로부터 눈길을 떼지 못했다.

"부모가 없는 모양이지요?"

"저녁에 돌아올 낌더."

"아, 네⋯."

"김 선생이 걱정 안 해도 됩니더."

차상철이 툭 던진 한마디가 김민재의 가슴을 파고들었다. 적어도 공터의 아이들은 기다리는 부모가 있었다. 부모, 프레얀카는 아이를 낳았을까. 낳았다면, 어쩌면 저 아이들보다 힘들게 자랐을 것이다.

차상철은 팔짱을 낀 채 공터 천막의 까만 아이들을 내려다보고 있었다.

'돈이 없다는 것을 눈치챈 것일까?'

게스트하우스 숙박료를 상의할 때, 돈이 부족하다는 것을 차상철이 눈치챈 것은 아닐까. 객실 요금을 지급하지 못하면 쫓겨낼 텐데, 팔짱까지 끼고 이죽거릴 필요가 없었다. 월급을 못 줘 직원들을 피해 다녔던 게 엊그제 같았다. 어차피 피도 눈물도 없는 장사치였다. 돈만 챙기면 그뿐이었다. 어쨌거나 상황이 상황인 만큼 차상철의 눈치를 볼 수밖에 없었다. 우연이겠지만, 인디라간디국제공항에서 아레나 호텔로 안내해주지 않았다면, 지금쯤 어떻게 되었을까. 생각만 해도 끔찍했다. 그리고 아레나 호텔에서 며칠만 더 있었더라면 숙박료도 지급할 수 없어 호텔에서 쫓겨났을지도 모르는 일이었다. 그나마 차상철을 만날 수 있어 아리랑게스트하우스로 옮겨 한 달은 더 버틸 수 있게 되었다. 김민재는 시간을 번 것만으로도 다행이었다. 그동안 혜지와 연락만 닿으면 모든 것이 해결된다. 그를 가까이할 이유도 멀리할 필요도 없었다. 적당한 거리를 유지하면 될 일이었다.

"점심 드셔야죠?"

차상철이 말을 붙였다.

김민재는 손목시계를 들여다보았다. 12시가 넘었다. 방금 아침을 먹은 것 같은데 벌써 점심시간이니…. 한 것도 없는데 시간만 빠르게 지나갔다. 객실에 처박혀 끼니마다 챙기는 것도 귀찮았다. 게스트들의 객실을 일일이 찾아다니며 식사 시간을 알려주는 차상철도 귀찮을 것 같았다. 그렇다고 먹이지 않을 수도 없을 테고…. 차상철의 짜증스러운 표정을 이해할 수 있을 것 같다.

"벌써 그렇게 됐습니까?"

김민재는 빨라지는 시간이 걱정이었다. 남은 돈은 보름치 숙식비밖에 없다. 빠르게 흐르는 시간이 불안했다. 혜지와 연락이 닿지 않으면 어떻게 하지…. 대책도 없어 그저 답답했다.

차상철이 퉁 하게 말을 던졌다.

"점심이 끝날 때가 됐심더, 그만 내려 가입시더."

김민재가 식당으로 내려오지 않은 게 신경 쓰여 객실에 들렀는데 빈방이었다. 신경이 쓰였다. 주머니 사정도 넉넉해 보이지 않았다. 돈이 있건 없건 솔직히 차상철이 상관할 바 아니었다. 숙박료를 지불하지 못하면 쫓아내면 될 일이다. 하지만, 정해진 식사 시간을 놓치면 주방 종업원들이 힘들다. 게스트들은 '밥 달라'는 한 마디면 되지만 주방 종업원들은 온종일 음식을 날라야 한다. 그들의 불만을 차상철이 감당해야 하기 때문에 보통 힘든 게 아니었다.

차상철은 게스트들의 여권 사본만 확보하면 그다지 관심을 가지지 않았다. 겉으로야 갖은 말을 다 해도 적당하게 친절할 뿐 거기까지였다. 그런데 김민재는 달랐다. 인도에 초행인 것도 신경 쓰였고, 익숙한 얼굴도 아직 알아내지 못했다. 어두운 표정은 사연도 있어 보였다.

'미스터 샌지가 추적하는 사람은 아닐까?'

김민재의 정체를 알기 전까지 경계를 늦출 수 없었다.

스콜이 네댓 시간 강하게 쏟아지면, 복사열로 습도濕度가 높아져 게스트들의 신경이 날카로워진다. 차상철은 객실 창문과 외부로 통하는 문을 닫아 게스트들의 안전을 확보하는 게 우선이었다. 여행 일정이 있는 사람이야 상관없어도 남은 사람들이 답답해해 신경 쓰였다. 이럴 때는 어쩔 수 없이 게스트들이 가능한 바깥출입을 자제하고 객실에서 텔레비전 시청을 권유하는 게 고작이었다.

"아이고. 미안합니다."

김민재는 머쓱해 뒤통수를 긁적거렸다.

"다른 분들이 기다리고 있씀더."

김민재의 행동을 유심히 살폈다. 인디라간디국제공항에서 아레나 호텔까지 안내했을 때에는 어수룩해 보여 도와줬는데, 샌지 굽타의 메시지를 받은 뒤로 그의 수상쩍은 행동은 한두 곳이 아니었다. 호텔 예약을 하지 않은 것도, 게스트하우스로 거처를 옮긴 것도, 출장 온 회사원이라기에는 어설픈 데가 한두 곳이 아니었다. 차상철은 모른 척 넘길 수가 없었다.

'뭐 하는 사람일까?'

더군다나 샌지 쿠마르 굽타도 투숙해 있으니, 김민재의 정보라도 넘겨주는 게 좋을 것 같았다. 차상철은 본의 아니게 짜증을 낸 게 미안했지만 어쩔 수 없었다.

'뭐 하는 사람일까?'

차상철은 고개를 갸웃거리며 계단을 내려갔다.

열흘이 지났는데 혜지의 연락은 없었다. 12시 십 분, 한국은 15시 십 분이다. 차상철이 곧바로 식당으로 같이 가자고 했다.

하지만, 김민재는 객실에 두고 온 모바일폰이 궁금했다.

'도대체 무슨 문제가 있기에 메시지도 보내지 않지….

김민재는 식당으로 뒤따라가겠다고 차상철에게 양해를 구하고 객실에 들를 참이었다.

"객실에 들렀다가 바로 내려가겠습니다."

"빨리 내려오세요."

차상철이 1층으로 내려가는 뒷모습을 뒤로하고 김민재는 객실로 들어가 모바일폰을 확인했다. 혜지가 보낸 메시지 흔적은 없었다.

'혜지가 사기를 쳤으면 어떻게 하지?'

김민재는 난감했다. 대안은 생각나지 않고 머리만 혼란스러웠다.

'어떻게 하지….'

모바일폰을 주머니에 집어넣고 1층으로 내려왔다.

주방 종업원들이 분주히 음식을 식당으로 나르고 있었다. 된장 냄새에 코끝이 찡했다. 겨우, 며칠 지났는데 된장 맛이 그리워지다니…. 몇 년 만에 맡아보는 고향 냄새였다.

2,

식당 문을 열었다. 눈에 익은 게스트들이 눈에 들어왔다. 까만 머리에, 낮은 코, 희지도 검지도 않은 노란 피부, 오랜만에 시골 친구라도 만난 것처럼 반가웠다. 그들은 여행이 끝나면 곧장 한국으로 돌아갈 것이다. 부모, 형제가 있는 고향으로. 부러웠다. 김민재는 숨을 깊게 들이켜며 호흡을 가다듬었다.

"김 선생님, 이쪽으로 앉으세요."

차상철이 자리를 권했다.

"예,"

대답을 하긴 했지만. 김민재는 그를 바라보는 익숙한 눈길이 부담스러웠다. 모두는 아니어도 몇몇은 그를 기억할 수 있을 거라는 생각이 문득 머리를 스쳤다. 오늘의 짧은 만남, 아니 잠깐 스쳐 가는 만남이라도 그들이 기억한다면…, 김민재는 괜히 움츠러들었다. 그들의 기억을 지울 수 없는 한 어디든지 편한 곳은 없을 것 같았다. 머리를 숙였다. 내일이 중요하지 않아도 오늘을 보면 내일은 쉽게 예측된다. 숙박비를 지불하지 못해 게스트하우스에서 쫓겨나는 모습이 인터넷 포털사이트에 업로드라도 되면 한국으로 돌아간 저들의 입방아에 오르는 것은 한순간이다. 그렇게 되면…. 그들을 마주 보는 게 불편했다.

"이쪽으로 오세요."

입구에 앉은 게스트가 자리에서 일어나 길을 터주었다.

"정규탭니다."

묵직한 목소리에 김민재는 움찔했다. 처음 보는 게스트였다. 덩치도 컸다. 도둑이 재발 저란다는 게 틀린 말은 아니었다.

차상철이 끼어들었다.

"어젯밤 늦게 도착해 소개해 드리지 못했네요. 인사하세요."

김민재도 손을 내밀었다.

"김민재라고 합니다."

운동을 했는지 두툼한 손등에 손아귀 힘도 만만찮았다. 떡 벌어진 어깨에다 미세하게 움직이는 날카로운 눈, 김민재는 정규태의 얼굴을 마주 볼 수 없었다.

'설마, 형사?'

수천 킬로, 그것도 비행기를 타고 10시간을 도망쳐왔는데, 처음 보는 게스트에게 움츠러들다니…. 김민재는 스스로 한심하다는 생각이 들었다. 지난 이야기지만, 30년 전에는 임신을 시켜놓고도 모른 척 버텼는데…. 김민재는 가슴을 폈다.

식당 문이 열렸다. 덩치 큰 인도 사람이 들어왔다.

"오, 샌지, 어서 오세요."

차상철이 호들갑을 떨었다.

바라보는 시선이 부담스러웠던지 인도사람은 식당 문을 열다 말고 눈을 휘둥그레 떴다.

'인도사람도 한식을 먹나?'

누린내가 콧구멍 깊숙한 코점막을 자극했다. 그렇다고 김민재는 식당을 박차고 나설 용기도 없었다.

"아, 이쪽은 샌지 쿠마르 굽타."

차상철이 덩치 큰 인도인의 어깨를 두드리며 인사를 시켰다.

"김민잽니다."

김민재가 샌지 쿠마르 굽타에게 손을 내밀었다.

"안녕하세요. 샌지 쿠마르 굽탑니다."

어눌해도 한국어를 배웠는지 또박또박 말했다. 게다가 샌지 쿠마르 굽타의 여유로운 몸짓은 인도사람이 미개하다고 함부로 굴었다가 낭패를 볼 수 있을 것 같은 위압감도 있었다.

차상철이 빈 의자를 뒤로 빼며 샌지 쿠마르 굽타가 앉기를 권했다.

"반갑습니다. 정규태라고 합니다."

정규태의 영어 솜씨는 의외로 유창했다. 평소 알고 지내던 사람처럼 편하게 샌지 쿠마르 굽타와 악수를 하면서 눈빛을 교환했다.

차상철은 샌지 쿠마르 굽타와 정규태가 아는 사이라는 것을 놓치지 않았다.

샌지 쿠마르 굽타는 정규태를 힐끗 보더니 금세 입가에 미소를 띠었다.

"오, 미스터 정, 처음 뵙겠습니다."

샌지 쿠마를 굽타가 또박또박 한국말을 해서인지 잠시 감돌던 긴장감이 느슨해졌다.

"오늘은 식사하는 분들이 적네요?"

김민재는 팽팽한 긴장감에서 벗어나고 싶었다.

"어젯밤에 도착한 팀들이 오늘 아침에 타지마할로 출발했습니다. 저녁 늦게야 도착할 겁니다."

차상철은 아무래도 정규태가 신경 쓰였다. 그가 인터폴이라면, 김민재가 용의자일지도 모른다는 생각을 문득 했다.

"스콜이 엄청나게 쏟아지는데요?"

여행객이 타지마할로 출발했다는 차상철의 말을 믿지 못하겠다는 듯 정규태가 되물었다.

"네댓 시간이면 그쳐요."

"아, 그렇군요. 그런데 정말 엄청나던데요?"

정규태는 스콜을 처음 보았는지 눈까지 동그랗게 뜨며 말했다.

"엄청나죠, 아무튼 스콜이 쏟아지면 운전 중에는 차를 세워야하고 빌딩이 보이면 무조건 가까운 빌딩 안으로 들어가 일단 몸을 피하고 봐야 합니다."

차상철은 이 분위기를 얼렁뚱땅 넘기고 싶어 여유를 두지 않고 정규태의 말을 받았다.

테이블은 컸다. 그런데도 덩치 큰 남자 넷이 앉으니 비좁고 불편했다. 김민재도 몸집이 작은 편은 아니었지만, 그들 옆에 앉으니 작고 초라했다.

"식탁이 비좁지요?"

굳이 미안해할 필요가 없는데도 차상철은 머쓱했는지 한마디 거들었다.

"방금 내린 소나기가 스콜이라는 겁니까?"

김민재는 어색한 분위를 벗어나고 싶었다.

"예, 스콜입니다. 가뭄이 계속되어 걱정이 많았는데 스콜이라도 오니 그나마 다행 아닙니까. 열기가 식은 것 같기도 하고요."

차상철은 태연했다.

"엄청나게 오던데요?"

정규태가 맞장구를 쳤다.

사실, 김민재는 이렇게 엄청나게 쏟아지는 소나기는 처음 경험했다.

"스콜이 지나가면 습도 때문에 오히려 더 더워집니다."

차상철이 습기가 가득 차 끈적거리는 식당을 둘러보더니 아룬을 불렀다.

"아룬, 식당에 에어킨 좀 세게 틀어!"

이마에 흐르는 땀을 훔치며 차상철이 아룬에게 말했다.

게스트하우스에 습기가 차기 시작하면 웬만큼 에어컨을 틀어도 시원해지지 않았다. 이번 달 전기세도 만만치 않을 것 같았다. 미리 조정한다고 해도 엄청난 전기세를 내야 해 차상철은 신경 쓰였다. 조금이라도 절약해야 한다. 그렇지 않으면 전기세 폭탄을 맞을 것이다. 지난달에 전기세로 지불한 돈만도 엄청났다.

'더워도 조금만 참으면 되지….'

차상철은 식당에 모인 게스트들의 얼굴을 흘깃거렸다. 그들의 표정만 봐도 더운지 괜찮은지 금방 알기 때문이었다.

"예스, 보스."

음식을 나르던 아룬도 더웠던지 황급히 에어컨 리모컨을 잡았다.

정규태는 테이블에 앉은 사람들을 번갈아 보며 그들의 행동을 눈여겨보았다. 차상철의 능글거리는 말투와 사람을 관찰하려는 예리한 눈은 오랜 해외 생활에서 나타나는 습관이었다. 해외교포들의 전형적인 모습이었다. 좀스러운 사고를 칠 수는 있어도 살인을 할 만큼 대담한 사람은 아니었다. 게다가 버젓하게 영업 허가를 내 게스트하우스를 운영할 리 없었다. 그는 용의자 얼굴과 확연하게 달랐다. 10년의 세월이 흘렀다고 해도 형체는 남아 있을 텐데, 그의 얼굴은 이마가 넓고 턱은 좁은 편이지만, 눈초리가 치켜 올라가 날카로웠다. 김민재는 일주일 일 전에 인도에 왔다고 했다. 얼굴은 넓적해 범죄를 저지를 만큼 배짱이 있어 보이지도 않았다.

정규태는 창밖을 내다보았다. 게스트하우스 마당에는 언제 스콜이 내렸냐는 듯 뜨거운 열기로 가득했다.

3,

프레얀카는 아파트 입구를 향해 연신 고개를 기웃거렸다.

"도착할 때가 지났는데…."

벽시계를 바라보았다. 희미하게나마 보이는 시곗바늘이 자정을 향하고 있었다. 늦어도 이때쯤이면 보리수 나뭇잎을 흔들며 큼 굽타의 승합차가 아파트로 올라와야 하는데 좀처럼 나타나지 않았다. 프레얀카는 마음이 조급했다.

'사고가 난 것일까?'

프레얀카는 프레첸 힌두사원을 바라보며 시바에게 기도했다.

"큼을 안전하게 집으로 돌려보내 주세요."

텔레비전에서 구르가온에 내린 스콜의 피해를 방영하고 있었다.

뉴델리에는 비 한 방울 내리지 않았는데…. 스콜의 피해라니…. 스콜이 쏟아진 구르가온에는 생각보다 큰 피해가 발생한 것 같았다.

"뉴델리는 언제 비가 오누…. 스콜이라도 좀 쏟아지지…."

프레얀카는 혼잣말을 중얼거렸다.

밤이 이슥한데도 먼지에 찌든 보리수 나뭇잎들이 축 처져있었다. 프레얀카는 스모그인지 먼진지 알 수 없는 뿌연 하늘만 봐도 기침을 했다.

"콜록콜록, 크크~."

의사의 말이 생각났다.

"프레얀카, 이 약을 먹고 누워서 푹 쉬세요. 시바가 보살필 겁니다."

몸이 쇠약해지면 심리적으로 위축되어 나타나는 현상이라고 의사가 말했지만, 프레얀카는 심장이 좋지 않다는 것을 알고 있었다. 샌디에이고에서 뉴델리로 돌아왔을 때는 지금보다 나았다. 하지만, 외곽 공터 움막에 텐트를 치고 살면서 먼지를 많이 마셔 심해졌다. 마음을 편하게 가져야 한다는 의사의 말이 무엇을 뜻하는지도 안다. 그러나 프레얀카는 아들 큼의 건강이 먼저였다.

"왜 이리 늦누⋯!"

목이 아파 기침을 하면서 아파트로 들락거리는 차들의 불빛에서 프레얀카는 눈을 떼지 못했다.

전조등이 보리수 나뭇잎을 비추자 프레얀카의 시선은 곧바로 아파트 진입로로 향했다. 승합차 한 대가 먼지를 일으키며 아파트로 들어왔다.

"콜록, 콜록 크으억."

프레얀카는 의자에서 벌떡 일어나 베란다 밖으로 고개를 내밀었다. 회색 승합차 문이 열리고 아파트를 올려다보는 큼 굽타를 발견한 뒤에야 안심했다. 그녀는 아들을 안전하게 집으로 돌려 보내준 시바에게 감사했다.

"오, 내 아들 큼이 오는구나, 시바신이여 감사합니다."

큼 굽타는 1년 전까지만 해도 안정된 일자리가 없었다. 매일 아침 일자리를 찾아 공사 현장을 기웃거렸으나 공치기가 일쑤였다. 다행히 큼의 외삼촌인 샌지 쿠마르 굽타가 큼에게 승합차를 사주지 않았다면, 아직도 일자리를 찾아 공사 현장 이곳저곳을 기웃거리면 방황했을 것이다. 동생 샌지 쿠마르 굽타가 아버지 엔 피 굽타 몰래 승합차를 사준 게 프레얀카는 얼마나 고마운지 몰랐다.

샌디에이고에서 돌아온 뒤 프레얀카는 친정 근처에도 갈 수 없었다. 뉴델리 외곽 공터에서 아들 큼과 움막을 짓고 살았는데, 동생 샌지 쿠마르 굽타가 임대한 아파트로 이사해 자리를 잡을 수 있었다. 그녀는 동생에게 늘 고마워했다.

"맘?"

큼 굽타가 아파트를 올려다보았다.

"오, 내 아들."

프레얀카는 며늘아기를 불렀다. 큼이 좋아하는 탄두르(흙으로 빚은 화덕)에서 막 구워낸 란과 알루 마살라(인도 북부 지방에서 주로 먹는 일상적인 커리, 알루는 힌디어로 감자라는 뜻이다) 한 대접에다 탄두르 치킨(향신료를 첨가한 요구르트에 재운 닭을 긴 꼬챙이에 꿰어 탄두르에 넣어 구운 닭요리)을 먹일 생각이었다.

"아나슐라!"

프레얀카는 며늘아기를 불렀다.

"예스, 맘⋯."

"큼이 돌아왔어."

아나슐라의 경쾌한 목소리가 마음에 들었는지 프레얀카도 얼굴에 환한 미소를 지었다.

'그래야지!'

아나슐라도 큼 굽타가 늦게 오는 것을 걱정하고 있었는지 냉

큼 거실로 나와 아파트 주차장을 내다보며 환한 미소를 지으며 큼에게 손을 흔들었다.

"샤르마, 사지타, 벌써 자니 아빠가 돌아오셨어."

프레얀카는 손자 손녀에게 큼이 돌아온 것을 알리고 싶었다. 더군다나 이번 가이드는 4일이나 걸렸다. 샤르마가 눈을 비비며 방문을 열었다. 사지타는 잠들었는지 아니면 골이 났는지 침대에 머리를 처박고 있었다.

"맘!"

아파트 출입문 밖에서 큼의 목소리가 들려왔다.

"아나슐라, 아나슐라!"

프레얀카는 며늘아기를 찾았다.

큼 굽타의 귀가가 늦으면 아나슐라도 긴장했다.

교통사고 소식이 하루를 멀다 않고 텔레비전에 오르내리니 장시간 운전을 하는 남편을 걱정하는 마음이야 시어머니 프레얀카보다 더하면 더했지 덜하지 않았다. 남편만 챙기는 시어머니가 미울 때도 있었다. 그러나 지극 정성 아들을 걱정하는 마음을 이해할 수 있을 것 같았다.

"맘, 돌아왔어요."

프레얀카의 말이 끝나기도 전에 아파트 출입문에 큼 굽타가 얼굴을 드러내자 그녀 얼굴이 활짝 폈다.

"오, 아들 고생했구나. 어서 들어와 저녁 먹어야지?"

프레얀카는 큼이 늦은 밤까지 굶으면서 일하는 게 늘 안타까웠다.

"아니에요. 아리랑게스트하우스에서 먹고 왔어요."

"오, 그랬구나. 큼, 그래도 조금 더 먹어두는 게 어떠냐?"

프레얀카는 큼 굽타가 아리랑게스트하우스에서 저녁을 먹었어도 아나슐라가 정성 들여 준비한 저녁을 먹어주기를 바랐다.

"더는 못 먹어요."

애써 준비한 저녁을 마다하는 큼 굽타가 야속한지 아나슐라의 입이 뾰로통해져 고개를 숙였다.

보다 못한 프레얀카는 큼 굽타를 나무랐다.

"큼, 그래도 한 입은 먹어야지?"

며늘아기가 안타까워 프레얀카가 한 말이었다.

"맘, 괜찮다고 했잖아요!"

아나슐라가 토라졌는지 방으로 들어가는 게 보였다. 프레얀카는 아나슐라에게 미안했다. 그렇지만 인도 여인들의 숙명인 것을 어찌하겠는가. 잠시긴 해도 스미스는 친절했다. 만년필을 대학교 매점에서 살 수 없었을 때 한 시간이나 걸리는 파라다이스 쇼핑센터까지 그녀를 데리고 갔던 기억이 떠올랐다.

"맘, 이번 주말에 바라나시 여행 가실래요?"

큼 굽타가 바라나시로 함께 여행 가자는 말을 한두 번 한 게 아니었다. 하지만, 프레얀카가 함께 가고 싶었던 사람은 따로 있었다. 스미스 큼…. 샌디에이고에서 어린 큼 굽타를 데리고 힘들게 살았던 기억이 났다. 생각만 해도 힘이 드는지 그녀의 얼굴이

심하게 일그러졌다.

"바라나시라니, 큼, 무슨 말이냐?"

스미스가 한국으로 떠나면서 그의 부모님에게 결혼 허락을 받은 뒤 뉴델리 방문 계획을 세웠다. 그때 바라나시를 함께 가자고 약속했다. 프레얀카는 방구석에 놓인 서랍장을 바라보았다. 해묵은 일이지만, 그가 선물해 주었던 붉은색 몽블랑 만년필을 넣어두었던 기억 때문이었다. 하지만, 스미스가 없는 바라니시 여행은 프레얀카에게 의미가 없었다.

'스미스와 함께 가기로 했는데….'

프레얀카는 긴 한숨을 쉬었다.

큼 굽타는 대답을 하지 않는 프레얀카를 바라보았다. 기뻐할 줄 알았는데 표정은 의외로 어두웠다.

'무슨 일일까? 마음이 바뀌기라도 한 걸까?'

"맘, 가고 싶어 하셨잖아요!"

프레얀카가 잘못 듣기라도 했을까 봐 큼은 재차 물었다.

"하긴 그랬지…. 애야 그런데 아이들 학비도 부족할 텐데…. 여행은 무슨 여행이냐. 다음에 가자꾸나."

"이번 주말에 일박 이일로 바라나시 일정이 잡혔는데, 한 자리가 비어서 어머니 의견 여쭙는 겁니다."

외삼촌 샌지 쿠마르 굽타, 며칠 전에 한국에서 온 여행객 미스터 정, 아레나 호텔에서 아리랑게스트하우스로 거처를 옮긴 미스터 김과 그리고 차상철 사장이었는데, 차 사장이 바쁜 일이 있어 갈 수 없다고 해서 한 자리가 비었다. 하긴, 게스트하우스를 비워놓고 여행 간 것을 순애 마담이 알기라도 하면 흠씬 욕을 먹을 게 뻔했다.

'일을 제쳐두고, 여행이라니!'

차상철 사장을 보면 한국이 잘 사는 이유를 알 것 같았다. 그는 늘 옳은 선택을 했다.

대부분의 게스트는 아그라 타지마할이나, 자이푸르 구도심에 사와이 프라탑 싱 왕이 건축했다는 하와마할이었다. 하와마할은 바깥출입을 할 수 없었던, 궁중 여인들을 위해 953개의 창문을 만들었다는 정교한 건축물 관광하기를 원하지, 여행경비도 많이 들고 수많은 시체들이 도심을 드나드는 바라나시로 가겠다는 여행객은 많지 않았다. 큼 굽타는 이참에 어머니 프레얀카가 그토록 가고 싶어 했던 곳 힌두 성지 바라나시 함께 가고 싶었다. 여행을 하기에는 어머니 건강이 좋지 않아도 샌지 외삼촌이 동행한다면 어려울 것도 없었다. 오히려 경비도 적게 들어 좋은 기회였다.

"오, 큼, 안 가도 된단다."

외삼촌 샌지 굽타와 같이 간다는 것을 알려드리려고 했는데, 큼 굽타의 성급한 생각이 프레얀카를 힘들게 한 것 같아 이쯤에서 설득을 그만두었다.

"맘, 아직 시간이 남았으니, 생각해 보도록 하세요."

"…"

생각해보라는 큼 굽타의 말이 서운했든지 아니면 정말 갈 생각이 없었던지 프레얀카는 금세 풀이 죽었다.

'스미스와 함께라면 어디라도 함께 갈 수 있을 것 같은데….'

이제는 굳이 스미스가 없더라도 프레얀카는 바라나시에 가보고 싶었다. 어릴 적 아버지와 함께 다녀왔던 기억이 그녀의 마음을 설레게 했다. 갠지스강에 가보고 싶었다. 태어나고 죽고, 그리고 억겁이 지나 다시 이생에 다시 태어날 수 있는, 삶과 죽음이 초월한 곳이라고 아버지 엔 피 굽타가 말해주었다. 그녀는 사는 게 너무 힘들었다. 살아있다는 게 무엇이며 죽으면 어떻게 될까. 다시 태어난다면 스미스를 만날 수 있을까. 스미스를 만나는 게 프레얀카에게 마지막 바람이었다. 그리고 큼 굽타에게 너를 태어나게 해준 아버지라고 당당하게 말해주고 싶었다.

'시바신은 모든 것을 다 이루어준다고 했는데….'

프레얀카는 아들 큼을 볼 때면 한숨이 저절로 나왔다.

갠지스강 강가에서 시바에게 기도하면 소원을 들어준다고 했다. 스미스를 만나게 해줄까. 큼에게 간다고 할 걸…. 갠지스강에서 강가잘(Gangajal/갠지스강물)을 퍼와 두고두고 피곤한 아들 큼에게 먹여 건강하게 가족을 지켜달라고…. 그리고 스미스도 만나게 해달라고 시바에게 기도하고 싶었다.

4,

도대체 뭐 하는 사람일까. 게스트하우스에 투숙은 했는데, 도
무지 여행 일정을 잡지 않았다. 쉬는 날은 가까운 델리라도 다
녀오면 좋을 텐데, 객실에 틀어박혀 나오지를 않았고, 평일에는
늦게 들어왔다. 내일은 토요일인데 거래처와 회의가 있다고 출
근해야 한단다. 알다가도 모를 놈이었다. 여권 사본만으로 정규
태의 직업을 도무지 알아낼 방법이 없었다. 어느 나라를 방문했
는지 기록이라도 볼 수 있으면 감이라도 잡을 수 있을 것 같은
데…. 그는 객실 예약을 취소한 적이 있어 차상철은 그의 여권을
요청했다. 복사를 하면서 그의 여권 기록을 훔쳐볼 생각이었다.
정보를 확보하려면 그 방법밖에 없었다. 그런데 그는 거절했다.
  여권 사본 제출을 거절하는 투숙객들이 더러 있기는 해도 대
부분은 허락했다. 이 핑계 저 핑계 대가며 굳이 여권 사본을 복
사해 게스트하우스에 비치하는 이유는 좋게는 안전사고가 발생
했을 때 한국대사관과 신속하게 소통하기 위한 것이고, 게스트
의 방문 국을 미리 조사해 그들의 개인 신상을 가늠하기 위한 것
인데, 게스트들에게도 나쁠 게 없었다. 아무튼, 대부분의 투숙객
은 의심 없이 여권 복사를 허락했다. 그런데 정규태는 거절했다.
  정규태는 왜 호텔로 가지 않고 굳이 게스트하우스에 투숙했
을까. 출장이라면 숙박비는 회사에서 모두 지급할 테고…. 출장
비를 챙겨 먹으려는 수작일까. 퇴실할 때 호텔비용으로 세금계

산서를 발행해 달라는 것은 아닐까. 아니면 덩치만 큰 좀팽이일까. 도대체 감을 잡을 수 없었다.

"정 부장님, 타지마할 한 번 다녀오셔야죠?"

차상철은 넌지시 아그라 여행을 주선했다.

"다음에 가죠."

정규태의 대답은 오늘도 간단했다.

뉴델리에 온 목적이 정말 업무차 온 것일까. 차상철은 정규태가 정말 궁금했다.

"타지마할은 정말 대단합니다. 중국의 자금성과 비교할 바가 아닙니다."

"…. 그렇습니까?"

마지못해 대답하는 정규태의 속에는 엄청나게 큰 구렁이가 자리 잡고 있는 듯이 느물거렸다.

"얼마나 사랑했으면 죽은 왕비를 위해 2십여 년이나 걸려 타지마할 같은 무덤을 지었겠습니까. 저 같은 사람은 도저히 상상할 수 없는 일이지요."

정규태는 사랑을 주절거리는 차상철의 말을 곱씹었다. 보험금을 타기 위해 마누라를 둔기로 때려 숨지게 한 것도 모자라 범죄를 감추려고 산속에 시체를 유기한 비정한 인간도 있는데, 사자 한 황제는 그의 아내 뭄타즈 마할을 위해 그녀만을 위한 무덤을 이십 년에 걸쳐 건설했다니…. 그것도 세상에서 가장 아름다운 무덤을 지으려고 세상의 우수한 건축가들을 모두 데려왔다고 했다. 황제의 왕비에 대한 사랑이 아름답다기보다 숭고해 보였다. 그리고 오백 년이 지난 지금에 와서 사자 한 황제와 왕비 뭄타즈와의 사랑을 확인할 수 없겠지만, 타지마할이 얼마나 아름다운 무덤인지 가보지 않고는 도저히 상상이 안 됐다. 가보고 싶었다.

'하긴 아름다워 봐야 무덤이겠지만….'

출장 온 김에 관광하는 것도 나쁘지 않을 것 같았다.

차상철을 등진 채 정규태는 슬쩍 말을 던졌다.

"다음에 가죠."

차상철은 사랑 따위는 믿지 않았다.

'사랑…. 있기나 한 것인가.'

그에게도 아내가 있었다. 그러나 그는 사랑을 절대 믿지 않았다. 어쩌다 필요한 것인지는 몰라도 영원하지도 행복하지도 않았다. 한때 지나가면 그뿐이었다. 하지만, 타지마할이 아름답고 웅장한 것은 틀림없었다. 여러 번 다녀왔는데도 그때마다 느낌이 달라 감탄하지 않을 수 없었다. 타지마할을 보고 있으면 사자 한 황제의 왕비를 향한 사랑이라기보다 집착이라는 생각이 더 들었다.

'집착이겠지!'

차상철에게 사랑은. 적어도 아내가 바람피웠다는 소문을 듣기 전까지는…. 그의 모든 것을 걸 수는 없어도 아내를 사랑했다. 사랑이 뭐냐고 물어오면 굳이 무어라 말할 수는 없지만.

'곽 기사와 바람을 피우다니 죽일 년….'

차상철은 아내에게 제대로 뒤통수를 맞았다. 그 생각만 하면 지금도 속이 부글거렸다.

"정 부장님, 언제 시간 나시죠? 일정을 잡아 보겠습니다."

차상철은 정규태의 표정을 슬쩍 살폈다. 갈 듯 말 듯 한 아리송한 표정을 지으며 그는 웃었다.

"그렇게 아름답습니까?"

"다녀온 사람들은 대부분 돈이 아깝지 않다고 합디다."

"그래요? 하루 만에 다녀올 수 있습니까?"

정규태는 출장비 외에 천 달러 정도 비상금을 항상 준비한다. 그만 특별히 준비하는 것은 아니었다. 해외 수사를 할 때는 사건이 어떻게 전개될지 아무도 모르기 때문인데, 살아남기 위한 그야말로 비상금이었다. 계획대로 사건이 종결되면 다행이지만, 그렇지 못할 경우가 더 많아 아내에게 잔소리를 듣기 일쑤다. 사건 종결 후에는 정산을 받을 수 있지만, 늘 부족했다. 그렇다고 직장을 그만둘 수도 없었다.

"월급은 쥐꼬리만 하게 받아오면서 돈은 물 쓰듯 써도 돼?"

아내의 앙앙거리는 소리가 정규태의 귓전을 후볐다.

"그럼요, 늦어도 밤 열 시면 돌아올 수 있습니다."

정규태가 아침마다 출퇴근하는 것으로 봐서는 틀림없이 회사원 같아 보였지만, 그의 행동은 회사원이 아니었다. 뭔가 찾아내려는 날카로운 눈과 민첩한 행동, 게다가 그가 구사하는 영어 실력은 분명 평범한 직장인은 아니었다. 감추고 있는 꿍꿍이가 따로 있는 것 같아 불편했지만, 그렇다고 포기할 수도 없었다. 차상철의 촉은 한 번도 틀리지 않았다. 아내가 곽가 놈과 바람피웠을 때도, 의붓딸을 데리고 보험금을 미리 타냈을 때도 문제점을 미리 예측하고 제거했기 때문에 가능했다.

"아, 그런가요?"

정규태의 표정이 조금 밝아졌다.

"여비도 많이 안 들어요."

주말에 아그라로 출발하는 여행객이 모자랐는데, 이참에 정규태를 엮어놓으면 손해 볼 게 없었다. 차상철은 미끼를 던져놓고 걸려들기를 기다리며 그의 눈치를 살폈다.

"얼마 정도 듭니까?"

정규태의 의외 질문에 차상철은 바짝 달라붙었다. 어디로 보나 돈이 궁색해 보이지는 않았다. 얼마 동안 머물지 계획도 없으면서 한 달 치 숙박료를 미리 지불한 것도 그렇고, 쉬는 날에 객실에만 틀어박혀 있지도 않았다. 게스트하우스 출입을 대중없이 들락거리면서 돈을 써대며 여행비용을 묻다니….

"8십 달러면 됩니다."

차상철의 제안은 나쁘지 않았다.

"네! 그것밖에 안 들어요?"

큰 덩치에서 놀라는 정규태의 모습이 의외였다.

"2백 킬로미터나 되는데, 연료비에 가이드비만 해도 비싼 편은 아닙니다. 거기에다 식사는 세끼 모두 비용에 포함되어 있습니다."

차상철은 신나서 아그라 타지마할 설명에 정신이 없었다.

"아 그렇군요! ···."

"주방장 아룬이 한국식을 준비합니다. 먹는 것은 걱정하지 않아도 됩니다."

차상철의 장황한 말에 정규태는 입을 닫아버렸다. 잘못 말을 붙였다가는 꼼짝없이 아그라 여행에 엮일 것 같았다. 그에게 다급한 업무는 아그라 여행이 아니고 인디라간디국제공항에 나타난 용의자를 확보하는 일이었다.

정규태가 허우대는 멀쩡해도 그저 그런 좀팽이 같았다. 그가 아그라로 여행을 가든지 방구석에 처박혀 있던지 차상철이 상관할 바 아니었다. 단지 그의 정체가 궁금할 뿐이었다.

여행을 가자고 조르는 차상철의 모습을 보며 교포 장사치가 분명했다. 어느 나라로 가든 제일 골치 아픈 게 교민들이라는 것을 정규태는 잘 알았다. 한국보다 먹고살기가 팍팍하다는 것은 이해하지만, 그래도 출장 온 사람들을 등쳐먹는 것도 모자라 사기를 치는 교포들이 의외로 많았다. 그들은 죄질이 나빠도 본국으로 송환하기 어렵다. 그들 대부분은 이중 국적을 가졌기 때문이다. 한 달 치 숙박료를 정규태 개인이 지급한 것은 아니었다. 외사부 출장 지침에 따라 관리부에서 지급했다. 한 달 안에 용의자확보만 해도 운이 좋은 편이지만, 그렇지 않을 경우가 더 많았다. 외사부 국장 결재가 나면 제일 먼저 신청하는 게 출장 갈 나라의 비행 편과 호텔을 확보하는 일이다. 아무튼, 용의자의 단서도 잡지 못하고 아그라 여행이나 다닐 처지가 아니었다.

"준비할까요?"

차상철은 기회를 놓칠세라 정규태를 다잡았다.

고개를 수그리고 있던 정규태의 말은 의외였다.

"사장님, 가고 싶기는 한데 다음에 갈게요. 이번 주말에는 약속도 있고요."

내일부터는 인디라간디국제공항에서 한국 교포를 상대로 탐문하기로 샌지 쿠마르 굽타와 약속이 되어 있었다. 용의자가 나타날지 알 수 없어도, 일단, 박영호 전도사가 제보해준 장소가 그곳이기 때문에 인상착의가 비슷한 사람이라도 확보할 수 있게 잠복근무를 해야 한다.

"생각나시면 귀띔해 주시면 제가 알아서 준비해 놓을게요."

"네, 그렇게 하겠습니다."

거실에 앉아있어도 창밖의 햇볕은 여전히 뜨겁게 달아오르는지 정규태는 온몸에서 땀이 질척거려 죽을 맛이었다.

"에어컨이나 빵빵하게 틀어주지…"

차상철 사장은 아그라 여행을 권하더니 어디로 갔는지 보이지도 않았다. 어쨌거나 오늘은 공칠 수밖에 없었다. 인디라간디국제공항에 탐문 나가기로 약속했던 샌지 쿠마르 굽타는 연락조차 없었다.

정규태는 샌지 쿠마르 굽타에게 메시지를 보냈다.

[센지?]

[⋯]

[몇 시 도착?]

[⋯]

'뭐 하자는 거야?'

샌지 쿠마르 굽타는 메시지 확인조차 하지 않는지 답신이 없었다. 정규태는 짜증이 났다. 그렇다고 남의 나라에 와서 야단을 칠 수도 없었다. 그는 정규태보다 직급이 낮은 경사였다. 그렇다고 직속 부하도 아닌 그것도 남의 나라 외사부 직원에게 직급이 낮다는 이유로 성질을 부릴 수도 없었다.

"아이, 개새끼. 서울만 돼도 확 죽여 버릴 건데⋯."

정규태는 부아를 참지 못해 베개를 집어 던졌다.

"에이 씨팔!"

주둥이를 나불대는 차상철 사장도 그렇지만, 약속을 지키지 않는 샌지 쿠마르 굽타도 마음에 들지 않았다. 시간이 남았으니 아직 여유가 있지만, 해외까지 출장 와서 아무 성과도 없이 돌아가면 그야말로 죽을 맛이었다.

5,

'아이고 더워….'

더운 객실을 탓할 수도 없었다. 돈이 없어 쫓겨날지도 모르는
데 더운밥 찬밥 가릴 처지가 아니었다, 김민재는 베란다 문을 열
었다. 아리랑게스트하우스 정문 앞에 회색 승합차 한 대가 정차
해 있었고, 차상철 사장이 큼 굽타에게 무슨 지시를 하는 것 같
았다.

"보스, 내일 여행객이 5명밖에 없어 두 자리가 빕니다."

"할 수 없지 뭐. 5명이라도 가야지."

"예스, 보스 그렇게 하겠습니다."

내일 여행객이 부족해 결국 빈자리 채우지 못한 것 같았다.
김민재는 2층 베란다에 앉아 그들의 이야기를 어렴풋하게 들었
다. 아그라행 관광객 수가 모자라 가이드와 약속한 몫을 챙겨주
지 못하는지 차상철의 표정은 어두웠다.

"다음에 보상해 줄게."

큼 굽타에게 미안했던지 차상철이 그를 달래는 듯했다. 큼 굽
타는 인도 사람인데 한국사람을 많이 닮았다. 피부가 약간 더 검
을 뿐이었다. 한여름 한강 고수부지 야외수영장에서 보았다면
곧은 머리에 검은 눈동자, 크지 않은 키까지 영락없는 한국사람
이었다.

도요타 승합차가 아리랑게스트하우스 대문을 빠져나갔다. 아

그라로 여행가는 승합차 같았다. 김민재는 하늘을 쳐다보았다. 뿌옇지만 비가 올 것 같지는 않았다. 먼지인지 스모그인지 아니면 구름이 끼어서인지 알 수 없어도 하늘은 어두웠다. 모바일폰을 들여다보았다. 혜지에게 연락이 올만 한데 모바일폰은 온종일 조용했다. 하루에 열 번은 더 전화를 해도 받지 않았다.

"어떻게 하지….."

그렇다고 다른 방법도 없었다.

"바라나시….."

차상철 사장이 정규태에게 바라나시 여행을 권하는 것을 들었다. 어떤 곳일까. 인도사람들이 가장 성스러운 곳이라 일컫는 곳이라고 했다. 평생 한 번쯤은 반드시 갠지스강 강가 바라나시를 다녀오는 게 그들의 소원이라고 했다. 계급사회가 뚜렷한 이곳에서 귀천을 가리지 않고 다녀온다는 바라나시, 그곳은 어떤 곳일까. 김민재는 궁금했다. 오래전 이야기지만, 갠지스강은 모든 생명의 어머니라며 바라나시는 갠지스강 강가에 있는 오래된 도시라고 프레얀카가 말해주었을 때도 가보고 싶었던 곳이었다.

'무엇 때문에 인도사람들이 그렇게 가보고 싶어 할까?'

김민재는 지갑을 열어보았다. 백 달러 지폐가 열한 장, 십 달러가 다섯 장, 천백오십 달러 마지막 남은 돈이었다. 밤이 이슥해졌는지 차량 소리가 뜸했다. 조용하면 조용할수록, 밤이 되면 더욱 김민재는 우울했다. 한국으로 돌아갈 방법이 없을까. 이토록 불안하게 사느니 경찰서에 가서 자수해 자초지종 고백하고

형을 사는 게 차라리 낫지 않을까….

객실 출입문 여는 소리가 조심스럽게 들렸다. 김민재는 귀를 세웠다. 발소리가 조심스럽게 들렸다. 김민재는 베란다 창문을 열고 커튼을 걷었다. 아리랑게스트하우스 앞길, 웨스트우드 도롯가에 검은색 승용차가 대기하고 있었다. 정규태였다. 그가 쪽문을 살며시 여는 게 보였다. 문지기 얄크르가 고개를 굽실거렸다.

'어디에 가는 것일까?'

정규태가 승용차에 오르자 곧바로 출발했다. 그가 한국 경찰청 외사부에서 파견된 인터폴이라면 체포되는 것은 한순간이었다. 김민재 심장에서 맥박 뛰는 소리가 쿵쾅거리며 귀속을 파고들었다.

"오빠, 내가 연락할 때까지 한국으로 돌아오면 안 돼, 인천공항에 내리자마자 곧바로 경찰서로 직행해 10년은 너끈히 감옥살이할 거야."

혜지가 했던 말이 기억났다.

'10년….'

10년 후에는 숨만 할딱이는 노인이 되어있을 것이다. 그러면 어떻게 살지, 산다고 의미가 있는 것도 아닐 것이다. 자식이 있는 것도 아니고 사랑한다고 애걸복걸하던 혜지도 배신한 마당에 한국으로 돌아가도 반겨줄 사람도 없었다.

'조국? 대한민국….'

돌아갈 수 없는 곳, 돌아가 봐야 아무도 반겨주지 않는 곳, 적어도 김민재에게는 의미가 없었다. 그가 대한민국을 버렸다. 그래, 갠지스강 강가 바라나시로 가자. 인도사람들이 성지라고 부르는 그곳, 갠지스강에 가자. 세상에 미련 둘 것도 없지 않은가. 그는 뜬눈으로 밤을 새웠다.

김민재는 1층 로비로 내려가 차상철 사장을 찾았다.

"차 사장님!"

대답이 없었다.

"사장님, 인디라간디국제공항에 갔습니다."

주방장 아룬이 말했다.

차상철 사장은 오늘도 한국에서 입국하는 여행객들을 픽업하러 간 것 같았다. 김민재가 2층으로 올라가려는데 승합차 소리가 들렸다.

'돌아온 것인가?'

사람들의 떠들썩한 소리가 들리고 현관 출입문이 열렸다.

"이쪽으로 들어오세요."

"예, 사장님."

젊은 사람들의 목소리로 보아 젊은 청춘들이 여행 온 것 같았다. 김민재는 얼른 객실로 올라갔다. 혹시라도 그를 알아보는 사람들이 있을지 모를 일이다. 함부로 사람들을 만날 수도 없었다. 중국으로 도피하지 않고 인도를 도피처로 결정한 것도 이런 문제 때문이었다. 객실 출입문을 닫아걸었다. 2층 객실로 올라오는 젊은이들 떠드는 소리가 요란했다. 죄를 짓고 산다는 게 분명 쉬운 일은 아니다.

김민재는 모바일폰을 집었다. 혜지에게 아무런 메시지도 없었다. 가슴이 답답했다.

'어떻게 해야 하지….'

베란다로 향한 창문은 커튼으로 가려져 있었다. 그 옆에 작은 출입문을 열고 뛰어나가기만 하면 게스트하우스 마당으로 떨어진다. 김민재는 출입문을 뚫어지게 바라보았다.

6,

[샌지, 어디?]

답신이 없었다.

'잠적해 버렸나?'

정규태는 주위를 살폈으나 샌지 쿠마르 굽타는 보이지 않았다.

[어디?]

정규태는 다시 문자메시지를 보냈다. 도대체 어디 있는지 위치라도 확인해두어야 할 것 같았다.

[오른쪽]

문자 발신지를 찾아 한 바퀴 돌았으나 보이지 않았다. 한 번 더 돌면서 재차 확인했다. 까만 인도 사람들이 피켓을 들고 인디라간디국제공항 입국장에서 그들을 방문하는 사람들을 향해 아우성치고 있었다.

[오른쪽으로…]

잠복근무할 때는 서로의 위치를 확인해 놓아야 용의자를 한 방향으로 몰 수 있다. 샌지 쿠마르 굽타는 정규태의 위치를 확보한 듯했다. 공항 출입구 위편에서 흰색 터번을 눌러쓴 덩치 큰 인도 사람이 손을 흔드는 게 보였다.

[보입니까?]

다시 문자가 도착했다.

[아뇨…]

정규태는 아무리 둘러보아도 샌지 쿠마르 굽타가 보이지 않았다.

[입구 오른쪽 흰색 터번]

[확인]

터번을 쓴 사람이 샌지 쿠마르 굽탄 것 같았다. 그냥 보아도 누가 누군지 구분하기 어려운데 터번까지 썼으니 알아볼 수 없는 것은 당연했다.

[헛발질ㅠㅠ]

오늘도 허탕이었다. 정규태는 일주일째 인디라간디국제공항에 잠복하고 있었다. 공항 출입구 정면 유료 주차장에서 차상철이 큰 굽타와 함께 회색 승합차 화물을 싣고 있었다.

[차 사장 보입니까?]

샌지 쿠마르 굽타 메시지다.

[…?]

[좌측]

[모르는 척합시다]

짐을 나르는 차상철을 모르는 척 하자는 샌지 쿠마르 굽타의
제안에 정규태는 그러자고 했다.

[넵]

[철수합시다]

정규태는 샌지 쿠마르 굽타에게 철수할 것을 요청했다.

[넵]

종잇조각에 알파벳으로 쓴 피켓들이 하나둘 사라지더니 인디
라간디국제공항 출구는 순식간에 텅 비어 버렸다. 공항을 늦게
빠져나온 인도사람으로 보이는 몇 명만 남아 그들의 고객을 안
내하기 정신이 없어 보였다. 언제 갔는지 차상철도 주차장에 보
이지 않았다.

검은색 인디고 승용차 한 대가 정규태 앞에 멈췄다.

"미스터, 정."

샌지 쿠마르 굽타가 고개를 내밀며 빨리 승차하라는 손짓을
했다. 정규태는 공항 입구를 한 번 둘러본 뒤 아쉽다는 듯 입맛
을 다시며 검은색 승용차를 타고 공항을 빠져나갔다.

"아리랑게스트하우스까지 모셔드릴게요"

샌지 쿠마르 굽타는 그의 집 뉴델리로 갈 모양이었다.

"아리랑게스트하우스에 안 갈 겁니까?"

"CP(뉴델리 중앙 경찰국장)가 내일 출근하라고 하네요."

"알겠습니다."

아리랑게스트하우스, 희미한 간판이 가로수 나뭇잎에서 고개를 내밀었다. 인디라간디국제공항에서 구르가온 게스트하우스까지는 밤 11시만 돼도 한 시간 반은 족히 걸렸는데, 자정이 넘어서인지 삼십 분도 채 걸리지 않았다. 샌지 쿠마르 굽타의 투박한 운전이 시간을 줄이는데 한몫했지만, 정규태는 오줌을 지릴 뻔했다. 그렇다고 천천히 운전하라고 타박할 처지도 아니어서 그냥 두었다.

승용차 소리를 들었는지 수위 얄크르가 대문을 열었다. 차상철이 기다렸다는 듯이 현관문을 열고 나왔다. 정규태는 샌지 쿠마르 굽타를 곁눈으로 힐끗 보았다. 그는 선글라스를 끼고 앞만 보며 빨리 내리라는 손짓만 했다. 그도 차상철이 부담스러운 것 같았다.

"어디 다녀오십니까?"

"회의 마치고 뒤풀이가 좀 늦게 끝났습니다."

차상철이 잠도 안 자고 기다릴 거로 생각하지 않았는지 정규태는 살짝 당황했다. 그렇다고 용의자를 추적하러 인디라간디국제공항에 다녀오는 길이라고 말할 수도 없어 대충 얼버무렸다.

"네."

샌지 쿠마르 굽타가 승용차에서 정규태를 밀어내며 빨리 내리라고 손사래를 쳤다.

"서둘러…."

정규태가 승용차에서 내리자 샌지 쿠마르 굽타가 핸들을 급하게 돌리며 그의 검은색 인디고 승용차가 먼지를 날리며 아리랑게스트하우스를 빠져나갔다.

"누굽니까?"

"거래처 직원입니다."

"아, 그렇습니까."

차상철은 고개를 갸웃거리더니 더는 묻지 않았다.

"어느 회산가요?"

"뉴델리에 있는 거래처입니다."

"한국회사와 거래하는 인도 업체는 제가 줄을 댈 수 있는데…."

차상철이 말꼬리를 흐렸다.

계속 이야기를 했다가는 거짓말이 탄로 날 것 같아 정규태는 이쯤에서 말 섞기를 그만두는 게 좋을 것 같았다.

"예, 다음에 말씀드리죠."

"늦었는데, 들어가 쉬세요. 객실에는 에어컨을 빵빵하게 틀어놓았습니다."

"예, 감사합니다."

정규태는 차상철이 에어컨을 틀어놓았다는 말에 깜짝 놀랐다. 차상철이 그의 객실에 들어왔다는 뜻이다. 혹시 짐을 뒤진 것은 아닐까. 여권을 복사해야 한다고 꾸역꾸역 달랄 때도 신경 쓰였는데, 객실까지 뒤졌다면 그의 신분은 쉽게 노출될 수 있었다. 공무원 신분증, 운전 면허증도 그렇고 비상시를 대비해 회사 공용 신용카드도 침대 옆 협탁 서랍에 넣어두었기 때문이었다.

'설마, 서랍까지 뒤졌을까…?'

객실 문을 열었다. 차상철의 말대로 에어컨을 일찍 틀어 놓았는지 방안이 시원했다. 정규태는 침대 옆 협탁 서랍을 열었다. 정규태가 표시해 놓은 휴짓조각이 그대로 놓여 있어 서랍 뒤진 흔적은 없었다. 캐리어 열었다. 그대로였다. 짐을 뒤졌다면 그의 신분이 탄로 나는 것은 한순간이었다.

'다음 외출할 때는 반드시 지참하고 나가야지….'

이번 주 토요일은 용의자 정보를 제공한 목격자를 만날 예정이었다. 개신교 전도사로 구르가온에 교회를 세워놓고 인도 거주 교포들 상대로 포교 활동하는 서울 장안동 햇빛 교회 박영호 전도사인데, 예배가 끝나면 만나기로 약속해 놓았다. 온종일 땡볕에 있어서인지 온몸이 끈적거렸다. 샤워기를 틀었다. 시원한 물이 머리를 적셨다. 얼마나 땀을 흘렸던지 입맛이 짭짤했다. 몸을 씻는 둥 마는 둥 정규태는 침대에 드러누웠다.

YTN 방송을 틀자마자 '박정숙 살해 사건'에 대한 방송이 나왔다. 앵커의 강한 멘트로 시작된 방송은 사건 경위를 설명하기 시작했다. 경찰청 외사부에서 재조사하기로 결정된 사건이지만, 경찰청 외사국에서는 매스컴 노출을 꺼려 아직 기자들에게 브리

핑을 하지 않았다. 가능한 기자들에게 알리지 않고 조용하게 처리할 사건이었지만, 이제는 틀린 것 같았다. 정규태가 인천 공항에 내리자마자 기자들이 벌떼 같이 몰려들 것이다. 상상만 해도 끔찍했다.

이 사건은 외진 산속에서 시체를 발견한 뒤 추가조사 없이 내사 종결되었던 사건으로 10년 전 IMF 다음 해에 일어난 사건이었다. 정규태가 맡았던 사건은 아니었지만, 진주경찰서에서 근무할 때였다. 오랜만에 일찍 퇴근해 저녁을 먹은 뒤 소파에 누워 텔레비전을 보는데 모 방송에서 방영 중이었다. PD의 익숙한 멘트에 눈이 솔깃해 한참을 보는데 '보험설계사 박정숙 살해사건'인 미제사건을 되짚고 있었다.

프로파일러(추적자)에 의하면 공소시효가 끝나기는 해도 우야무야하기에는 피해자의 죽음이 너무 억울하다는 내용이었고, 재수사를 촉구한다는 방송이었다. 사건을 종결할 때도 미심쩍은 곳이 더러 있었다. 용의자로 지목된 사람들이 알리바이를 댔지만, 의심이 가는 용의자였다. 그 당시 가장 유력했던 용의자는 그녀의 남편 한태일의 애매한 알리바이였는데 반론도 제기할 수 없었다고 했다.

다음날 출근하자마자 사무실은 야단이 났다. 조사 결과, 가장 의심이 갔던 피해자의 남편 한태일도 이미 죽은 뒤였다. 그때만 해도 정정했던 사람이었는데 죽었다니 어안이 벙벙했다. 혹시나 해서 화장 기록까지 확인했다. 그러나 화장 기록도 남아있었다.

아무튼, 시체를 태워버렸으니, DNA 검사도 할 수 없었다. 한태일의 자살로 수사는 다시 종결되었다.

그리고 정규태는 서울 경찰청 외사부로 발령이 나 까맣게 그 사건을 잊고 있었다. 그런데 얼마 전 인도에서 한태일을 보았다는 제보가 들어왔다. 죽었다던 피의자 한태일과 인상착의가 똑같은 사람이 인디라간디국제공항에 나타났다고⋯.

'말이 되는 소린가? 죽은 사람이 인도에서 나타나다니⋯.'

도무지 제보자의 말을 믿을 수가 없었다. 그렇다고 그냥 무시하면 방송에서 뭇매를 맞을 게 뻔해 울며 겨자 먹기로 떠밀려서 출장 온 것이었다.

"염병할!"

깊은 잠을 잘 수가 없었다. 내일은 샌지 쿠마르 굽타도 쉬는 날이다.

'용의자도 공휴일에는 쉬면 좋을 텐데⋯.'

자기 나랏일 아니라고 느긋하게 구는 샌지 쿠마르 굽타의 꿈뜬 행동도 짜증이 났다. 하기는 담당 형사인 정규태도 짜증 나는데 그라고 다르지 않을 것이다. 정규태는 팔목을 머리 뒤로 돌려 잠을 청했다. 그러나 잠은 오지 않고 눈만 말똥거렸다.

'자살한 한태일이 뉴델리 인디라간디국제공항에 나타나다니⋯.'

토요일은 햇빛 교회 박영호 전도사를 만나 그동안 정황을 제대로 알아볼 참이었다. 사실, 뉴델리에 도착하자마자 전도사에게 먼저 연락을 취했는데 감시당하고 있는 것 같아 물증을 잡을 때까지 만날 수 없다고 했다. 도대체 인도에서 그것도 전도사가 감시를 당하다니 말이 되는 소린가. 정규태는 어이가 없었지만, 일단 그의 말을 믿을 수밖에 없었다. 그날이 이번 토요일 오후였다.

7,

잠이 오지 않았다.

'어떻게 해야 하지….'

민혜지에게 당한 것 같았다.

'죽일 년…!'

6개월만 인도에 가 있으라더니 전화도 안 받지, 문자 메시지도 씹어버리니 배신한 게 틀림없었다. 나쁜 년 30억을 꿀꺽 삼키다니. 은행에 실명 거래를 하면 검찰의 표적이 된다며 차명계좌로 해외은행으로 송금했던 기억이 났다.

'그때 눈치채야 했는데….'

지구 끝까지 찾아가 없애버려야지 나쁜 년. 어차피 김민재는 평범하게 살기는 틀렸다. 그나저나 한국으로 돌아가려면, 차상철 사장에게 돈을 빌려야 한다. 돈을 빌려줄까? 그러나 희망일 뿐이다. 돌아갈 수 없었다. 인천국제공항에 내리자마자 경찰에

게 붙잡혀 평생을 감옥살이할 바에는 돌아가는 것보다 갠지스강
에 빠져 죽는 게 훨씬 나을 것 같았다.

'도대체 어떻게 해야 하지?'

대문 앞에서 두런거리는 소리가 들려 창문을 열었다. 검은색
승용차 한 대가 대문 앞에 서 있었다. 정규태였다. 며칠 전에도
살금살금 고양이처럼 게스트하우스를 나가 승용차를 타고 어디
론가 사라지더니 오늘은 승용차에서 몰래 내렸다.

'한밤중에 무슨 일이지…?'

차상철이 아리랑게스트하우스를 운영할 만큼 인도에 완전히
정착한 것 같았다.

'그도 고민이 있을까?'

하기는 고민 없는 사람이 있으려고…. 아레나 호텔에서 아리
랑게스트하우스로 옮기려고 했을 때 조곤조곤 캐물었던 차상철
을 이해할 수 있을 것 같았다. 처음 보는 사람, 생면부지의 사람
을 장기간 투숙객으로 게스트하우스에 들인다는 게 신중하지 않
을 수 없었을 거였다.

검은색 승용차가 게스트하우스를 빠져나갔다. 아리랑게스트
하우스를 드나드는 차량은 대부분 승합차였다. 한밤중에 승용차
라니 의외였다. 현관문 닫는 소리가 들리고, 아리랑게스트하우
스는 물론 도심은 적막에 빠졌다. 그러나 김민재는 잠을 이룰 수
없어 베란다에 우두커니 앉아 있었다.

'어떻게 하지….'

한국으로 돌아가야 혜지 년을 죽이든지 살리든지 할 텐데, 이도 저도 할 수 없는 처지가 돼버렸다. 그렇다고 그냥 놔두기에는 너무 억울했다. 김민재는 어금니를 부드득 갈았다. 그녀를 어떻게 할 방법이 당장 떠오르지 않았다.

아리랑게스트하우스 맞은편 웨스트우드 로드 건너편 숲속에서 레이저 빛이 도로를 향해 움직였다. 그 뒤를 따라 작은 불빛이 도로를 어지럽혔다. 꽥꽥거리는 소리로 보아 멧돼지였다. 한낮에는 게스트하우스까지 드나들어 여간 골치 아프지 않다는 말을 차상철에게 들은 적이 있어 섬뜩한 생각이 들었다. 그렇다고 잡을 수도 없다고 했다. 주민들이 보기라도 하면 몽둥이세례에 죽을 수 있다고 단단히 일러주었다. 설마 했는데 멧돼지를 직접 보니 온몸이 오싹했다.

밤이 깊어도 기온은 떨어지지 않아 베란다보다 객실이 시원했다. 전기료가 많이 들어가겠지만, 그래도 바깥보다는 객실이 시원하고 안전했다. 김민재는 협탁에서 여권을 꺼내 들었다. 생소한 이름, 김민재, 차상철 사장이나 정규태가 '김민재 씨'라고 부를 때마다 깜짝깜짝 놀랄 때가 한두 번이 아니었다. 그때마다 침착해지려고 애쓰기는 해도 표정까지 관리하기는 쉽지 않았다.

'김민재는 그는 도대체 누굴까.'

서울 지하철역 노숙자일까. 그는 해외에 나갈 일이 없어 여권이 필요하지 않을 것이다. 평생 그렇게 살다 추위에 얼어 죽거나 병들어 죽으면 벽제 화장터에서 한 줌 재로 뿌려지면 그뿐일 것이다.

'그들의 명의를 도용했을까?'

김민재는 생각만 해도 오금이 저렸다.

"김 선생님, 축제 구경 가셔야죠?"

차상철의 목소리가 객실 문밖에서 들렸다.

"차 사장님, 들어오세요! 문 열려있습니다."

객실 문이 열리고 차상철이 들어왔다.

김민재는 부스스한 얼굴을 손바닥으로 문지르며 눈곱을 떨어냈다.

"무슨 축젠 대요?"

"두세라 축제가 9월 초부터 일주일간 열립니다."

차상철은 무슨 경사라도 난 것처럼 싱글거렸다.

"아, 그게 뭔데요?"

"아, 그게 그러니까. 음…."

차상철이 뜸을 들이는 통에 김민재는 그의 입을 바라보며 대단한 뉴스라도 기대하는 듯 침을 삼켰다.

"아슈비나(힌두력 일곱 번째 달) 1일에서 10일까지 열흘간 펼쳐지는데요, 엄청 재미있습니다. 인도 사람들은 굶어도 축제는 즐깁니다. 객실에만 있지 말고 두세라 축제나 구경 갑시다."

"아, 그렇습니까?"

돈 들지 않는 구경이라니 김민재는 구미가 당겼다.

"인도에는 축제가 많아요. 조금 있으면 두세라 축제가 열리고 다음 달에는 디왈리(힌두력으로 여덟 번째 달로 그레고리력으로는 10월말 경) 축제, 그리고 년 초에 열리는 홀리(힌두력으로 한 해의 마지막 달이며, 그레고리력으로는 2월말이나 3월에 이뤄지는 축제) 축제도 있습니다. 한국의 설과 비슷한 건데요. 축제 마지막 날에는 사람들이 거리로 나와 여러 가지 물감을 얼굴과 몸에 칠하면서 야단도 아닙니다."

차상철은 인도 축제에 대한 설명으로 열심이었다.

"아, 네."

김민재가 시큰둥한 반응을 보이자 차상철은 몸까지 동원해 재미있다는 듯이 설명까지 덧붙였다.

"사람들이 형형색색 물감을 칠한 탈을 뒤집어쓰고 춤을 추는 것을 보면 저절로 흥이 납니다."

지금이 9월이니 3월이면 6개월이나 남았다. 아무리 차상철이 열심히 설명해도 그때까지 아리랑게스트하우스에 남아있을 것 같지 않았다. 돈이 없어 쫓겨나거나, 아니면 이민국에 붙잡혀 한국으로 송환되거나…. 김민재는 차라리 축제를 즐기고 나머지는 운명에 맡기는 것도 나쁘지 않을 거라는 생각이 들었다.

"객실에만 있으면 심심하실 텐데, 저랑 같이 가보시죠? 구르가온 메트로(지하철) 역에서도 축제를 하니 조금만 걸으면 됩니다."

김민재는 구르가온 메트로 역을 가보지도 않았다. 거리가 얼마나 되는지 몰라도 아리랑게스트하우스에서 멀지 않다고 했다. 대안도 없으면서 객실에 처박혀 고민하기보다 축제 구경이라도 가는 게 나을 듯했다.

"그렇게 하시죠. 준비하고 로비로 내려가겠습니다."

차상철은 느릿느릿 여유 있게 계단을 내려갔다. 축제 구경을 한다고 돈이 드는 것도 아닌데, 무슨 사연이 있는지 모르겠지만, 객실에만 처박혀 머리를 싸매고 있는 김민재가 안쓰러웠다. 직장에서 승승장구하더니 영원한 승자는 없는 것 같았다. 집안이 망했는지 돈도 없어 보였다. 지참한 돈이 떨어지면 한국으로 돌아가겠지만, 어쨌든, 신경 쓰였다.

차상철은 무작정 인도로 왔다. 아무도 모르는 곳, 그에게 인도는 넓은 바다였고, 그가 탄 배는 이미 파도에 부딪혀 난파된 뒤였다. 지푸라기라도 잡고 싶었다. 아리랑게스트하우스는 넓은 바다 한가운데 작은 섬, 아무도 관심을 가지지 않는 무인도였다. 그는 표류한 난파선에서 혼자 살기 위해 동료를 모두 죽이고 무인도에 상륙한 이름 없는 선원이었다.

'사람이 많으면 뭐 해, 터놓고 말할 사람이 없는데….'

"김 선생님, 고향이 어딥니까?"

"서울입니다. 왜요?"

강수복의 고향은 서울이었다. 몹쓸 짓을 했어도 미안한 것은 사실이었다. 뒤에 들은 이야기지만, 아내와 이혼하면서 회사도 그만두었다고 했다.

"어디서 본 듯한 얼굴이라서요."

"진주에서 직장 생활을 몇 년 한 적이 있었죠."

"아, 그렇군요."

차상철은 김민재를 유심히 훔쳐보았다. 살이 찌긴 했지만, 옛날 얼굴이 분명히 남아 있었다. 그때 그 사장 사위 강수복 부장이었다.

"뉴델리는 무슨 일로 왔습니까? 바쁜 일도 없는 것 같아서요."

"아네, 그냥 머리 식히러 왔습니다."

꼬치꼬치 캐묻는 차상철이 김민재는 신경 쓰였다.

"아, 그러시군요."

김민재를 그냥 둬서는 안 될 것 같았다. 쥐도 새도 모르게 없애버리든지 아니면 게스트하우스에서 내보내던지 어떤 조치를 취하지 않으면 차상철이 안전할 것 같지 않았다. 얼굴이야 성형을 해 알아보지 못한다고 해도 자주 만나다 보면 언젠가 그의 정체가 탄로 나는 것은 시간문제였다.

8,

뉴델리 하늘은 늘 뿌옇다. 매일 보는 하늘이지만 오늘따라 더 뿌옇게 보였다. 사람들이 붐벼서일 것이다. 프레첸 힌두사원의 첨탑도 오늘따라 더욱 회색으로 보였다. 안타까웠다. 코넛플레이스 로터리에는 축제를 준비하는 사람들로 붐볐다. 먹지 못해 배가 고파도 힌두 신들에게 감사해야 한다. 이번 생生에서 행한 만큼 내세來世에는 보상이 따른다는 것을 굳게 믿기 때문이다. 신분 고하를 막론하고 힌두 신들에게 감사하는 축재에 참석하는 이유다. 일거리가 많으면 길거리를 배회하는 사람들이 줄어들 것이다. 인간이란 동물과 같아서 배가 고프면 맹수가 된다. 그래서 먹여놓아야 조용해진다. 그리고 먹으려면 돈을 벌어야 하는데, 일하고 싶은 사람들은 많아도 일거리가 없으니 축제 준비라도 해야 힌두 신들에게 축복을 받을 거라 여긴다. 대부분의 관공서나 회사도 축제 기간에는 쉬지만, 샌지 쿠마르 굽타는 그럴 수 없었다. 폴리스 스테이션에 출근하거나 인디라간디국제공항에 잠복근무해야 한다. 아무리 국제공조로 수사를 한다 해도 모두가 쉬는데 출근을 하려니 샌지 쿠마르 굽타는 짜증이 났다.

'모두 쉬는데 근무라니….'

정규태 경위가 도착한 다음 날부터 인디라간디국제공항에서 매일 잠복했다. 그러나 어떻게 된 일인지 용의자는 나타나지 않았다. 수많은 사람이 들락거리는 공항에 용의자가 나타나도 체포하기는 쉽지 않다. 그에게 정보를 주었던 구르가온 햇빛 교회 전도사가 쫓기고 있다는 황당한 말만 되풀이했던 정규태 경위가 박영호 전도사를 직접 찾아간다고 했으니 용의자의 윤곽은 조만간 알 수 있을 것 같았다.

'올 때가 됐는데….'

샌지 쿠마르 굽타는 손목시계를 들여다보았다. 열 시가 가까웠다.

'도로가 막히나?'

직원에게 승용차로 픽업하라 일러놓았으니 도로가 막혀 시간이 더 걸릴 수는 있어도 길을 잃을 염려는 없었다.

[미스터 정?]

문자 메시지를 보냈으나, 반응이 없었다. 뉴델리를 벗어나면 통신이 연결되지 않을 때가 많았다. 그곳의 날씨가 흐리거나 스콜이라도 내리면 아예 통신이 불통이 돼버린다. 프랑스 리옹 인터폴 국제회의에 참석하면 인도가 IT 강국이라고 말한다. 그러나 샌지 쿠마르 굽타 생각은 달랐다. 개개인의 능력은 세계 최고일지 몰라도 기반시설이 젬병인 것도 사실이었다. 국민이 잘사는 나라가 되려면 아직 멀었다.

[가는 중]

문자가 들어왔다. 정규태 경위는 아직 뉴델리 외곽에 있는 모양이었다.

[넵]

[서울보다 더 막혀요ㅋㅋ]

정규태의 문자를 보는 순간 얼굴이 화끈 달아올랐다. 서울의 하늘도 뿌연 날이 많아도 통신이 안 되는 지역은 없었다. 인구가 15억이면 뭐하나 국민들의 삶의 질이 형편없는데….

[ㅋㅋㅋ]

정규태 경위에게 문자를 보냈다. 인도가 후진국이라고 정규태 경위에게 말하기는 싫었다. 잘 사는 나라라도 빈민은 있기 마련이다. 서울도 다르지 않았다. 서울역 지하에도 노숙자가 수두룩했다. 그렇다고 반박할 생각은 없었다. 가난해서 미안하다는 의미를 포함한 메시지지만, 그가 이해를 할른지 알 수 없었다.

[쏘리, 샌지]

[노 프로브람]

[트래픽 잼!!!]

[서울보다야 낫죠ㅠㅠ]

[거기서 거기죠ㅋㅋㅋ]

하긴, 서울도 퇴근 시간에는 교통체증이 장난 아니었다. 종로나 을지로 그리고 충무로 일대는 전철을 타거나 걷는 게 훨씬 빨랐다. 정규태의 장난기 어린 메시지에 샌지 쿠마르 굽타는 그나마 위안이 되었다. 뉴델리의 교통 사정이야 오래전부터 그가 알고 있었을 터였다. 리옹에서 만나기라도 하면 무슨 말로 비아냥거릴지는 몰라도 그에게 예의를 지키려는 성규태 경위의 말솜씨는 역시 베테랑 형사다웠다.

점심시간이 지나서야 겨우 뉴델리 폴리스 스테이션에 도착한 정규태에게 샌지 쿠마르 굽타는 그가 만났던 제보자의 근황을 물었다.

"제보자는 만나 봤습니까?"

"구르가온 햇빛교회 박영호 전도사 말인가요?"

"네."

"이번 토요일 예배 후에 별도로 만나기로 약속했습니다."

"그분이 바쁜 모양입니다?"

"교포들이 사는 곳이 워낙 넓게 퍼져 있어서 가정마다 구역예배를 참석하기도 쉽지 않다고 하네요."

"그건 그렇고. 차상철 사장이 눈치챈 것은 아니죠?"

"당연하죠."

"그것보다 204호 김민재라는 사람도 의심이 돼요. 리옹에서 귀국할 때 아시아나 비행기에서 언뜻 본 것 같은데, 아리랑게스트하우스에 숙박을 정했더라고요. 사실, 공항에서 허둥거리는 게 일반 승객 같지 않았습니다.

"그런가요?"

"미스터 차가 보내준 정보도 그렇고. 돈도 없이 인도에 왔다니, 며칠 지나면 아리랑게스트하우스를 떠날지도 모른답니다."

차상철이 샌지 쿠마르 굽타에게 김민재 정보를 알려준 것 같았다.

"경위님도 빨리 용의자를 검거해 돌아가세요."

"저도 그러고 싶은데 이번 사건은 워낙 오래전에 있었던 미제 사건이라 용의자를 검거한다고 해도 특정하기까지는 산 넘어 산이어서 쉽지 않을 것 같아요. 아무튼, 쉬지도 못하게 돼서 미안합니다. 언제 한국에 오시면 막걸리 한 잔 거하게 사드리겠습니다."

정규태가 너스레를 떨었다.

"막걸리 좋죠. 혜화동에 가면 막걸리 주점이 많기는 하죠. 가격도 저렴하고."

샌지 쿠마르 굽타는 D 대학 유학 시절 한국 친구와 혜화동에 자주 갔던 기억이 났다. 장충동에서 혜화동까지 가려면 지하철을 세 번 갈아타야 한다. 그럴 바에는 차라리 걷는 게 낫다는 친구를 따라 여러 번 걸어갔다. 길거리도 깨끗해 걸을 만했다. 날씨가 춥지 않을 때는 훌륭한 산책길이었다. 그는 정규태 경위에게 경찰이라는 진한 동료의식을 느꼈다. 경찰은 고된 직업이다. 용의자만 검거해도 힘들었던 일들을 모두 잊어버리지만, 실컷 고생해도 용의자를 검거하지 못하면 여론의 뭇매를 맞는다. 초동수사가 잘못되었느니, 무능하다느니, 경찰이 정보를 흘렸다느니, 사건의 상황도 알지 못하고 손가락질만 늘어놓는다. 잘해야 본전이다. 그동안 담당 형사들의 상처는 곪아 문드러져 한참을 가슴앓이한다. 인도라고 다르지 않았다.

"힘냅시다."

샌지 쿠마르 굽타는 정규태의 손을 꽉 잡았다.

"걱정하지 마세요. 열심히 도와드릴게요."

사실, 짜증 나는 일이지만, 어쩔 수 없었다. 인도와 한국 간에 국제범죄인도 협약한 이상 거절할 수 없었다. 이왕 하는 일 정규태 경위가 용의자를 꼭 체포해 돌아갔으면 했다.

"시바신이 도와줄 겁니다."

"말씀만 들어도 감사합니다."

정규태의 목소리가 왠지 힘들어 보였다.

9,

이른 새벽부터 서둘러서인지 한가했다. 아그라로 가는 마지막 승합차가 아리랑게스트하우스를 빠져나가자 차상철은 진이 쑥 빠졌다.

"아이고, 힘들어!"

차상철은 땀이 젖은 옷을 벗어 던지고 새 옷으로 갈아입으려고 장롱문을 열었다. 선반에 곱게 갠 속옷이 가지런히 놓여있었다. 순애가 귀국하면서 준비해 놓은 거였다. 팬티를 꺼내는데 뭔가 방바닥으로 떨어졌다.

'이게 왜 여기 있지? 서랍 깊숙이 넣어두었는데….'

차상철은 가물거리는 기억을 더듬었다. 분명히 장롱 맨 아래 서랍에 넣어두었는데, 선반에서 떨어지다니 고개를 갸웃거렸다.

'순애가 꺼내 놓은 건가?'

공항이나 시장을 들를 때도 여권은 반드시 지참하기 때문에 장롱에 넣어놓을 이유가 없었다. 여권을 펼쳐보았다. 오래전에 폐기한 여권이었다. 그 뒤로 네팔 카트만두를 오가며 벌써 여러 번이나 갱신했다.

'폐기한 여권이 선반 위에 올라와 있다니….'

그곳에 있어야 할 물건이 아니었다. 오래전에 찢어버렸어야 하는 필요 없는 여권이었다.

'순애가 보았을까?'

그러고 보니 귀국한 뒤로 전화 한번 없었다.

'보내지 말았이야 했는데….'

순애에게 전화를 걸었다. 신호가 끝날 때까지 전화를 받지 않았다. 딸내미와 오래간만에 백화점 나들이라도 간 건가. 떠나기 전날도 잠자리를 거부했다. 피곤해서 그러려니 했는데 다른 꿍꿍이가 있었던 게 아닐까. 주일 예배가 끝나면 곧장 집으로 돌아오면 될 것을 박영호 전도사와 무슨 할 말이 그렇게 많은지 끝나기를 기다리다 깜빡 졸았던 게 한두 번이 아니었다.

'찢어버렸어야 했는데….'

여권 갈피에서 화장장 냄새가 콧구멍을 자극했다.

온종일 굴뚝에 연기가 피어올랐다. 장의차들이 화장장 입구까지 길게 늘어서서 분위는 음습했다. 중형 승용차 한 대가 장의차를 비집고 주차장으로 들어서더니 주차할 곳이 마땅찮은지 차창 밖으로 고개를 내밀고 기웃거렸다.

"이렇게 많이 죽는데도 사람들이 바글거리다니…."

한태일은 화장장 굴뚝을 바라보며 중얼거렸다. 몸뚱이는 한 줌의 재로 강물에 뿌려지고 영혼은 더 높은 곳으로 자유를 찾아갈 것이다. 그리고 그들이 떠난 빈 곳을 새로운 생명이 채워질 것이다.

119 응급 차량이 화장장 입구에 멈췄다. 차량 뒷문에서 초라한 목궤가 미끄러지듯 전투경찰 네댓 명에게 넘겨졌다. '차상철' 어차피 노숙자로 살 바에는 조금 빠르게 죽는 것도 나쁘지 않았다. 한태일은 침을 꼴깍 삼켰다. 차상철이 한태일 대신 죽어 새로운 차상철이 태어나는 순간이었다. 빨리 죽는다고 슬퍼할 이유도 없었고 오래 산다고 반드시 기뻐할 일도 아니었다.

'어차피 죽을 건데….'

오후 세 시라고 했다. 연기 색깔이 바뀔 때마다 한태일은 화장장 굴뚝을 바라보며 가슴이 타들어 가 차창으로 고개 내밀기를 반복했다. 승용차 안에서 마냥 기다린다는 것도 쉽지 않았다. 온몸의 피부가 팽팽하게 부풀어 올랐다.

'그래도 이 정도 예의는 지켜야지….'

죽는다는 것은 슬프다. 그러나 이생에서 원하는 것을 이루지 못할 바에는 다음 생을 기대하는 것도 나쁘지 않을 것이다.

'부디 다음 생에는 힘 있는 자로 태어나 원하는 것을 이루시길….'

한태일은 차상철의 죽음을 애도했다.

룸미러를 보았다. 낯선 얼굴이 그를 바라보았다. 차상철, 전혀 낯선 얼굴. 그는 침을 꼴깍 삼켰다. 이제부터 한태일은 이 세상 사람이 아니었다. 내일이면 세상 어디에도 그는 존재하지 않는다. 슈터 안주머니를 뒤졌다. 깔깔한 새 여권 갈피가 손끝에 걸렸다. 사진까지 바꿔놓으니 감쪽같았다. 어느 누구도 확인할 방법은 없었다.

'차상철.'

평생 옥살이를 할 뻔했다.

'2천만 원이면 새롭게 데어날 수 있는 것을….'

여권을 위조한 교포 놈들이 중국으로 날라버리면 그뿐이었다. 차상철이 된 마당에 굳이 한국에서 조마조마하면서 살아야 할 이유가 없었다. 보험금도 차상철의 계좌로 입금된 것을 확인했다. 4억. 뭉칫돈만 인출하지 않으면 금융감독원에 발각될 이유도 없었다. 2년이 지났으니 8년만 해외에서 숨어 살자. 그때 돌아오면 공소시효도 끝나 법적인 문제도 끝날 것이다. 설혹 탄로가 나 뭇 사람들의 비난을 받겠지만, 평생 옥살이는 피할 수 있다. 그뿐일 것이다. 그리고 사람들은 남의 일에 그렇게 관심을 가지지 않아 쉽게 잊어버리기 마련이다. 제 살기도 힘든데 굳이 남의 일을 기억하고 되새길 이유가 없다. 얼마 지나지 않아 들끓던 여론도 잠잠해질 것이다.

'8년만…, 음, 죽은 듯이 살자.'

OZ762 상하이행 아시아나 탑승권을 여권에 끼워 안주머니에 넣었다. 이제 출입국 관리소만 통과하면 끝이다. 그리고 상하이 홍차오국제공항에서 싱가포르행 비행기를 갈아타기만 하면 모든 게 끝난다. 한태일의 계획대로 잘 돼가고 있었다.

공항 대형 텔레비전에서 긴급 뉴스를 방송하고 있었다.

"박정숙 살인사건의 피의자로 지목되었던 그녀의 남편 한태일의 시체가 의령의 한 저수지에서 발견되었습니다…."

앵커의 첫 멘트가 끝날 때쯤 차상철은 인천국제공항 출입국관리소를 통과해 37번 게이트로 향하고 있었다. 그는 모자를 깊게 눌러쓰고 손에는 기내용 캐리어 한 개가 쥐어있었다.

정규태는 오늘도 회의가 있다며 아침을 먹자마자 뉴델리로 갔다. 하기는 회사원이 약속 시각을 지키지 않으면 월급을 받지 말아야지. 차상철도 늘 그렇게 살았다. 그런데 인도 사람들은 약속 시각을 지키지 않아도 부자로 사는 사람들이 많았다. 그리고 굳이 약속을 지키려는 바보 같은 사람도 인도에는 없었다.
"오늘 못 만나면 내일 만나면 되지요."
샌지 쿠마르 굽타가 평소에 잘하는 말이었다. 약속을 지키지 못해 미안해서 하는 말인지, 아니면 그의 말대로 내일 만나도 문제가 없다는 말인지 도대체 헷갈려 처음에는 무척 당황했다. 그런데 내일 만나도 별일은 발생하지 않았다. 달라진 것도 없었다. 결국, 약간씩 양보하고 이해한다면, 뭐 나쁠 것도 없었다.
"그래요. 내일 만나요."
차상철이 자리를 박차고 일어나 불같이 화를 내도 샌지 쿠마

르 굽타는 느물거렸다. 가만히 생각해보면 내일 만난다고. 아니,
하루를 더 지난다고 특별히 달라진 것도 없었다.

"알았습니다."

결국, 샌지 쿠마르 굽타의 느긋한 꼴을 이해하고 말지만, 조금
늦을 뿐이지 손해 보는 일은 발생하지 않았다. 아리랑게스트하
우스의 영업허가를 받을 때도 그랬다. 조금만 빨리 서둘렀다면
당일에 처리할 수 있었을 텐데, 그는 늑장을 부려 삼 일이나 걸
렸다. 차상철은 안달복달하며 숨까지 씩씩거려도 그들의 느긋한
성격 앞에는 별수 없었다. 그렇다고 영업허가를 못 받은 것도 아
니었다.

그래, 인도사람처럼 살자. 그들처럼 거짓말만 하지 않으면 그
들의 삶을 탓할 필요가 굳이 없었다.

4부, 바라나시를 가다

1,

구르가온 메트로 역(전철역) 광장은 사람들로 북새통이다. 가는 사람, 오는 사람, 그러나 그들은 서두르지 않았다. 맞은편 상가에는 상인들이 종이 탈을 네댓 개씩 들고 호객을 하고 있었다. 울긋불긋한 마히사수라 탈이다. 크기도 모양도 색상도 제멋대로였다. 사납고 거친 것, 부드럽고 선한 것, 어느 것이 딱히 마히사수라라고 말하기도 어려울 만큼 다양했다. 광장에 모인 사람들은 탈을 쓰고 몸을 격렬하게 흔들었다. 그들은 춤꾼이 아니었다. 그저 춤추는 사람들이어서 춤사위 따위도 필요 없었다. 느낌대로 춤을 추면 그뿐이었다. 탈을 쓰면, 누가 누군지 알 수 없다. 신분도 직업도 부와 명예도 상관없었다. 그냥 억눌린 욕망을 마음껏 내뿜으면 그만인 사람들의 축제였다.

두세라 축제는 시바의 아내 두르가 여신이 악마 마히사수라를 물리치고 승리를 거둔 날로 두르가에게 푸자(경배) 하는 날. 선이 악을 물리치고 결국 승리한다는 만고의 진리를 기념하며 힌두 신들에게 푸자를 올리고 소원을 비는 날이다.

마히사수라 탈을 쓴 사내가 다가왔다. 손이나 발놀림은 춤을 추는 것 같았지만, 허우적거리는 난장이었다. 김민재는 사내의 눈빛과 마주쳤다. 잠깐이지만, 아주 잠깐이지만, 살기殺氣가 번뜩였다. 섬뜩한 눈빛, 어디서 본 듯한 지독한 광기였다. 김민재는 길옆으로 피했다.

'어디서 봤지?'

게스트하우스 옥상에서 김민재를 바라보던 차상철의 섬뜩한 눈빛에도 광기를 느꼈지만, 마히사수라 탈에서 쏘는 사내의 눈빛보다 덜했다.

'설마…. 달리트?'

카스트(브라만, 크샤트리아, 바이샤, 수드라)에도 들지 못하는 최하층으로 아무리 똑똑해도 신분 상승은 꿈도 꿀 수 없다고 차상철이 말했다. 인도 사람들은 달리트를 동물보다 천하게 여긴다고 했다. 달리트, 그들이 탈을 쓰고 광기를 부린다고 나무랄 사람은 없을 것이다. 적어도 축제 기간에는. 사람이라면 평등과 자유를 갈구할 것이다. 수천 년을 이어온 인도의 문화라도 사람이 본능을 송두리째 짓밟히며 산다는 게 쉽지는 않을 것이다. 그것이 아무리 힌두의 계급문화라도….

김민재는 마히사수라 탈속 사내의 살기등등한 눈빛이 소름이 돌았지만, 이해할 수 있을 것 같았다.

차상철은 준비해두었던 종이와 색색 물감을 상자에서 꺼냈다. 차상철로 살았던 족쇄도 풀렸다. 차상철, 오래전에 이 세상에서 사라진 그를 위해 축제기간에 한마당 놀아볼 참이었다.

8년 전, 의령 산골의 운계 저수지에서 한태일은 죽었다. 그리고 차상철로 다시 태어났다. 방법은 달랐지만, 목적은 살아남는 것이었다. 시바의 아내 두르가는 시바의 도움으로 악마 마히사수라를 물리치고 승리했다. 이제는 끝났다. 차상철도 신의 도움으로 살아남았다. 분명 신의 도움 없이는 불가능한 일이었다. 그의 신에게 푸자를 올리고 축복받을 일만 남았다.

"김 선생도 얼굴에 물감으로 한 번 칠해 보소."

차상철이 입을 실룩거리며 김민재를 힐끗 쳐다보았다.

김민재는 차상철의 눈빛을 빠르게 피했다. 구르가온 메트로역에서 본 마히사수라 탈을 쓰고 춤을 추던 사내의 광기 어린 눈빛이 설핏했다.

"차 사장님, 저는 자신이 없습니다."

김민재가 한 발짝 뒤로 슬쩍 물러났다.

"세상이 달라 보임더."

차상철은 상자에서 물감과 붓을 꺼냈다.

김민재는 정색을 했다.

"아이고 사장님 별말씀을요?"

몸 추스르기도 힘든데 물감을 칠한 얼굴에 탈까지 뒤집어쓰고 축제를 즐기라니 돼도 않는 말이었다. 정월 대보름날 잠실 논바닥에서 통조림 깡통에 숯불을 피워 빙빙 돌리며, 멀리 던지기를 할 때마다, 타다만 숯검정이 얼굴에 묻는 게 싫어 꽁무니를 빼면서 쥐불놀이하던 때가 생각났다. 그때나 지금이나 김민재는 숯검정이나 물감을 얼굴에 칠하는 것은 정말 싫었다.

"한번 해 보이소. 도와드릴 테니."

붓으로 종이 탈에 물감을 칠하다 말고 차상철은 눈을 찡긋했다.

김민재는 소름이 돋았다.

"저는 차 사장님 뒤만 따라갈게요."

김민재는 엉겁결에 차상철을 따라가겠다고 말해버렸다. 사실, 그는 축제 따위에는 애초에 관심이 없었다. 게스트하우스에서 언제 쫓겨날지 모르는데 축제라니…. 가당치도 않았다.

"차 사장님도 두세라 축제에 참여하려고요?"

계단을 내려오던 정규태가 한마디 거들었다.

"오늘은 쉬는가 봅니다."

차상철이 붓을 팔레트에 내려놓았다.

"정 부장님도 한번 해 보실래요?"

차상철의 말투가 달라졌다.

김민재에게는 경상도 사투리를 쓰면서 정규태에게는 표준말을 썼다. 어색했다. 그런다고 경상도 억양을 감춰지는 것도 아닐 텐데…. 처음 보는 사람들에게 별다른 뜻이야 없겠지만, 사람에 따라 순간순간 바뀌는 차상철의 말투를 곰곰이 생각해보면 무슨 꿍꿍이가 있는 것 같았다.

'그를 감추려는 수작일까….'

게스트하우스를 운영하다 보면 그럴 수 있을 거라 짐작은 하지만, 사람에 따라 변하는 말투와 표정까지 바뀔 때는 신경이 쓰였다. 샌지 쿠마르 굽타와 영어로 말할 때는 국제신사 같았고, 정규태에게 표준말을 사용할 때는 전형적인 한국 중산층 샐러리맨이었다. 그리고 관광가이드 큼 굽타와 대화는 친절하다가도 돌변했다. 그리고 유독 김민재와 말할 때는 투박한 경상도 사투리였다.

김민재는 유학 도중 한국으로 돌아와 어머니 성화에 못 이겨 그럴듯한 집안의 규수와 결혼을 했다. 그녀의 아버지, 장인어른이 경영하는 G 회사에 입사하게 되었는데, 그때 선임이 지독한 경상도 사투리를 썼다. 좋은 인연이 아니어서 곧바로 직장을 그만두고 잊어버렸지만, 차상철이 말을 붙일 때면 문득문득 그때 악몽 같았던 기억이 되살아났다. 큼 굽타가 한국말이 조금만 더 능숙했더라면 차상철의 영악한 계산을 알아차렸을 터인데….

게스트하우스에는 각국에서 오는 사람들이 많을 것이다. 한국인이나. 일본인, 그리고 중국인같이 대부분 동아시아 사람들이 대부분이어서 별문제는 아니겠지만, 차상철이 큼 굽타에게 함부로 대할 때는 아슬아슬할 때가 더러 있었다. 게스트하우스를 운영하려면 모든 여행객에게 공정한 게 옳을 것 같은데, 큼 굽타에게만 유별난 것 같았다.

"자이푸르 여행객들은 출발했습니까?"

정규태가 지난밤에 몰려왔던 한국에서 온 여행객들의 안부를 물었다.

"예, 자이푸르는 하루 만에 다녀오기 어려워요. 현지 관광업체와 연결해 주었는데, 내일 저녁 늦게 게스트하우스에 도착합니다."

"그나저나 정 부장님도 바라나시 한 번 다녀오셔야죠?"

정규태에게 아그라 타지마할이 아닌 바라나시 여행을 권했다.

게스트들의 여행을 알선하고 일정을 잡아 투어(Tour)를 해야 수익이 높아지겠지만, 지나치면 그들이 불편하다는 것쯤은 알 텐데, 차상철은 틈만 나면 게스트들에게 여행을 권했다.

'아무리 돈이 좋아도 그렇지….'

정규태는 차상철이 꼴사납다는 생각이 들었다. 그렇다고 면전에다 노골적으로 말하기도 뭣했다.

'용의자도 확보하지 못했는데 여행이라니….'

턱도 없는 말이었다.

"아, 저, 그게…."

정규태가 곤란한지 머리를 긁적거리며 김민재를 바라보았다.

"김 선생님도 바라나시 안 가보셨죠?"

차상철의 노골적인 투어 제안을 정규태도 사정이 있는지 슬쩍 김민재에게 돌렸다.

김민재는 차상철의 상술에 혀를 내둘렀다. 매번 궁색한 대답을 하는 것도 미안했다. 이쯤 되면 거절하는 것이 오히려 미안할 정도였다.

"예, 다음에는 꼭 가겠습니다."

김민재는 말꼬리를 흐렸다. 여행은 고사하고 게스트하우스에도 쫓겨날 판인데 한가하게 바라나시 여행이라니…. 하지만, 바라나시 여행을 해보고 싶었다. 프레얀카와 같이 가보기로 했던 곳이 바라나시 갠지스강이었다. 돈이 없어 못 간다고 말할 수도 없었다. 오늘이라도 혜지에게 연락이 온다면 문제 될 것도 없지만.

'나쁜 년…!'

김민재는 모바일폰에서 혜지가 보낸 메시지 흔적을 슬쩍 찾았지만, 어떤 메시지도 없었다.

"축제는 언젠가요?"

정규태가 축제에 관심이 있는지 거실에 늘어놓은 색색의 물감과 색종이를 바라보며 차상철에게 일정을 물었다.

"9월 4일부터 일주일간 합니다."

"아, 그렇군요."

"차 사장님도 마히사수란가 하는 종이 탈을 만드는 겁니까?"

두세라 축제에 쓰이는 종이 탈 이름까지 아는 것을 보면 정규태도 관심이 많은 것 같았다.

"그럼요. 내일부터 시작하면 두세라 축제 마지막 날에는 종이 탈을 불에 태울 수 있을 겁니다. 직원들도 좋아하고요.”

정말 축제를 즐기려는 것 같았다. 이렇게 바쁘게 돌아가는 세상에 축제를 위해 물감을 몸에 칠하고 종이 탈까지 만들어 불에 태우는 태평스러운 수고를 하다니. 직원들이야 좋아하겠지만…. 시바를 위한 축제라니 빈부와 귀천이 따로 있을 수 없을 것이다. 헐벗고 굶주려도 축제를 즐긴다니 차상철도 인도사람도 도무지 이해할 수 없었다. 관광 온 외국 사람들이야 축제를 즐기러 오니 그렇다 치더라도 차상철의 두세라 축제에 대한 애착을 정규태는 쉽게 이해되지 않았다.

“샌지는 아직 안 일어났죠?”

차상철이 정규태에게 말을 던졌다.

“아, 예 잘 모르겠는데요!”

정규태는 얼결에 모른다고 대답했다. 샌지 쿠마르 굽타가 일어났는지, 잠을 자는지 알 리 없었다. 샌지의 근황을 묻다니….
신분을 눈치를 챈 것은 아닐까. 그는 신경이 바짝 쓰였다.

“객실에 없습니까?”

정규태는 차상철에게 되레 물었다.

‘차상철이 왜 정규태에게 샌지에 대해 질문했을까. 그제 밤 샌지 굽타가 그를 아리랑게스트하우스에 데려다준 것을 눈치라도 챈 것일까?’

“예, 연락이 없네요.”

모르는 척 정규태는 시침을 뚝 뗐다. 지난밤 인디라간디국제

207

공항에서 철수할 때 샌지 쿠마르 굽타는 뉴델리 사무실로 출근한다며 축제일에도 CP(경찰국장)가 출근하란다고 입이 불거져 있었다.

"김 선생님은 오늘 쉬시겠네요?"

정규태가 김민재에게 말을 돌렸다.

"아, 저야, 늘 그렇죠."

정규태를 보는 것만으로도 김민재는 오금이 저렸다. 첫인상도 그랬지만, 뱁새같이 찢어진 그의 눈매를 볼 때마다 정말 기분이 더러웠다. 뭐 하는 사람인지 몰라도 매일 밤 몰래 아리랑게스트하우스를 몰래 빠져나갔다가 자정이 훨씬 넘어서 들어오는 것을 여러 번 목격한 적이 있어 그를 볼 때마다 신경이 쓰였다.

'인터폴은 아니겠지?'

한국보다 하루 늦게 방송하는 YTN 방송이 조용한 것을 보면, S 은행 R&D 프로젝트 횡령사건은 아직 매스컴을 타지 않은 것 같았다. 혜지의 연락이 없는 것과 관련이 있을 거라는 생각도 들었다. 혜지가 경찰에 체포되었다면, 이미 매스컴에 오르내렸을 것이다. 불행인지 다행인지 아직 조용한 것을 보면 도피 중일지도 몰랐다. 그러니까 연락할 수 없을 거고 연락해서도 안 될 것이다. 경찰에서 대포폰이 발각되면 신호 발신지 조회만으로 김민재가 인도로 도피했다는 것이 금방 발각될 것이다.

'그래, 기다려 보자.'

어쨌든, 김민재는 정규태가 신경 쓰였다.

"두세라 축제 끝나면 인도사람들도 여행을 가거나 결혼한 여자들은 음식을 준비해 친정 나들이를 떠납니다. 그러니 아리랑 게스트하우스 사람들도 스트레스도 날려버릴 겸 해서 2박 3일로 바라나시나 다녀옵시다."

여행을 강제하는 것 같았던지 차상철이 에둘러 말했다.

김민재는 대답하지 않았다. 어쨌든, 게스트들이 여행을 가게 하는 게 차상철의 목적이겠지만, 지나치게 노골적일 때는 짜증이 났다. 여행을 마다할 사람은 없을 것이다. 그런데도 대답을 못 한다면 그만한 이유가 있을 거라는 것쯤은 눈치를 채야지.

김민재가 머리를 긁적거렸다.

"정 부장님, 이번 기회에 바라나시 한 번 다녀오시죠?"

두 사람이 서로 미룬다는 것을 눈치챘는지 차상철이 한 마디 던졌다.

"두 분 다 가시면 되겠네요. 열흘간은 회사들도 쉴 텐데 할 일도 없잖아요? 두세라 축제가 끝나고 여행을 가지 않으면 액운이 낀답니다. 보세요. 주방장 아룬도 이번 휴가 기간에는 부모님을 뵈러 네팔에 간다고 합디다. 우리 게스트하우스도 라면으로 세 끼를 때울 수도 있습니다."

차상철은 배짱이었다. 주방장이 휴가를 가든 말든 게스트들이 알 바 아니었다. 숙박료를 낸 이상 점심을 제외하고는 어떤 경우든지 끼니마다 음식을 제공해야 하고 하루에 한 번은 객실 청소를 해줘야 한다. 하루에 80달러나 지급하는데 차상철의 어이없는 주장에 정규태는 피식 웃었다.

차상철의 말은 계속됐다.

"라면을 먹을 바에는 차라리 바라나시나 갑시다. 갠지스강에
서 유람선을 타고 가트(목욕 터)에서 시체를 불태우며 악쓰는 힌
두교도들도 보고…, 이럴 때 사람이 어떻게 죽나 한 번 구경하는
기죠."

차상철이 집요하게 물고 늘어졌다.

"바라나시에서 묵을 게스트하우스는 아늑하고 저렴한 곳으로
예약할 수 있습니다."

사람이 여행을 가지 않으면 액운이 낀다는 말에 김민재는 마
음이 흔들렸다. 어쩌면 바라나시에서 갠지스강에서 강가잘(갠
지스강 강물)을 마시며 혜지와 연락이 닿을 것도 같았다.

"사장님, 오늘 열흘 치 객실 요금 계산하겠습니다.

김민재는 뒷주머니 넣어둔 지갑에서 8백 달러를 꺼내 차상철
에게 내밀었다.

"더 있다 줘도 되는데…."

차상철은 미안했던지 잠시 머뭇거렸다.

"바라나시 여행 가는 겁니까?"

"…."

차상철의 다짐에 김민재는 확답을 주지 못했다. 그러나 바라
나시에서 갠지스강을 보기만 해도 좋을 것 같았다.

'그래, 바라나시를 가보자.'

김민재는 바라나시 여행을 가고 싶었다. 가서 혜지와 복잡한 문제도 해결하고 프레얀카와의 약속을 지키고 싶었다. 객실로 들어와 캐리어에 넣어두었던 해묵은 다이어리를 끄집어냈다. 익숙한 이름들과 숫자들이 빼곡히 적혀 있었다. 언젠가 써먹을 거라 챙겨두었던 것이다. 이제는 그럴 필요가 없어졌다. 어차피 돌아갈 수 없는데, 미련 둘 필요가 없었다. 다이어리 갈피를 한장 한장 넘겼다. 피눈물이 갈피마다 찔끔거렸다. 다이어리를 북북 찢어 쓰레기통에 처넣었다. 아쉽지만 속 시원했다. 더는 한국으로 돌아가겠다는 미련을 접었다.

2,

"큼, 어디에 있어?"

프레얀카는 이른 아침부터 아들을 찾았다.

화장실 앞에서 큼이 나오기를 기다리던 아나슐라는 긴장했다. 프레얀카 목소리가 격앙되었기 때문이었다.

"예스, 맘, 큼은 화장실에 있어요."

프레얀카의 격앙된 목소리가 다시 들렸다.

"몸이 안 좋으신가?"

바라나시 여행을 가자고 한 뒤로 프레얀카는 큼 굽타를 찾는 횟수가 부쩍 늘었다.

'가고 싶다고 말하면 될 것을….'

프레얀카가 괜히 심통을 부리는 것 같아 아나슐라는 마음이 편치 않았다.

큼 굽타가 화장실을 나왔다. 눈에는 아직 잠이 가득했다. 쉬는 날만이라도 편하게 쉬게 했으면 좋을 텐데 프레얀카는 아들을 가만히 놔두지 않았다. 바라나시 여행 이야기가 나오지 않았을 때는 아들이 일하는 게 힘들까 봐 노심초사하던 모습과는 달라도 너무 달랐다.

'프레얀카의 병이 나빠지고 있을까?'

아나슐라는 신경이 바짝 쓰였다.

"맘, 무슨 일이에요?"

"오, 큼. 들어오너라."

"색종이와 물감 어디에 두었니?"

프레얀카는 두세라 축제 준비를 할 모양이었다. 지난해까지만 해도 축제 따위에는 전혀 관심이 없었다.

"베란다 선반에 올려놓았어요?"

"그랬구나, 그런데 내 눈에는 왜 보이지 않지?"

커튼만 걷어도 훤히 보이는데…. 보이지 않다니 큼 굽타는 프레얀카를 멀뚱히 바라보았다.

"맘…?"

프레얀카 눈초리에 눈곱이 질척거렸다. 큼 굽타는 무릎을 꿇고 그녀의 눈을 자세히 들여다보았다.

"맘, 보이세요?"

"큼, 왜 그러냐?"

큼 굽타의 얼굴을 쓰다듬는 프레얀카 손은 떨고 있었다. 큼 굽타는 눈물이 왈칵 쏟아졌다.

"그러니까, 큼이 맞는 거지?"

"예스, 맘, 큼 굽타에요."

"병원에 가지 않으면 큰일 나겠어요?"

"오, 큼, 오늘은 병원이 쉬는 날이잖니…. 문 닫았을 거야."

큼 굽타는 아찔했다. 샌디에이고에는 휴일에도 문을 여는 병원이 많았다. 아파트 관리에게만 연락해도 근무하는 병원을 금방 알 수 있어 언제든지 응급조치를 받을 수 있었다. 그러나 뉴델리의 모든 병원은 문을 닫는다. 사람이야 아프든 말든 그들과는 상관없었다. 더욱이 두세라 같은 국가 명절에는 어림도 없었다. 병원에 가봐야 허탕이라는 것쯤은 프레얀카도 알고 있을 것이다. 폐결핵에 당뇨병, 그리고 심장병까지, 그 후유증이 눈까지 멀게 한다는 무서운 병이라는 것을….

"맘, 어떻게 해요?"

"병원에 가지 않아도 된단다."

프레얀카는 반닫이에 손을 더듬었다.

"큼 서랍이 어디 있니?"

"예, 프레얀카 제 손을 잡으세요."

큼 굽타는 프레얀카의 손을 반닫이 서랍 위에 조심스럽게 놓왔다.

프레얀카는 서랍을 한 개씩 더듬더니 마지막 서랍 고리를 잡아당겼다. 깊숙이 손을 넣어 조그만 상자 하나를 끄집어냈다.

"큼, 보이니?"

"예스 맘, 만년필 케이슨데요?"

먼지가 뽀얗게 앉아 있었다. 큼 굽타는 프레얀카가 건네준 상자 뚜껑을 열었다. 빨간색 셸에 금장 클립의 예쁜 몽블랑 만년필이었다.

"예쁜데요. 어디서 나신 거예요?"

"선물 받은 거란다."

"누군데요?"

만년필을 보면 프레얀카는 가슴이 설렜다. 돌아오겠다는 말만 남기고 결국 돌아오지 않았다. 비록 약속을 지키지 않았지만, 스미스에게 돌아오지 못할 사정이 있었을 거라 믿었다.

"…."

프레얀카는 선 듯 큼에게 말할 수 없었다.

"기억이 안 나세요?"

프레얀카는 무엇을 생각하는지 선뜻 말을 못 하고 우물거렸다.

'어머니가 사랑했던 사람?'

큼 굽타는 그를 낳아준 아버지일지도 모른다는 막연한 생각이 들어 가슴이 두근거렸다.

'그렇구나….'

큼 굽타는 프레얀카가 무슨 말을 할지 바짝 긴장했다. 프레얀카는 제대로 볼 수도 걷지도 못했다. 심지어 화장실도 혼자서는 못 갔다. 힌두사원을 갈 때도 아나슐라의 도움을 받아야 한다. 그녀의 가슴이 까맣게 타들어 간다는 것을 큼 굽타가 모를 리 없었다.

프레얀카의 눈시울이 촉촉이 젖었다.

"큼 잘 들어라. 이 만년필은 너를 낳게 해준 사람이 선물해준 거란다."

프레얀카는 입술을 꼭 다물며 만년필을 큼의 손에 꼭 쥐어주었다.

큼 굽타는 가슴이 미어졌다. 낳아준 사람이리고 프레얀카가 분명히 말했다. 그런데, 지금 왜 그런 말을 하는지 어머니를 이해할 수 없었다. 비록 그를 세상에 태어나게 해준 분이라 해도 관심이 없었다. 어머니를 힘들게 한 그 사람이 비록 그를 낳아준 아버지라 할지라도 보고 싶지 않았다.

"너의 아버지는 얼굴도 잘생기고 마음도 고운 훌륭한 한국사람이란다."

프레얀카는 더는 말을 잇지 못했다.

큼 굽타는 아무 말도 하지 않았다. 태어나서 어머니와 줄곧 함께 살아도 아버지 존재에 대한 말은 한 번도 안 했다. 새삼스럽게 지금에야 아버지에 대해 말하는 어머니를 이해할 수 없었다. 혼란스러웠다. 솔직히 말하면, 그에게 아버지는 필요 없었다. 그리고 미국에는 아버지 없는 아이들도 흔하다. 대수롭지 않은 일이었다.

"큼, 미안하구나. 늦게 말해줘서…."

프레얀카는 정말 미안한지 눈물을 흘렸다.

큼 굽타는 자리를 박차고 밖으로 뛰어나갔다.

'인제 와서 나더러 어떻게 하라고….'

큼 굽타는 혼란스러웠다. 서른 살이 넘었는데, 아버지라니 무슨 소용인가…. 설혹, 아버지가 살아있어도 찾을 방법도 없었다.

'한국사람?'

아리랑게스트하우스 차상철 사장도 한국사람이었다. 큼은 그에게 부탁하면 찾을 수 있을 거라는 생각이 언뜻 들었지만, 고개를 흔들었다. 자식을 삼십 년간 방치한 아버지를 찾는다고 해도 달라질 것은 없었다. 오히려 상처만 더 깊어질 것이다.

프레얀카는 울었다.

큼 굽타도 울었다.

'아버지라니….'

보리수 나뭇잎에서 먼지가 흩어져 내렸다.

큼 굽타는 머리를 흔들었다. 대부분의 인도사람은 곱슬머리였다. 거칠고 검은 피부에 높은 콧날, 외삼촌 샌지 쿠마르 굽타도 다르지 않았다. 그렇지만, 그는 곧은 머리에 콧대는 낮았다. 두꺼운 쌍꺼풀에 부리부리한 눈을 가진 외삼촌과는 딴판이었다. 외삼촌의 외모는 전형적인 인도 크샤트리아(무사 계급) 집안임을 금방 알아볼 만큼 단단한 체격이었다. 그러나 큼 굽타는 외삼촌과 외모부터 확연히 달랐다.

큼 굽타는 물감과 색종이를 손만 뻗으면 닿을 수 있는 프레얀카가의 머리맡에 가지런히 놓아두었다.

3,

"여보세요?"

박영호 전도사 목소리였다. 기다렸던 전화였다. 뉴델리에 도착하자마자 연락을 했는데, 도무지 전화를 받지 않았다. 인디라 간디국제공항에 도착해 전화하면 언제든지 만날 수 있다디니 일주일이 지나서야 전화를 받았다.

"햇빛교회 박영호 전도사님이세요?"

"네, 그렇습니다만….'

"전도사님, 서울경찰청 외사부 정규태 경윕니다."

"아, 경위님, 서울이신가요?"

정규태는 로컬 폰을 준비했지만, 샌지 쿠마르 굽타와 전화할 때를 제외하고는 사용하지 않았다. 혹시라도 한국 경찰이 뉴델리에 왔다는 정보가 노출되면 용의자 귀에 들어가는 것은 시간 문제였다. 교포사회가 그만큼 좁았다. 타국에서 사는 게 그리 호락호락하지 않을 것이다. 만나면 서로 헐뜯고 삿대질이 일상이라도 서로에게 의지하며 사는 것 또한 사실이다.

"아닙니다. 구르가온입니다."

수신이 좋지 않은지 박영호 전도사 목소리가 들렸다 끊어지기를 반복했다. 정규태는 모바일폰에 귀를 바짝 댔다.

"구르가온 어딘데요? 우리 햇빛교회도 구르가온 섹터 20에 있습니다."

"오늘 만날 수 있을까요"

"그럼요. 예배가 끝나면 세시 정도 될 거예요. 그때 만날 수 있습니다. 그런데, 이곳까지 찾아올 수 있겠습니까? 위치를 알려주시면 제가 찾아뵙는 게 빠를 것 같은데요?"

"아닙니다. 제가 세 시 정도에 전화를 드리고 찾아뵙겠습니다."

"예, 경위님 그러면 그렇게 하세요. 기다리겠습니다."

박영호 전도사가 아리랑게스트하우스로 오는 게 편할 수 있어도, 만약의 경우를 생각해 그렇게 할 수 없었다.

[구르가온 섹트 20, 이스트우드 로드 트리플빌딩]

박영호 전도사에게서 메시지가 도착했다.

정규태는 구글 웹에서 지도를 검색했다. 섹터 37에서 택시를 타면 20분이면 도착할 수 있는 아리랑게스트하우스에서 그렇게 멀지 않은 곳이었다. 커튼을 걷었다. 인도의 동북지역 유타란찰에서 먹구름이 몰려오고 있었다.

'스콜이라도 오려나.'

구름이 낀다고 반드시 비가 오는 것도 아니었다. 뉴델리에는

비가 오지 않아 먼지투성이라고 샌지 쿠마르 굽타가 말한 적이
있었다. 인디라간디국제공항에 갔을 때도 하늘에는 구름이 많았
지만, 비는 오지 않았다. 비가와도 잠시뿐 도시는 금세 먼지투성
이로 변한다. 온종일 잠복하다 보면 목이 칼칼해 물을 마셔도 기
침이 났다. 먼지가 없다고 기분까지 상쾌해지지는 않지만, 비라
도 오면 도로마다 집적대는 걸인이라도 다가오지 않아 그나마
덜 귀찮았다.

먹구름 사이로 햇살이 대지를 두드렸다.

'섹터 20 이스트우드 로드 트리플빌딩.'

정규태는 옷을 차려입었다. 시간도 충분했다. 아리랑게스트
하우스에서 택시를 부르려니 지켜보는 게스트들이 신경 쓰여 구
르가온 메트로 역에서 택시를 탈 예정이었다. 15분이면 충분히
걸어갈 수 있었다.

"외출 다녀오겠습니다."

차상철은 화초에 물을 주고 있었다.

"어디 가시게요?"

"구르가온 메트로 역 근처에서 약속이 있었어요.

행선지까지 말할 필요가 없었다. 샌지 쿠마르 굽타가 차상철
사장을 용의 선상에 두고 지켜보라고 했다. 그러나 정규태가 본
차상철은 용의자와 거리가 멀어 보였다. 얼굴도 달랐다. 경상도
사투리를 써도 그것만으로 용의자로 지목하기에는 부족했다. 돈
욕심이 많아 보여도 지독한 장사치 교포지 살인을 할 만큼 나쁜

사람 같지 않았다. 용의자와는 거리가 멀었다. 하지만, 일단 용의 선상에는 올려놓고 그의 행동을 지켜보는 중이었다.

"택시 불러 드릴까요?"

차상철은 게스트하우스를 분주하게 드나드는 정규태가 불편했다. 장기간 투숙하는 고객이지만, 돈 몇 푼이 중요하지 않을 때도 있다. 밤마다 게스트하우스를 드나드는 것도, 그의 날카로운 눈도, 거기에다 거들먹거리는 본새를 보면 회사원도 아닌 것 같았다. 어쨌거나 차상철은 정규태의 행동을 지켜보는 중이었다. 연락도 없이 게스트하우스 예약을 취소할 때부터 껄끄러운 놈이었다.

"괜찮습니다. 택시를 타면 쉽게 찾을 수 있을 겁니다.

호의를 무턱대고 거절하기도 껄끄러워 정규태는 점잖게 말했다.

"알겠습니다."

차상철이 퉁명스럽게 말을 던졌다. 어쨌거나 정규태가 신경 쓰였다. 투숙하기 전부터 그의 성체가 의심스러워 알아보려 했으나 쉽지 않았다. 투숙 후에도 그의 수상한 행동은 한둘이 아니었다. 어디를 가는지 무엇을 하는지 도무지 알아낼 수 없어 답답했다. 그의 행동을 보면 분명 형사 같은데, 묻기도 껄끄러웠다. 정규태가 인터폴 형사라도 문제 될 것은 없었다. 공소시효가 끝난 사건을 관련도 없는 형사가 어리석은 짓을 하지 않을 거라는 확신도 있었다. 그리고 그의 범죄가 밝혀진다 해도 문제 될 것도 없었다. 여론의 뭇매는 맞겠지만, 구속하지 못할 것이다. 한국으로 돌아가지 않는다면, 아무 일도 발생하지 않을 것이다. 인도에서 볼 수 있는 한국 방송이라야 YTN방송(연합방송)과 아리랑 방송인데, 채널을 굳이 돌리지 않으면 그뿐이어서 매스컴을 염려할 필요가 없었다.

큼 굽타를 불렀다. 정규태가 누구를 만나는지 알아둘 필요는 있었다. 어떤 위급한 상황이 발생할지 해외에서 버티려면 게스트의 정보는 필수였다. 정규태가 그를 노리지 말라는 법도 없었다. 위급하면 강가로 유인해 줘도 새도 모르게 없애 버리는데 미화 3백 달러와 망치 한 자루면 충분했다.

"큼, 어디에 있어?"

구르가온 메트로 역으로 걸어가는 정규태의 뒷모습이 보였다.

"큼 굽타, 미스터 정 뒤를 따라가 봐. 어디로 가는지, 장소를 옮길 때마다 전화해주고….."

"예스, 보스."

큼 굽타가 정규태의 뒤를 밟았다.

뒤통수가 뻣뻣했다. 수사를 하다 보면 느낌이 들어맞는 경우가 더러 있었다. 정규태는 횡단보도에 멈췄다.

'누가 뒤를 밟나?'

정규태가 슬쩍 뒤를 돌아보자 모자를 쓴 큼 굽타가 상가 건물로 황급히 들어가는 게 보였다.

'심부름 왔나?'

큠 굽타가 들어간 건물에는 마켓이 없었다. 미장원과 턱수염을 다듬어주는 이발관과 인스턴트 음식 가게 서넛밖에 없어 게스트하우스에 심부름을 할만한 가게들은 아니었다.

'무슨 일이지?'

아는 척하려고 기다리는데 건물 안으로 들어간 큠 굽타가 나오지 않았다. 녹색 신호등이 켜졌다. 정규태는 발걸음을 빨리해 횡단보도를 건넌 뒤 혹시 큠 굽타가 뒤따라올지 몰라 뒤를 돌아보았다. 신호가 깜빡거릴 때쯤 횡단보도를 바삐 건너는 큠 굽타가 보였다. 심부름을 온 것 같지 않았다.

정규태는 빠르게 빌딩 안으로 몸을 숨겼다.

빌딩 앞에서 큠 굽타가 주위를 두리번거렸다. 그가 원하는 것을 찾지 못했는지 실망하는 표정이었다. 그리고 길가는 사람들을 뒤따라갔다.

"…."

정규태는 큠 굽타의 수상한 행동이 마음에 걸렸다. 역시 샌지 쿠마르 굽타의 말대로 차상철을 용의 선상에 올려놓기를 잘한 것 같았다. 오늘은 일단 따돌렸으니 문제 될 것은 없었다.

'조심해야지….'

택시 서너 대가 줄지어 서 있었다.

"섹터 20, 이스트우드로 트리플빌딩으로 갑시다."

정규태는 차창을 닫고 큠 굽타가 사라진 곳으로 바라보았다. 그가 고개를 갸웃거리며 원하는 것을 찾지 못했는지 아리랑게스트하우스로 되돌아가고 있었다.

"무슨 일일까?"

'전할 말이라도 있었나?

정규태는 큼 굽타가 왜 그를 뒤따라왔는지 궁금했다.

'미행한 것일까?'

차상철 사장이 시켰을까. 정규태는 택시를 타고 아리랑게스트하우스로 돌아가는 큼 굽타를 바라보았다.

'설마, 차상철이 큼 굽타에게 미행을 시키지는 않았겠지….'

그럴만한 마땅한 이유가 생각나지 않았다. 미행이라니…. 도대체 왜 미행을 할까. 한 달 치 객실료도 미리 지급했는데 무슨 일로 뒤를 밟을까. 다른 게스트하우스로 옮길까 봐, 아니면 눈치라도 챈 건가. 정규태는 큼 굽타를 시켜 그를 미행하는 이유가 선뜻 감이 오지 않았다.

'차상철 사장이 눈치챈 건가…. 그런가?'

정규태는 머리를 흔들었다.

"손님, 트리플빌딩입니다. 어느 곳에 내려드릴까요?"

운전기사가 목적지에 도착했다는 말에 정규태는 그때야 정신이 들었다.

빌딩 앞에는 축제 준비를 하는지 종이 탈 만드는 사람들로 북적거렸다. 그들에게도 힌두 신들은 존재할 거였다.

"트리플빌딩을 지나서 세워 주세요."

"예스, 서어."

택시 기사는 정중했다. 정규태는 트리플 건물을 지나면서 주위를 살폈다. 성경을 옆구리에 낀 한국사람 대여섯 명이 길가에 서성거렸다. 혹시 그들과 마주치면 박영호 전도사가 곤란할 수 있을 것 같아 트리플빌딩을 지나서 내렸다. 오랜 시간 동안 몸에 밴 직업병 같은 것이지만, 조심해서 나쁠 것은 없었다.

건물 지하로 내려가는 계단이 보였다. 지하 계단 입구에 한글로 쓰인 '햇빛교회'라는 한글과 영어, 그리고 힌두어로 함께 쓴 작은 간판에 십자가가 그려져 있었다. 한복을 입은 여성 두어 명이 남자를 뒤따라 계단을 내려갔다. 남자는 이마는 벗어지고 나이도 제법 들어 보였다.

'박영호 전도산가?'

"어서 들어가세요."

"예, 전도사님도 들어가세요."

토요예배를 마치고 집으로 돌아가는 모양이었다. 인도에는 힌두교가 80%다. 기독교와 무슬림, 그리고 불교를 합쳐 겨우 10%라고 하니, 감히 다른 종교를 인도사람에게 전도할 엄두도 내기 쉽지 않다고 샌지 쿠마르 굽타가 말해준 적이 있었다. 그와 그의 부모도 힌두교로 베지트리안(채식주의자)이지만, 그는 달랐다. 리옹에서 인터폴 국제회의 때 만나면 프랑스산 쇠고기 스테이크는 그의 단골 메뉴였다.

'소고기를 먹지 않는다고?'

쇠고기를 먹는 베지트리안이라고 샌지 쿠마르 굽타를 놀린

적이 있었다. 그런데 인도에서는 정말 쇠고기를 먹지 않는지 아니면 분위기가 그를 베지트리안으로 만들었는지 알 수 없어도 정규태가 쇠고기 음식점을 소개해 달래도 뉴델리나, 구르가온에는 없다고 딱 잡아떼는 것을 보면, 인도사람이기는 한 것 같았다.

'말로만 베지트리안인가?'

실소할 때가 여러 번 있었다. 하기는 고기를 먹지 않고 경찰업무를 수행할 만큼 체력을 유지한다는 게 쉽지 않을 것이다.

'베지트리안? 웃기고 있네.'

베지트리안이라며 입술을 가리며 내숭을 떨던 샌지 쿠마르 굽타가 떠올랐다.

지하 교회에서 올라왔던 한국 교민으로 보이던 사람들은 승용차를 타고 각자 돌아가고 이마가 벗겨진 남자만 다시 지하 교회로 내려갔다.

정규태는 모바일폰을 들었다.

"여보세요?"

박영호 전도사 목소리가 전화기를 울렸다.

"전도사님, 정규탭니다.

"예, 경위님, 어디까지 왔습니까?"

"지금 가는 중입니다만?"

"경위님 미안합니다. 오늘은 제가 급한 약속이 있어 만나 뵐수가 없을 것 같습니다. 먼저 전화를 드린다는 게 그만 늦었습니다. 정말 죄송합니다."

"아~, 네, 전도사님…."

정규태는 잠시 할 말을 잃었다.

"아니 전도사님, 그게…."

"아이구, 정말 죄송합니다. 경위님."

눈앞에서 벌어지는 상황에 정규태는 어리둥절했다. 정말 중요한 일이 있는지, 아니면 일부러 피하려고 거짓말을 하는지 알수가 없었다.

'설마, 정보가 노출된 건가?'

햇빛교회 위치를 알아두었으니 다음에 와도 문제 될 것은 없었다. 그래도 그렇지 눈앞에서 거짓말을 하다니 정규태는 어떻게 해야 할지 몹시 당황스러웠다. 이런 상황에서 박영호 전도사를 믿을 것인지 의심할 것인지 판단도 서지 않았다.

'무슨 일일까?

정보가 노출되었다면 박영호 전도사도 위험할 수 있었다. 그러나 그의 목소리에서 별다른 의혹은 감지되지 않았다.

'별일이야 있으려고….'

그러나 상황을 알려면 그를 만나야 할 텐데, 그렇다고 만날 수 없다는 사람을 만나자고 꾸역꾸역 졸라 대는 것도 예의가 아니라는 생각이 들었다. 설마, 박영호 전도사가 용의자의 감시를 받는 것은 아닐까. 해외에서 기독교를 전도하는 목자까지 의심하는 게 너무 심한 것 같아 정규태는 그만두었다.

'급한 일이 있겠지….'

다음에 만나는 것이 좋을 것 같았다.

"알겠습니다. 전도사님. 그럼 시간 나시는 대로 연락을 주세요."

"예, 경위님 그렇게 하겠습니다."

전화를 끊었다. 무슨 일인지 알 수 없어도 전도사가 거짓말까지 하면서 약속을 어길 때에는 그만한 사정이 있을 거라 여겼다. 조금만 더 기다리자. 정규태는 마음을 넉넉히 먹었다. 다행히 장소라도 확보했으니 시간이 걸릴 뿐이지 박영호 전도사를 만나는데 문제 될 것은 없었다.

'무슨 일이 있겠지….'

[섹트 20, 이스트우드 도로, 트리플 빌딩, 햇빛교회]

[샌지, 위치 알아봐 주세요]

성경책을 옆구리에 끼고 총총히 사라지는 박영호 전도사를 정규태는 멀리서 바라보았다.

[오케이]

샌지 쿠마르 굽타 메시지가 바로 도착했다.

4,

외환 비자카드, 지갑에서 꺼낸 신용카드를 만지작거렸다. 오라나 호텔에서 퇴짜 맞았던 비자카드였다. 혜지가 차명으로 돌

227

려놓았다며 위급할 때 사용하라던 신용카드, 김민재가 할 수 있는 마지막 방법이었다. 객실 밖을 내다보았다. 꾸물거렸던 하늘에 햇빛이 밝게 비쳤다. 먼지 속에 갇혀 뿌옇지만, 흐린 날보다 기분이 나쁘지 않았다.

"구르가온 메트로 상가에 잠시 다녀올게요."

외출할 때 행선지를 밝혀달라던 말이 생각나 텔레비전을 보던 차상철에게 말했다.

"조심하소, 잘못하면 테러당할 수도 있씸더."

차상철의 투박한 경상도 사투리마저 따뜻하게 들렸다.

"무슨 일이 있으면 바로 연락 주이소."

"그렇게 하겠습니다."

밤새 고민하던 문제가 풀렸을 때 세상은 온통 희망이다. 이럴 때는 사람들이 좋게 보이고, 친절해지고 싶어지고, 흐린 날도 기분이 좋아진다. 오늘이 그런 날이다. 혜지가 줬던 외환카드를 기억해 냈기 때문이다. 사기를 당했다는 생각 때문에 그녀의 야무진 생각을 미처 알지 못했다. 믿는다는 것 역시 기분 좋은 일이었다.

'그러면 그렇지, 혜지가 배반할 리 없어!'

구르가온 메트로 상가로 향했다. 날씨도 상쾌했다. HSBC 은행 입구에 ATM(현금 인출기) 자판기가 보였다. 차상철이 말했던 테러라는 말이 떠올라 김민재는 신용카드를 꺼내면서 주위를 살폈다. 장총을 어깨에 멘 무장 경관이 은행 입구에 서 있었고, 창구 직원들과 대화하는 사람들 외에는 특별한 움직임은 없었다. 골목 건너 걸인 두어 명이 어린아이를 옆구리에 껴안고 쪼그리고 앉은 게 신경 쓰이긴 했지만, 늙은 걸인을 퇴치하지 못할 만큼 김민재는 나이 들지 않았다.

'설마, 저렇게 늙은 걸인이 돈을 빼앗으려고….'

김민재는 걸인과 눈이 마주쳤다. 흠칫했다. 그렇다고 이미 움직이는 손을 멈출 수도 없었다. 지갑에서 신용카드를 꺼내 ATM 자판기(현금 인출기)에 밀어 넣었다. 모니터에 글자가 반짝거렸다.

[Please put in PIN Number]

비밀번호 입력하라는 메시지였다.

[****]

혜지가 일러주었던 비밀번호였다. 숫자가 깜빡거렸다.

[Pin Number Error]

비밀번호 틀렸다는 에러 메시지가 떴다. 김민재는 숫자를 또박또박 다시 눌렀다. 에러 메시지가 뜨기는 마찬가지였다. 김민재는 손이 떨렸다. 혜지가 분명히 말해주었던 비밀번호였다. 입력을 서너 번 한 것 같았는데 자판기 모니터가 격렬하게 요동치더니 사용할 수 없는 카드라는 메시지가 떴다.

머리가 혼란스러웠다. 혜지를 믿으려고 했던 김민재의 노력이 헛됐다는 생각이 들자 울화통이 치밀어 올랐다. 사람을 믿는다는 것이 이렇게 어려운 일일까. 연락도 되지 않고 차명계좌 비밀번호도 틀리고 도대체 그가 할 수 있는 것은 아무것도 없었다. 모든 게 끝이었다. 이곳저곳에서 걸인처럼 구걸하면서 살든지 아니면 목숨을 스스로 끊어버리던지 양단간에 결정할 일만 남았다. 하소연할 곳도 없었다. 삼백오십 달러, 오늘 아침에 게스트하우스에 밀린 숙박료를 주고 난 나머지 돈이었다.

차상철이 여행 가자던 바라나시가 생각났다. 이리저리 발뺌하면서 미뤘던 여행이었다. 2박 3일이니 이백사십 달러면 충분할 것 같았다. 그래도 백십 달러가 남는다. 삼사일은 너끈히 보낼 수 있을 것 같았다. 살아야 할 이유가 없었다. 돌아갈 곳도 머무를 곳도 없었다, 두어 달 목숨을 연장한다고 달라질 것도 없었다. 믿었던 혜지까지 배신한 마당에 김민재는 더는 구차하게 살고 싶지 않았다. 바라나시로 가자. 그곳 갠지스강에서 끝장을 내자.

"차 사장님?"

"김 선생님, 말해 보이소."

"바라나시 여행 언제 살 겁니까?"

"왜요? 여행 가시게요?"

"예,"

"두세라 축제 끝나는 날 2박 3일 일정으로 게스트를 모집하고 있어요. 김 선생도 추가해 놓을까요?"

"예, 그렇게 해 주세요."

김민재는 속이 후련했다. 세상에 미련 둘 일이 아니었다. 부모 자식이 있는 것도 아닌데, 무엇 때문에 미련을 가졌는지 생각할수록 바보 같았다. 언제 죽어도 죽을 것을…. 살아서 행복할 자신이 없으면, 죽는다고 나쁠 것도 없었다. 마음이 편했다. 캐리어를 열었다. 실밥 흔적이 구석구석 남아있었다.

"나쁜 년."

그렇게라도 살고 싶으면 잘 살아라.

김민재는 커다란 눈에서 눈물을 뚝뚝 흘리며 기다리겠다던 프레얀카가 기억났다. 벌을 받는 것일 게다.

공터 천막에 까만 아이들이 나와 있었다. 김민재는 공터 천막으로 내려갔다. 스콜에 떠내려간 천막은 다시 제자리에 놓여 있었다. 조그맣고 까만 아이가 오늘도 동생을 옆구리에 끼고 있었다. 아이는 조금 전까지 울었는지 긴 속눈썹은 눈물에 젖어있었다. 아이가 칭얼댔다. 배가 고픈 모양이었다. 아이는 김민재를 보자 비실비실 천막 안으로 피했다. 낯선 사람이 두려웠을 것이다.

"김 선생?"

차상철의 목소리가 들렸다.

김민재는 소리 나는 쪽을 바라보았다. 아리랑게스트하우스 옥상에서 차상철이 그를 불렀다.

"뭐 하는 짓이에요. 빨리 돌아오세요?"

김민재의 돌출 행동에 차상철이 놀랐는지 손짓 발짓을 보는 순간 깜짝 놀라 그는 아이들에게 무슨 말을 하려고 했는지조차 까맣게 잊어버렸다.

"…!"

아이들은 천막 안에서 고개를 내밀고 김민재를 바라보았다.

김민재는 아무 말도 못 하고 서둘러 아리랑게스트하우스로 돌아오고 말았다.

5,

"큼, 어머니 병세는 좀 어떠냐?"

차상철은 큼의 어머니가 바라나시를 가고 싶어 한다는 말을 들어 그의 어머니의 상태를 물었다.

"병원에 다녀 와봐야 알 것 같습니다."

큼 굽타의 대답을 들어보니 바라나시 여행에는 동참하기 어려울 것 같았다. 어디가 아픈지 몰라도 이동 중에 문제라도 생기면 큰일이었다.

"힘들겠지?"

"다음에 기회가 되면 모시고 가지요."

큼 굽타가 기가 죽어 있었다. 평생 그만 보고 살았던 어머니가 아프니 그럴 만했다.

'건강했으면 좋겠는데….'

보육원 데려다 놓고 뒤도 돌아보지 않고 내빼던 어머니가 기억났다.

'찾으러 왔을까?'

보육원을 도망쳐 나왔으니 확인할 방법은 없었다. 분명히 말할 수 있지만, 어머니는 다시 오지 않았을 거라 차상철은 확신했다.

바라나시 여행은 차상철도 같이 갈 생각이었다. 아그라나 하와마할이면 몰라도 지저분하고 시체들이 득실거리는 더러운 곳, 쓰레기 더미에서 썩은 음식물을 찾아 먹는 사람들, 가트(목욕터)는 왜 그렇게 많은지…. 생각만 해도 끔찍한 그곳을 차상철은 갈 이유가 없었다. 하지만, 정규태의 정체를 알아야 한다. 그의 정체만 파악했어도 바라나시에 갈 생각은 하지 않았을 것이다. 도대체 정규태가 뭐 하는 놈이기에 박영호 전도사를 만나려고 하지…. 도무지 가늠할 수 없는 놈이었다.

차상철은 만들다 만 종이 탈을 바라보았다. 입도 크고 눈도 부리부리했다. 큰 코는 삐뚤어져 흉측했지만, 어디로 보나 인간이었다. 인간을 닮은 신, 신은 왜 인간을 닮았을까. 태초에 신神도 인간처럼 생겼을까. 차상철은 궁금했다. 아무튼, 두세라 축제 전까지는 마무리해야 마지막 날 마히사수라 탈을 태워버릴 수 있다. 그래야 바라나시 여행에 집중할 수 있을 것 같았다. 삶과 죽음의 경계, 아니 공존하는 곳. 바라나시 갠지스강, 정규태의 정체를 알아내 그를 제압하고 싶었다. 그리고 두르가 신처럼 승리자가 되어 자축하고 싶었다.

샌지 쿠마르 굽타는 바라나시 여행에 동참할 수 없다고 했다. 뭄바이로 그의 가족 여행을 간다고 했다.

"정 부장님?"

202호 객실 문을 두드렸다. 어제 오후에 외출을 다녀오고는 아침도 거르고 객실에만 처박혀 있었다. 도대체 뭐 하는 놈일까. 그의 행동이 수상해 큼에게 뒤를 미행하라 일렀건만, 놓치고 말았다.

'눈치라도 챈 걸일까?'

"…."

대답이 없었다. 차상철은 문을 다시 두드렸다.

"정 부장님, 점심 드셔야죠?"

여전히 반응이 없었다. 지난밤에는 샌지 쿠마르 굽타도 들어오지 않았다. 친하게 지내는 것 같았는데, 다툼이라도 벌렸나. 차상철은 객실 문을 슬며시 밀어보았다. 소리 없이 열렸다. 객실은 텅 비어있었다.

'어디에 갔을까?'

현관으로 내려오지는 않은 것 같은데…. 기회였다. 차상철은 아룬을 불렀다.

"아룬, 아룬?"

"예스, 보스?"

"미스터 정 못 봤어?"

아룬은 뭉툭한 머리통만 절레절레 흔들었다.

차상철은 객실로 다시 올라갔다. 바뀐 것은 없었다. 모든 것이 제자리에 그대로 놓여있었다. 침대 옆 협탁 서랍을 열었다.

맨 위에 놓여있었던 여권이 보이지 않았다.

"…?"

"사장님 주인 없는 방에서 뭐 하세요?"

정규태가 객실 입구에 서 있었다. 차상철은 협탁 서랍을 열다 말고 그를 멍하게 바라보았다. 귀신에게 홀린 것 같았다. 방금까지 분명히 집안에 없었는데, 어디에서 왔는지 객실 문 앞에 버젓이 서 있었다.

"어디 다녀오시는 겁니까?"

갑작스러운 정규태의 출현에 차상철은 당황했다. 게다가 서랍까지 뒤진 게 현장에서 목격됐으니 입이 열 개라도 변명할 여지가 없었다. 갑자기 벌어진 상황이 적응이 안 돼 그를 멍하게 바라보았다.

"뭐 필요한 게 있으면 제게 말씀하셔도 되는데…."

"아, 그게 아니고…. 여권 사본이 급히 필요해서…. 방에 안 계시기에 어디에 가셨나 하고…."

차상철은 말까지 더듬거리며 둘러댔다.

우물거리는 차상철을 본 정규태는 더욱 의심이 갔다. 무엇이 궁금해 객실까지 몰래 들어와 서랍을 뒤졌을까. 대단한 무례다. 게스트에 대한 예의가 아니었다. 물건이라도 없어졌으면 변명할 여지도 없이 몽땅 뒤집어쓸 수밖에 없는데 무리수를 둔 이유가 무엇일까. 게스트에게 절대 해서는 안 될 짓이었다.

'용의자일까?'

박영호 전도사 말을 들으면 차상철은 용의자와는 거리가 멀었다. 적어도 토요일마다 아리랑게스트하우스 지하 연회장에서 교인들과 구역 예배를 보고 한 번도 십일조를 빼먹지 않았다고 했다. 그런 사람이 살인을 했다고 보기는 이치에 맞지 않았다. 그러나 게스트의 서랍을 뒤지는 어처구니없는 행동을 보면 샌지쿠마르 굽타의 말처럼 감시를 소홀하게 해서는 안 될 것 같았다.

"도망이라도 갔을까 봐요?"

정규태는 짜증이 확 났다. 허락도 없이 서랍을 뒤지다니…. 에어컨을 켜러 객실에 들른 뒤로 중요한 것은 지니고 다녔기 망정이지 잘못했다가는 그의 신분이 차상철에게 몽땅 넘어갈 뻔했다. 불쾌했다. 그렇다고 따지기도 뭣했다.

"아, 죄송합니다. 저는 걱정이 돼서…."

차상철이 말꼬리를 흐리며 객실 밖으로 나갔다. 분명히 당황하고 있었다. 무슨 일일까. 그의 행동이 의심스러웠다. 바라나시 여행을 가자는 것도, 큼 굽타를 시켜 그를 미행시킨 것도, 심지어 서랍까지 뒤지니 도대체 의심하지 않을 수 없었다. 교포가 더 무섭다는 말은 듣기는 해도 직접 당해보니 어쩌면 그들이 괜히 한 말이 아니라는 생각이 들었다.

차상철은 무안했다.

'하필 그때 들어올 게 뭐람…. 니미럴!'

도대체 뭐 하는 놈이지. 소리 소문도 없이 게스트하우스를 벗어났다가 갑자기 들어오지를 않나. 그리고 며칠 전에는 인디라간디국제공항에서 본 적도 있었다. 샌지 쿠마르 굽타가 묻지 않아 말은 안 했지만, 도대체 회의하러 간다고 말하고는 공항에서 얼쩡거리다니 속내를 알 수 없는 놈이었다. 정규태가 귀국할 때까지 조심하는 게 좋을 것 같았다. 한 달 치 객실료를 냈으니 보름 남았다. 그때까지 기다리든지, 아니면…, 3백 달러를 버리던지.

정규태는 침대에 걸터앉아 모바일폰에 저장되었던 용의자의 사진을 업로드 했다. 둥근 턱선과 가지런한 눈초리 어디를 보아도 살인을 저지를 것 같은 인상은 아니었다. 그리고 박영호 전도사가 보내줬던 사진은 어디를 보더라도 한태일의 인상착의와 거리가 멀었다.

박영호 전도사는 어떤 사람을 보았기에 용의자가 인디라간디 국제공항에 나타났다고 제보를 했을까. 객실을 나가는 차상철의 옆모습이 눈앞을 스쳤다. 어디서 본 듯하지만, 도무지 기억이 나지 않았다.

'어디서 보았을까?'

정규태는 뒤통수를 쥐어뜯었다.

6,

"큼, 큼 굽타!"

차상철이 큼 굽타를 불렀다.

"예스, 보스."

대문 밖에 세워두었던 승합차를 세차하던 큼 굽타가 부리나케 현관으로 들어갔다.

"어머니도 바라나시 여행 보내드려야지?"

"아직 대답을 듣지 못했습니다. 한 번 더 여쭤볼게요."

"알았어, 내일까지는 알려줘야 해!"

바라나시 여행을 하고 싶다던 프레얀카는 대답하지 않았다. 무슨 이유인지 알 수 없어도 갑자기 입을 닫아버리니 큼 굽타는 당황스러웠다.

'가고 싶어 하던 곳이었는데…. 왜 그러시지?'

어머니 프레얀카와 함께 바라나시 별도로 여행을 하고 싶어도 그렇게 할 입장 못 됐다. 이사할 집도 장만해야 하고 프레얀카 병원비도 만만찮았다. 벌이가 괜찮아도 편안하게 모시려면, 무엇보다 이사할 집을 장만하는 일이다. 그럴만한 여유가 없었다. 하층민이 가기에 바라니시는 너무 멀었고 경비도 많이 들었다. 평생에 한 번 가볼까 말까 하는 곳이다. 이번이 프레얀카와 여행하기에는 더없이 좋은 기회다. 지난번에도 기회는 있었지만, 그때도 프레얀카가 내켜 하지 않아 무산되고 말았다.

바라나시 여행이 평생소원이라는 인도 사람들을 큼 굽타는 이해할 수 없었다. 소들이 내질러 놓은 소똥으로 거리는 더럽고 좁다란 골목은 지저분했다. 골목마다 빽빽이 찬 가게들, 그리고 약간의 공간만 있어도 거지들이 우글거렸다. 그런 곳을 여행하는 게 소원이라니, 더군다나 갠지스강 강가 가트로 가는 길에 고집스럽게 머리를 들이미는 염소들과 비쩍 마른 소들, 그리고 시체 행렬들, 생각만 해도 끔찍했다.

하루 한 끼 먹기도 벅찬데 뉴델리에서 9백 킬로미터나 되는 먼 거리를 여행한다는 것도 쉽지 않을 것이다. 굳이 더러운 곳을 가려는지 어머니 프레얀카도 인도사람들도 큼 굽타는 도무지 이해할 수 없었다. 가까운 곳에 사는 사람들이야 문제 될 게 없겠지만. 뉴델리만 해도 사정은 달라진다. 돈 많은 브라만이나, 크샤트리아들은 몰라도. 바라나시에서 멀리 떨어진 곳에 사는 가난한 사람들은 왜 굳이 그곳을 가려고 하는지 알다가도 모를 일이었다.

바라나시를 다녀오려면 기차를 이용해도 일주일은 족히 걸린다. 여행 경비도 만만찮아 수년 동안 모은 수입을 통째로 들여야 가능한 일이어서 하층민들은 엄두 내기조차 힘들다. 평생 한 번이라도 갈 수 있으면 시바의 은혜를 톡톡히 입은 사람이라고 외삼촌 샌지 쿠마르 굽타의 말을 들으면 큼 굽타는 어이가 없었다. 하지만, 그토록 가고 싶어 하는 어머니 프레얀카를 바라나시로 여행 보내드리고 싶었다.

"내일까지 알려줘?"

차상철이 짜증을 냈다.

큼 굽타는 그가 짜증 내는 이유를 몰라 멀뚱하게 그를 쳐다보

왔다. 당장 갈 것도 아니면서 대답 먼저 해달라니 무례하다는 생
각이 들었다. 가끔 짜증을 내기는 해도 오늘은 더 심해 보였다.
차상철의 버럭 질에 큼 굽타는 당황했다. 최근 들어 그의 버럭
질이 잦아지는 것 같았다. 그리고 부족한 경비를 보상해주겠다
는 약속을 해놓고 말 뿐이었다. 한 번도 보상해주지 않았다. 다
른 여행사보다 아리랑게스트하우스의 가이드비가 많은 것도 아
닌데, 약속만 하다니 지난번에도 마찬가지였다. 외삼촌 샌지 쿠
마르 굽타의 소개가 아니었더라면 벌써 그만두었을 것이다.
  "야, 큼, 그러고 있으면 어떻게 해, 세차 빨리 끝내야지?"
  "예스, 보스."
  큼 굽타는 승합차 세차를 끝내고 외삼촌 샌지 쿠마르 굽타에
게 전화했다.
  "센지?"
  "큼 무슨 일이냐?"
  큼 굽타의 볼멘소리는 처음 들었다. 불만이 많다는 뜻일 것이
다. 샌지 쿠마르 굽타는 목소리만 들어도 그의 미음을 알 수 있다.
  "샌지, 바라나시에 어머니 모시고 가도 돼요?"
  "큼, 지금 바쁘니 낼 이야기 하자. 미안하구나."
  아버지가 누군지도 모르면서 자란 큼 굽타도 안타까웠지만,
그의 어머니 프레얀카는 굽타 집안에서 쫓겨나 먼지처럼 살았
다. 사랑이 무엇이기에 그녀의 인생과 통째로 맞바꿔 평생을 가
슴앓이하면서 사는지 안쓰러웠다. 그나마 샌지 쿠마르 굽타가

임대 아파트를 넘겨주었기 망정이지 그렇지 않았으면 아직도 공터 천막에서 하루하루 근근이 살아가고 있을 것이다.

"알았어요. 샌지."

큼 굽타의 목소리가 애처롭게 들렸다. 뭐라도 도와주고 싶어 아리랑게스트하우스에 여행 가이드 겸 운전기사로 취업시키기는 했는데, 차상철 사장의 벌이가 신통찮은지 처음 약속과는 달랐다. 딱히 큼이 말하지 않아도 그의 목소리만 들어도 알 수 있었다. 큼은 워낙 신중한 아이라서 여느 인도사람들과는 달랐다. 거짓말은커녕 오히려 진실해 인도에 살아도 인도사람이 아니었다. 차상철 사장은 보기보다 영악해 큼 굽타를 그만두게 할까 생각 중이었는데 이번 기회에 다른 여행사를 알아보는 게 좋을 것 같았다.

"프레얀카?"

샌지 쿠마르 굽타는 오랜만에 누이 프레얀카를 찾았다. 방문까지 할 이유는 없었지만, 건강이 좋지 않다는 큼의 말을 들어 신경 쓰이기도 했고, 바라나시 여행도 상의할 겸 해서였다.

아무 대답이 없었다.

"프레얀카?"

샌지 쿠마르 굽타는 아파트 출입문을 두드렸다. 여전히 대답이 없었다.

"아나슐라?"

조카며느리를 불렀다.

베란다에서 시바에게 기도를 하던 프레얀카는 인기척에 귀를
세웠다.

"오, 샌지? 샌지 맞지?"

오랜만에 들어보는 동생 샌지 쿠마르 굽타 목소리였다.

"예스, 프레얀카."

"오, 샌지, 이게 얼마 만이냐…, 보고 싶었단다."

프레얀카는 늘 죄인이었다. 부모의 뜻을 거스른 것만도 죄인
인데, 아비 없는 아이까지 낳았으니 벌 받아 마땅하다고 생각했
다. 부모를 뜻을 거스른다는 것은 곧 시바를 거스르는 것이었다.

"샌지도 프레얀카가 보고 싶었답니다."

"그래, 어떻게 지내니 샌지?"

"저는 잘 지냅니다만, 프레얀카는 어때요?"

"괜찮단다."

프레얀카는 샌지 얼굴을 보고 싶었지만, 눈앞이 어른거려 제
대로 보이지 않아 눈을 비볐나. 눈물만 찔끔거리고 샌지는 흐릿
하게 보였다.

"샌지 이리 가까이 와다오 볼 수 있게"

프레얀카는 샌지 쿠마르 굽타 얼굴을 더듬었다. 그의 눈가에
눈물이 촉촉이 젖었다.

"울고 있지 않니, 샌지 무슨 일이냐?"

샌지 쿠마르 굽타는 마음이 아팠다. 갖은 고생을 하다 겨우

인도에 돌아왔는데 돌봐줄 사람이 없었다. 그도 아버지 엔 피 굽타 눈치를 보지 않을 수 없어 함부로 도와줄 수도 없었다.

"프레얀카! 바라나시 여행할 수 있겠어요?"

"샌지 바라나시라니, 무슨 말이냐?"

"두세라 축제가 끝나면 저랑 큼이랑 같이 바라나시 다녀옵시다."

프레얀카는 바라나시를 가자는 샌지의 말만 들어도 가슴이 설랬다. 하지만 앞을 볼 수 없으니 소용이 없었다. 게다가 같이 가고 싶었던 사람은 스미스였다. 그에게 꼭 갠지스강의 아름다운 노을을 보여주고 싶었다. 그리고 흐르는 강물을 보고 있으면 어머니 품처럼 편안해진다고 말해주고 싶었다.

"큼만 데리고 가려무나…."

프레얀카는 큼 굽타가 안타까웠다. 아버지를 모른 채 살았으니 오죽할까. 하지만 큼은 아버지를 보고 싶다는 말을 여태껏 한 번도 한 적이 없었다. 그 속이 오죽이나 아플까. 그녀는 마음이 아팠다. 일전에 잠깐 말을 흘리긴 했어도 미안할 뿐이었다.

"네가 어릴 때는 아버지가 데려가 주었단다. 샌지. 기억나니?"

프레얀카의 눈에 이슬이 맺혔다.

"기억나고 말구요, 프레얀카."

샌지 쿠마르 굽타는 항아리에 강가잘(Gangajal/갠지스강 강물)을 떠왔던 기억이 났다.

"큼은 아버지가 없으니 샌지가 좀 돌봐 주렴…."

"…."

샌지 쿠마르 굽타는 대답하지 않았다.

"샌지 이렇게 빈다. 도와다오."

사실, 프레얀카는 갈 수가 없었다. 아나슐라가 안내해 주지 않으면 바깥출입도 어려웠다. 큼 굽타에게 말하지 말라고 그녀에게 당부해 놓았으니 망정이지 큼 굽타가 알기라도 했다면 집안이 시끄러웠을 것이다.

"알았어요. 프레얀카, 큼만 데리고 다녀올게요."

거실 구석에 만들다만 마히사수라 종이 탈이 보였다. 샌지 쿠마르 굽타는 누이 프레얀카가 안타까웠다.

'시바신이시여, 프레얀카 건강을 돌봐 주세요!'

샌지 쿠마르 굽타는 두 손을 모으고 시바신에게 기도했다.

"프레얀카, 내일은 마히사수라 탈을 태울 거죠?"

프레얀카의 아픈 몸을 깨끗하게 낫게 해줄 거라 샌지 쿠마르 굽타는 시바신에게 기도했다.

7,

구르가온 스카이라인이 노을에 지위졌다. 찬드라 사원 첨탑 조명이 하나둘 빛을 발하며 어둠을 부르기 시작하자 코끼리 서너 마리가 찬드라 사원 입구에 도열했다. 금잔화로 화려하게 치장한 코끼리 등에는 칼을 빗겨 든 제사장이 눈을 부라리며, 시바를 지키고 있었다.

사람들은 신전을 향해 길게 줄을 섰다. 한둘씩 신발을 벗어들었다. 제단에 다가갈수록 신발을 벗어든 사람 수가 부쩍 늘었다. 손에는 갖가지 공물도 들었다. 책을 든 사람, 곡식을 든 사람, 아그니(신성한 불/한국의 연등과 비슷함)를 옆구리에 낀 사람, 사람들이 줄지어 서 있었다. 코끼리에 올라탄 제사장들은 신인지 악마인지 구분이 어려운 형상을 물감으로 덧칠했고, 얼굴에는 두르가인지 마히사수라인지 구분조차 어려운 종이 탈과 손에는 창이나 칼이 쥐어져 있었다. 어쨌든, 오늘 밤에는 그 인형들은 죄다 불태워질 것이다. 선善이든 악惡이든…. 그리고 그들은 기뻐서 날뛸 것이다. 선은 반드시 악을 이긴다고.

"미친 것들!"

차상철은 툴툴거렸다.

악을 물리치고 승리하는 신神을 사람들은 환호한다. 도대체 선과 악은 무엇이 다를까. 사람을 죽이면 악이고 죽임을 당하는 사람은 선일까. 의미 없이 사는 사람은 죽어서 새롭게 다시 태어나는 게 마땅한 일일 것이다.

차상철은 축제를 즐기려는 사람들을 둘러보았다. 하나같이 흉측하게 그려진 마히사수라 종이 탈로 얼굴을 가렸다. 뒤를 돌아보았다. 두세라 축제 구경을 나온 아리랑게스트하우스 투숙객들도 그를 뒤따르고 있었다. 탈을 쓰지 않았지만, 손에는 마히사

245

수라 탈을 들었다. 저들의 속내도 선이 이겨야 된다는 생각은 다르지 않을 것이다.

코끼리 한 마리가 넓적한 귀를 펄럭였다. 그때마다 파리 떼가 날아오르기를 되풀이하고 있었다.

정규태가 이죽거렸다.

"차 사장님, 코끼리가 너무 힘든 것 아니에요?"

"⋯."

차상철은 대답하지 않았다.

찬드라 힌두사원을 향한 사람들의 행렬은 끝이 없었다. 늦은 밤에야 겨우 신전 입구라도 도착할 것 같았다. 공연장에서는 연극 공연이 한창이었다. 선이 악을 물리치고 승리한다는 내용일 것이다. 보지 않아도 뻔했다. 해마다 되풀이되는 공연인데도 축제를 즐기려는 사람들은 해를 거듭할수록 많아졌다.

차상철은 생각에 잠겼다. 꽉 다문 입술, 고정된 시선에 눈에는 핏발까지 서 있었다.

'무슨 일이지?'

김민재는 차상철을 힐끗 보았다.

"차 사장님!"

정규태가 차상철을 불렀다. 못 들었는지 그는 대답이 없었다.

'시끄러워 못 들었나?'

정규태가 목소리를 돋웠다.

"차 사장님?"

그때야 차상철은 고개를 돌렸다.

"예, 정 부장님."

"저, 가운데 코끼리 한 번 보세요? 금방 쓰러질 것 같아요."

신전 앞에 도열한 코끼리를 물끄러미 바라보던 차상철의 입가에 희미한 미소가 설핏했다.

"걱정하지 마세요. 안 죽습니다."

정규태는 머쓱했다. 금방이라도 죽을 것 같은데 안 죽다니 틀린 말은 아니었다. 산목숨이 쉽게 죽지는 않을 것이다. 살아 있다고 산 것 또한 아니다. 목숨만 겨우 부지하는 것을 살았다고 말하는 멍청이는 없다. 사람이면 얼마나 인간답게 사느냐일 것이다. 동물은 자연으로 돌아가 그들의 방식대로 동물답게 살아야 한다. 한 끼도 먹지 못해 말라비틀어진 채로 길거리를 배회하며 구걸하는 사람이 인간다울 수 없을 것이다. 그렇지만, 저들은 구차하게 살아도 불평불만이 없는 것을 보면, 시바신의 존재가 얼마나 엄청난가를 짐작하게 했다. 차상철의 말이 모두 옳다고 할 수 없지만, 그렇다고 틀렸다고 말하기도 어려웠다. 정규태는 입을 다물었다.

김민재가 차상철의 뒤를 묵묵히 뒤따르고 있었다. 무슨 연유인지 알 수 없어도 그도 사연이 있어 보였다. 게스트하우스에 틀어박혀 있는 것도 그렇고, 가끔 힐끗거리는 본새는 초조함이 몸에 밴 것 같았다. 그러나 정규태가 찾는 용의자와는 거리가 멀어 보여 관심 밖이기는 했지만 김민재도 용의 선상에 올려놓고 지켜보고 있는 중이었다.

'차라리 저들이 용의자 중의 한 사람이었다면….'

김민재를 용의선상에서 내리지 못하는 이유는 그 또한 의심스럽기 때문이었다.

살인을 저지르고 인도 뉴델리에 나타난 용의자 한태일 그는 어떤 놈일까. 이른 시일 내에 붙잡아야 귀국할 수 있다. 정규태는 가슴이 답답했다.

차상철이 신전 오른편 공연장으로 가고 있었다. 정규태와 김민재도 큼 굽타도 그의 뒤를 묵묵히 따랐다.

공연은 한 참 무르익었는지 여기저기서 박수 소리가 터져 나왔다.

"공연이 끝나가는 것 같은데요?"

사람들의 박수 소리를 미루어 보아 연극공연은 절정에 이른 것 같아 정규태가 한 말이었다.

"돌아갑시다."

차상철이 귀찮다는 듯이 말을 던졌다.

"그렇게 합시다. 내일 새벽에 출발해야 하니 오늘 저녁에는 푹 쉬는 것도 나쁘지 않아요."

별로 구경한 것도 없는데 힘들었다. 관객들과 함께 흥분하다 보면 무엇을 보았는지 기억나지도 않았다. 김민재는 하루라도 즐겁게 보내고 싶었다. 언제 끝날지 모르지만, 그 순간까지 모든 것을 잊어버리고 싶었다. 하루라도 민혜지의 굴레에서 벗어나고 싶었다.

'그래, 돌아가자 오늘 하루라도 푹 쉬자 내일이야 어떻게 되겠지….'

"자 돌아갑시다."

아리랑게스트하우스로 돌아가는 차상철의 뒤를 세 사람은 조용히 각자의 생각에 잠겨있었다.

[햇빛 교회가 맞습니다]

샌지 쿠마르 굽타의 메시였다.

정규태가 주위를 두리번거렸다. 멀리 샌지 쿠마르 굽타가 보였다. 뚱뚱해 둔해 보이지만, 그는 항상 정규태 근처에서 지켜보고 있었다. 샌지 쿠마르 굽타가 말하지 않아도 그의 상사 CP(외사부 경찰국장)의 명령일 것이다. 공조수사에 외국 수사관이 사고라도 나면 인도와 외교 문제로 번질 우려가 다분하기 때문에 용의자 검거도 중요하지만, 외국 수사관이 안전도 중요했다.

[?]

[박영호 전도사가 쫓기고 있는 거 같아요]

[오케이 감 잡았어]

정규태는 주위를 살폈다.

[형사 붙여놓았으니 안심해도 됨]

샌지 쿠마르 굽타가 손을 흔들었다. 정규태를 지켜보고 있는 것 같았다. 그가 있으니 걱정하지 말라는 뜻일 것이다. 손을 짧게 흔들며 차상철을 힐끗 보았다.

차상철이 앞장서서 걸어가고 있었다. 연극 공연이 끝났는지 관중들이 일제히 두 손을 들고 함성을 질렀다. 시바의 아내 두르가가 승리한 모양이었다. 주인공은 늘 승리한다. 사람들은 뻔한 연극 결과에도 환호한다. 그러나 현실은 다르다. 주인공이 반드시 승리하지 않는다. 불길이 치솟아 올랐다. 악의 상징인 마히사수라 탈이 공연장 여기저기서 불타고 있었다. 정규태도 흥분했다. 이유는 알 수 없었다. 승리한다는 것은 언제나 기분 좋은 일이다. 용의자를 검거해 범죄 사실을 입증하면 희열을 느끼지만, 범인을 특정하고 피의자를 검찰에 송치할 때면 반드시 그렇지도 않았다. 게다가 형을 치르고 출소해 제대로 세상을 사는 경우도 있지만, 또다시 범죄를 저지르는 경우가 더 많았다.

'어느 것이 과연 옳은 것인가?'

강물에 아그니(신성한 불)들이 줄지어 떠내려가고 있었다. 장관이었다. 푸른 강물도 아니었고 깊지도 않았다. 그 위를 아그니들이 줄지어 떠내려가는 것을 본 시바가 그들에게 소원을 들어줄 것이다.

'나마스테 시바여….'

정규태는 그들에게 기도했다.

'나마스테.'

차상철이 야무나강(뉴델리를 흐르는 강) 가에 쭈그리고 앉아 그가 만든 마히사수라 종이 탈에 불을 붙여 강가에 띄우며 시바에게 기도하는 모습이 보였다.

8,

모바일폰이 울렸다. +91 1234 3212 인도에서 발신하는 전화
번호다. 정규태의 전화번호를 아는 사람은 샌지 쿠마르 굽타와
박영호 전도사뿐이다.

'이 밤중에 누굴까?'

세수를 하다 말고 정규태는 전화를 받았다.

"경위님, 박영호 전도삽니다."

기대하지 않았던 목소리였다. 3일 전에 그를 만나러 교회 앞
까지 갔지만, 박영호 전도사가 만나기를 거절하는 바람에 눈앞
에서 보고도 만나지 못했다. 정규태는 켜 놓았던 텔레비전을 끄
고 음성 녹음기를 작동시켰다.

"예, 전도사님….."

"오늘 시간은 어떻습니까?"

오늘은 인디라간디국제공항에 샌지 쿠마르 굽타와 잠복근무
하기로 했다.

"괜찮습니다만….."

정규태는 일전의 경우를 생각해 일단 뜸을 들였다.

"저번에는 약속을 지키지 못해 죄송합니다.

"아닙니다. 전도사님."

"제가 교회에 나가서 만날 장소를 메시지로 보내겠습니다."

박영호 전도사 목소리에는 긴장이 잔뜩 묻어 있었다. 무슨 사연이 있는 게 확실했다. 길게 말할 이유가 없었다. 어쩌면 202호 객실에 도청 장치가 있을 수도 있었다. 정규태는 전화기를 들고 객실 구석구석까지 눈을 돌렸다. 그러나 의심 가는 물체는 보이지 않았다. 아무튼 전화를 끊고 박영호 전도사를 만나보는 게 급선무였다. 지난번처럼 마음이 변하기 전에 빨리 만나야겠다는 생각이 들었다.

"그럼요. 몇 시까지 갈까요?"

"제가 바로 메시지를 보낼게요."

박영호 전도사의 목소리로 보아 분명 허둥거리고 있었다.

"알겠습니다."

전화 끊는 소리가 들렸다. 정규태는 녹음 파일을 저장했다. 이 녹음 파일이 법적 근거가 있고 없고가 중요한 게 아니었다. 박영호 전도사를 만나는 게 우선이었다. 나머지는 그다음에 해도 문제 될 게 없었다.

[22:30, 구르가온 메트로 4번 게이트]

4번 게이트라면 10시 이후에는 사람들이 잘 다니지 않았다. 그 시간이면 승객들도 많지 않아 어둡고 으슥한 곳이었다. 정규태는 구르가온 메트로를 시간별로 혼잡도 확인한 바 있어 박영호 전도사 메시지를 받는 순간 소름이 먼저 돋았다.

'삼십 분 남았다.'

정규태는 옷을 주섬주섬 입었다. 빨리 걸으면 십 분이면 충분했다. 객실 열쇠를 주머니에 집어넣고 여권을 뒷주머니에 꽂았다. 그리고 모바일폰을 들었다.

"할로. 미스터 정."

샌지 목소리가 들렸다.

"샌지, 박영호 전도사가 만나자고 해 구르가온 메트로로 가는 중입니다."

"오우, 미스터 정, 알았어요. 지금 바로 구르가온 경찰서 당직실에 연락해 놓을 테니 문제가 있으면 전화하세요."

"오케이 샌지 고마워."

전화를 끊자마자 메시지 도착하는 소리가 들렸다.

'어떻게 하면 차상철에게 의심받지 않고 게스트하우스를 빠져나갈 수 있을까.'

아리랑게스트하우스를 빠져나가는 것도 신경 쓰였다.

"차 사장님."

대답이 없었다.

"차 사장님."

다시 한번 더 크게 불렀다. 역시 대답이 없었다. 현관을 나와 소리 나지 않게 다시 문을 닫았다. 대문을 열고 나와 아리랑게스트하우스를 돌아보았다. 거대한 검은 성이 타지마할처럼 아가리를 벌리고 서 있었다.

아리랑게스트하우스 옥상에서 대문을 나가는 정규태를 바라보던 차상철은 모바일폰을 꺼냈다.

김민재라, 차상철은 고개를 갸웃거렸다. 인디라간디국제공항에서 처음 만났을 때부터 어디서 본 듯한 얼굴이었다. 그가 강수복이 맞을까. 진주에서 직장생활을 했다고 했다. 그런데 김민재라니, 여권에도 분명히 '김민재'라고 적혀 있었다.

'누굴까?'

돈도 없다면서 바라나시 여행이라니, 그것도 의심스러웠다.

'객실료는 낼 수 있으려나?'

김민재의 여권은 분명 새로 만들었다. 어쩌면 그는 '김민재'가 아닐지도 몰랐다. 그렇다면 위조여권일까.

'왜 인도에 왔을까?'

차상철은 204호 출입문에 귀를 갖다 댔다. 잠을 자는지 아무 기척도 없었다.

김민재는 발자국소리에 눈을 떴다. 그는 발자국소리를 따라 귀를 움직였다. 문 앞으로 섬섬 다가오더니 뚝 멈췄다. 온몸에 식은땀이 흥건했다.

'누굴까?'

설마 차상철이 감시하는 것일까. 가슴이 콩닥거렸다. 발걸음 소리가 계단을 내려가고 있었다. 김민재는 객실 문을 살며시 열었다. 계단을 내려가는 사람은 분명히 차상철의 뒷모습이었다.

'무슨 일일까?'

차상철은 생각에 잠겼다. 김민재 정보를 샌지 쿠마르 굽타에게 넘겨줘야 할 것 같았다. 그가 게스트하우스에 온 지도 열흘이 넘었는데 지난번에 넘겨줬던 정규태 정보 한 건밖에 없었다. 그가 찾는 용의자와는 거리가 멀어 보여도 일단 넘겨주기만 해도 체면은 차릴 수 있었다.

[204호, 김민재, 1962, 위조여권]

차상철은 샌지 쿠마르 굽타에게 메시지를 보냈다.
[탱큐, 미스터 차]
'박영호 전도사는 어떻게 하지….'
죽여 버리는 게 후환이 없을 것 같았다. 한국에서 온 전도사가 인도에서 전도하다가 힌두교도 돌에 맞아 죽었다고 한들 대단한 뉴스거리도 아니었다. 어두운 골목으로 끌고 가 쇠망치 한 방이면 끝낼 수 있다. 3백 달러면 충분하다. 힌두교도를 이용하면 생각보다 쉽게 흔적도 없이 없애버릴 수 있다. 차상철은 입맛을 다셨다. 그쯤에서 그만둘 일이지 전도사 따위가 그를 추적하고 다니다니 그렇다고 저승 갈 것도 아닌데, 개죽음을 자초하는 것 같았다.
'전도사 목은 두 개라도 되나? 미친놈!'
박영호 전도사를 없애야 할 것 같았다. 차상철은 희미하게 웃었다. 순애가 차상철의 정체를 알았을까? 생각해 보니 돌아올 때가 됐는데 그녀는 아직까지 연락 한번 없었다.

'어떻게 된 일일까?'

차상철은 순애에게 전화했다. 신호는 가는데 받지 않았다. 설마…. 장롱서랍에서 떨어졌던 여권이 기억났다.

여권 속 사진을 순애가 봤을까. 그리고 박영호 전도사에게 말했을까. 그렇다면, 그의 정체가 이미 탄로 났을 수도 있었다. 어쨌든 박영호 전도사가 문제인 것 같았다. 그냥 두고 볼 일이 아니었다. 정규태가 게스트하우스를 나가는 게 안방 모니터에 잡혔다.

'음….'

차상철은 입술을 잘근잘근 씹었다. 어떤 일을 결행할 때 하는 버릇이었다. 그는 모자를 깊숙이 눌러쓰고 지름길로 구르가온 메트로 역으로 향했다. 박영호 전도사가 들어오는 길목 반대편에서 마스크를 꺼내 섰다.

구르가온 메트로 4번 게이트에서 정규태가 서성거리는 게 보였다.

차상철이 예측한 대로였다. 그는 가로수 뒤로 몸을 숨겼다.

박영호 전도사가 주위를 살피더니 주춤거리며 비실비실 뒷걸음질 쳤다. 차상철을 발견한 것 같았다.

'눈치챘겠지….'

이쯤 하면 충분했다. 죽고 싶지 않으면 알아서 하겠지….

'나쁜 영감탱이.'

차상철은 메트로 전철역 안으로 들어갔다.

정규태가 주위를 살폈다. 4번 게이트, 그러나 박영호 전도사는 오늘도 바람을 맞히려는지 나타나지 않았다. 전화를 걸었다. 모바일폰이 꺼져있었다.

'노출된 것일까?'

누군가 감시한다는 느낌에 온몸의 정규태의 말초신경이 곤추 섰다. 주위를 둘러보았다. 그러나 의심할만한 사람은 포착되지 않았다.

'어떻게 된 일일까. 또 나타나지 않다니…!'

정규태는 참을 수가 없었다. 이유가 뭔지 몰라도 번번이 바람을 맞히는 박영혼가 하는 전도사도 웃기는 사람이었다. 그의 말 한마디로 수천 킬로를 날아 인도까지 왔는데 번번이 바람을 맞히다니 전도산지 뭔지 영감을 먼저 체포해 허위신고로 고발이라도 해야 할 것 같았다.

'감히, 외사부 경찰을 우롱하다니….'

정규태는 머리끝까지 화가 치밀었다.

"나쁜 놈."

입술을 잘근잘근 깨물며 돌아서려는데 5번 게이트로 잽싸게 들어가는 사내와 눈이 마주쳤다. 사내는 황급히 승강장으로 올라갔다. 정규태도 5번 게이트 승강장이 있는 2층으로 뛰어 올라갔다. 출입문이 닫히면서 메트로가 출발했다. 차창에는 모자챙을 깊숙이 눌러쓴 사내가 창밖을 내다보고 있었다.

'저놈일까?'

정규태는 빠르게 지나가는 메트로를 멀거니 보기만 했다.

5부, 갠지스강

1,

맑았다. 맑아도 너무 맑아, 인도에서 깨끗한 하늘을 볼 거라
생각해 보지 못했다. 구르가온과는 너무 달랐다. 네댓 시간 달려
왔을 뿐인데, 이렇게 맑은 하늘과 넓은 들판을 볼 수 있다니….
남산 타워에서 내려다보이는 김포평야가 생각났다. 인도의 넓은
평원과는 비교할 수 없지만, 한강 언저리에 조붓하게 눌러앉은
들판이 그리웠다. 이제는 돌아가고 싶어도 못 가는 곳이나. 심민
재는 문득, 서울 하늘이 그리웠다. 여태까지 혜지가 연락하지 않
는 것을 보면 제대로 사기를 당한 것 같았다. 아무리 위급한 상
황이라도 모바일 메시지는 보낼 수 있었을 것이다.

'나쁜 년….'

모바일폰 추적을 걱정하는 것일까. 캐리어 모서리마다 매달
았던 달러도 가짜, 외환 비자카드도 가짜, 차명계좌도 엉터리일

게 뻔했다. 혜지가 작정하고 사기를 친 것 같았다.

야자수가 듬성듬성 서 있는 고속도로에 차들이 가득 찼다. 서울이나 인도나 낯설지 않은 풍경이었다. 바라나시로 가는 고속도로도 다르지 않았다.

'바라나시…!'

죽음의 도시일까 희망의 도시일까, 김민재는 참으로 오랜만에 가슴이 두근거렸다. 프레얀카가 함께 가자고 했던 곳이다. 갠지스강 일몰은 어떨까, 어쩐지 슬플 것 같았다.

정규태가 조급증이 났는지 승합차 안의 침묵을 깼다.

"큼, 언제 풀리지?"

큼 굽타는 빙그레 웃었다.

"조금만 기다리면 풀립니다."

인도사람의 '조금'은 십 분인지 한 시간인지 아니면 하루인지 도무지 종잡을 수 없었다. 샌지 쿠마르 굽타를 보면 알 수 있었다. 그에게 '조금'은 이삼일이다. 정규태는 그를 통해 '조금'이라는 의미를 이미 학습되어 있어, 큼의 '조금'도 다르지 않을 거라 짐작했다.

"조금, 몇 시간?"

정규태가 큼 굽타를 다그쳤다.

"경찰도 저렇게 멍청하게 서 있는데, 큼 굽타라고 다른 방도가 있겠습니까?"

차상철이 끼어들며 정규태 비위를 슬쩍 건드렸다.

소들이 도로 가운데에서 이리저리 날뛰고 있었다. 생각 같아서는 당장 차에서 뛰어 내려 도로에서 몰아내고 싶었다.

"어이구….."

정규태는 머리털을 쥐어뜯었다. 삐쩍 마른 궁둥이는 며칠을 굶었는지 흉측한 몰골로 어슬렁거리는 소 새끼들이나 보고 있으니 미쳐버릴 것 같았다. 회초리로 소떼를 도로에서 몰아낼 수도 없고, 차 안에서 마냥 낑낑대기만 하고 있으니, 게다가 용의자도 확보하지 못하고 바라나시나 여행이라니 한심하다는 생각이 들었다. 도대체 이번 사건은 처음부터 황당한 일만 발생했다.

'니미럴!'

이러지도 저러지도 못하고 정규태는 배꼽에서 울화통만 치밀어 올라 한숨만 푹푹 내쉬었다.

"조금만 더 참읍시다."

바라나시 여행을 주선했던 게 미안했던지 차상철이 뒤통수를 긁적거렸다. 바라나시로 가는 고속도로가 밀리기는 해도 이처럼 꽉 막히지는 않았다. 아무래도 된통 걸린 것 같았다.

"어이구, 미치겠다."

정규태가 온몸을 비비 틀었다.

"보스, 한 시간 정도면 알라하바드 휴게소에 도착합니다. 그 곳에서 잠깐 쉬어가는 게 어떻겠습니까?"

큼 굽타가 조수석으로 고개를 돌리며 차상철의 의견을 물었다.

"어떻습니까? 휴게소에서 쉬었다 가는 게….."

차상철이 고개를 뒤로 젖혀 뒷좌석의 정규태와 김민재의 의견을 물었다.

김민재가 고개를 끄덕거리며 정규태를 바라보았다.

"그렇게 합시다."

정규태도 마지못해 대답했다. 저놈의 소 새끼들이 고속도로에서 가운데에서 한가하게 노는데 한 시간이면 휴게소에 도착한다니, 도대체 말도 안 되는 소리였다. 큼 굽타야 그렇다 쳐도 차상철도 인도사람이 다 된 것 같았다. 하긴, 인도에서 사업을 할 정도면 그들의 뱃속까지 훤히 들여다봐야 할 것이다. 속이 부글거렸다. 그렇다고 큼 굽타를 나무랄 일도 아니어서 그러자고 한 것뿐이었다.

"인도에서 소는 신입니다. 모디(나렌드라 모디, 인도 수상)가 오더라도 소를 고속도로에서 몰아내지 못할 겁니다."

차상철이 정규태에게 엄포를 놓았다. 외국 관광객이 농장이나 도로를 넘나드는 소에게 매질을 했다가 주민들에게 봉변을 당했다는 뉴스는 인도 포털 사이트에서 흔하게 볼 수 있다. 과격한 주민들을 탓하겠지만, 인도사람들은 모바일폰이나 안방에서 컴퓨터로 인터넷을 보며 당연하다는 생각을 할 것이다.

'로마에 가면 로마법을 따라야지….'

정규태가 무슨 생각을 하는지 모르지만, 그의 시건방진 행동을 보고 있으면 차상철은 울화통이 치밀었다. 그렇다고 욕을 할 수도 없었다.

'니미럴!'

지난밤에 정규태가 박영호 전도사를 만나기 위해 구르가온 메트로 역에 간 것을 차상철은 알고 있었다. 게스트하우스로 오라면 될 것을, 굳이 다른 곳에서 그것도 비밀스럽게 만나려고 하다니. 아무래도 무슨 꿍꿍이가 있어 보였다. 그리고 박영호 전도사는 왜 그를 피하려느지 짐작이 갔다. 순애가 귀국한 뒤로 전화를 받지 않는 것과 관련이 있을 것이다. 게스트하우스를 개업하려고 바라나시를 청산하고 구르가온으로와 처음 들렀던 곳이 햇빛교회였다. 순애도 박영호 전도사가 소개해 줬던 그가 슬금슬금 피하는 의도가 무엇인지 몰라도, 우연이라 하기에는 너무 재수 없는 놈이다.

'하나님 전도나 할 것이지….'

매달 첫 번째 주 토요일에 아리랑게스트하우스에서 구역예배는 드렸는데, 순애가 귀국해서인지 이번 달에는 구역예배를 보자는 말도 없었다. 지난주에는 샌지 쿠마르 굽타가 투숙해 그의 객실 배정 문제로 주일 예배에 참석하지 못해서인지 몰라도 슬슬 피하는 것 같아 차상철은 언짢았다.

'마음이 상했나?'

박영호 전도사, 차상철은 부아가 치밀었다. 다달이 갖다 바치는 십일조가 얼만데…. 늙은 영감탱이가 예배에 몇 번 빠졌다고 신경 쓰이게 만들다니. 십일조가 아깝다는 생각이 들었다. 신분 노출이 우려되어 교민들의 입막음을 하자는 방편이었지만 차상철에게 하나님은 애초부터 없었다.

"아이고 미치겠네, 그러니까 거지처럼 살지."

정규태가 참을 수 없었던지 또 한마디 거들었다.

차상철은 대꾸하지 않았다. 해봐야 뻔한 말. 사실, 몇 마디 말을 더한다고 분위기가 달라질 것 같지도 않았다.

꼼짝하지 않을 것 같았던 소들이 도로 밖으로 벗어나고 차들이 조금씩 앞으로 움직이기 시작했다.

"아이고, 이제야 힌두 신들이 움직이네."

정규태가 환호했다. 창밖을 보고 있던 김민재도 움직이는 차들을 보았는지 찌푸렸던 얼굴에 웃음이 번졌다.

"한 시간 정도면 알라하바드 근처 휴게소에 도착할 겁니다. 조금만 더 참읍시다."

"예, 그렇게 하시죠."

김민재가 대답했다. 그의 목소리는 여전히 가라앉아 있었다.

정규태는 온몸을 비틀었다. 그의 급한 성격 탓도 있을 것이다. 말없이 앉아있던 김민재도 답답했던지 손을 아래위로 움직이며 몸을 비비 틀더니 결국 손깍지를 목에 걸고 뒷좌석에 등을 기댔다.

'한국이 어디에 있는 나라야?'라고 묻던 프레얀카 말이 언뜻 떠올랐다. 비록 죄를 짓고 인도로 도망 온 빈털터리지만, 한국사람의 자존심은 지키고 싶었다.

"미스터 큠, 한국말은 어디서 배웠어?"

"저 말씀입니까?"

큼 굽타가 백미러로 김민재를 보았다.

"예스."

"샌디에이고에 살 때 미스터 유라는 한국 유학생에게 배웠습니다."

"그랬군요."

"어머니가 한국말을 배우라고 해서 열심히 배웠는데 아직 많이 모자랍니다."

큼 굽타의 공손한 대답이 김민재는 마음에 들었다.

"발음이 정말 좋아요."

큼 굽타가 샌디에이고에 살았다니. 김민재는 그도 모르게 가슴이 쿵쿵거렸다.

"인도사람 아니세요?"

"예, 맞습니다."

"그런데 샌디에이고에는 어떻게?"

"샌디에이고에서 태어났습니다."

"그러면, 아메리칸·인디언?"

"예, 김 선생님."

"아이고, 미안합니다."

쓸데없는 질문을 한 것 같아 정말 미안했다.

"아닙니다. 좋게 봐줘서 되레 고맙습니다. 선생님."

한국말을 잘한다는 게 쉽지 않았다. 오래전 기억이지만, 영어

발음을 듣고 도무지 무슨 말인지 알아들을 수 없다며 입술 모양을 일일이 지적해주면서 깔깔거리던 프레얀카 기억이 어렴풋이 떠올랐다. 한국말 발음은 정말 쉽지 않다. 김민재가 그녀에게 가르쳐준 한국말은 겨우 '안녕하세요.'라는 단어밖에 기억나지 않았다. 그런데도 또박또박 말하려는 큼 굽타의 입술 모양을 보고 있으면 오래전 프레얀카도 발음이 어려웠던지 입술을 오므리던 기억이 떠올랐다.

'프레얀카는 무슨 생각을 하면서 그의 발음 교정을 해 줬을까?'

큼 굽타가 붉은색 만년필을 들어 보이며 말했다.

"며칠 전에 어머니가 이 만년필을 제게 줬어요. 샌디에이고 파라다이스 쇼핑센터에서 샀다는데, 너무 오래된 거라서 잉크가 다 말랐어요."

김민재는 큼 굽타가 한 손으로 들어 보이는 만년필을 바라보았다. 붉은색에 금장 클립 몽블랑 만년필이라는 것을 금방 알 수 있었다.

"몽블랑 만년필 아네요?"

"예쁘죠?"

"예쁜데요. 한 번 봐도 될까요?"

김민재는 큼 굽타가 보여준 만년필이 궁금했다.

"그러세요."

큼 굽타가 넘겨준 만년필을 김민재는 받아 들었다. 독일산 몽블랑 만년필이었다. 정확한 기억은 없지만, 프레얀카에게 선물

했던 만년필과 같은 모델이었다. 오래된 모델이라 제작사에 연락해도 찾기 힘든 골동품이었다.

"예쁘네요."

만년필 뚜껑을 열었다. 펜촉이 누렇게 변해있었다. 김민재는 손바닥에 글씨를 써 보았다.

〈프레얀카 프리야드시니〉

잉크가 말랐는지 손바닥에 하얀 자국을 남겼다가 금방 사라졌다.

"잉크 넣은 지 오래됐네요."

김민재는 만년필을 햇빛을 향해 들었다. 붉은색 쉘과 금장 클립이 아름다웠다. 김민재는 큼에게 돌려주며 길게 한숨을 쉬었다.

"며칠 전에 어머니가 주신 걸 받아 두기만 했습니다."

"그랬군요."

큼 굽타는 자랑스러운 듯 만년필을 셔츠 앞주머니에 꽂았다.

"이번 여행에서 돌아가면 잉크를 넣어 어머니에게 돌려드릴 생각입니다."

"어머니가 준 선물인데, 고맙게 받아야죠!"

"아끼시는 것 같아서요…."

'프레얀카….'

김민재는 슈터 안주머니에 꽂아 놓은 만년필을 만지작거렸다.

"김 선생도 미국에 가본 적이 있습니까?"

차상철이 끼어들었다.

"아, 예…. 어릴 때요, 샌디에이고에서 유학한 적이 있습니다."

김민재는 멋쩍은지 머리를 긁적거렸다.

"와, 김 선생님도 미국에 가보셨어요?"

소 떼 때문에 날카로웠던 신경이 가라앉았는지 정규태가 말참견했다.

"예, 아주 어릴 때요…."

'나마스테, 프레얀카.' ─지금 이 순간도 당신을 사랑하고 감사합니다.

김민재의 눈은 차창 밖에 머물러 있었다.

2,

"샌지, 큰일 났어요. 프레얀카가 숨을 쉬지 않아요?"

아나슐라 목소리가 숨이 넘어갔다. 모바일폰을 귀에 댄 채 샌지 쿠마르 굽타는 벽시계를 바라보았다. 열 시를 막 지나고 있었다.

"아나슐라, 무슨 일이냐? 프레얀카가 숨을 쉬지 않다니?"

"으흐흑, 샌지 어떻게 하면 좋아요!"

큼 굽타는 이른 새벽에 게스트들과 바라나시로 출발했을 것이다. 샌지 쿠마르 굽타도 그들과 함께 바라나시로 갈 예정이었는데, 아내의 투정으로 함께 가지 못했다. 두세라 축제가 끝나서 가 아니라 정규태 경위와 이번 수사에 호흡을 제대로 맞추고 싶었다. 프랑스 리옹에서 두어 번 열리는 ICPO (International Criminal Police Organization/국제형사경찰기구) 회의가 있을 때 만나기는 했어도 국제 공조수사는 이빈이 처음이었다. 지난번 구르가온 메트로 역에서 용의자 검거를 실패한 원인도 정규태와 각기 다른 수사 방법 때문이라는 것을 서로 확인했다. 한 번 정도는 마음 터놓고 수사 방법에 대한 의견을 교환할 필요가 있었다. 한국과 국제범죄협약을 했다고는 하지만, 나라마다 수사 방법도 달랐고 이번 사건처럼 용의자를 검거하기 위해 형사를 파견하는 것도 이례적인 일이라 호흡도 맞출 겸 해서였다. 그런데 아내의 투정으로 같이 출발하지 못한 게 아쉬웠다.

"아나슐라. 마음을 가라앉히고 침착하게 말해줄 수 있겠니?"

"예스, 샌지."

아니슐라는 다시 울먹거렸다.

아무래도 프레얀카에게 무슨 일이 있는 것 같았다. 지난번 들렀을 때는 숨이 가빠 보여도 당장 문제가 될 것 같지 않았다.

"아나슐라 침착해야지!"

샌지 쿠마르 굽타는 아나슐라를 안정시키는 게 먼저였다.

"프레얀카가 갑자기 넘어지더니 일어나지 못해요. 호흡도 일정하지 않고 거칠어요. 샌지 도와주세요. 무서워요."

"아나슐라 내 말 잘 들어. 알았어? 일단 프레얀카 호흡을 도와줘, 두 손으로 가슴을 누르고 숨소리에 맞춰 눌렀다 떼기를 반복해 알아들었어?"

"예스, 샌지."

아나슐라의 목소리가 차분해지고 있었다.

"곧장 갈 테니. 시킨 대로 잘하고 있어, 알았지?"

큼 굽타가 바라나시를 가기 위해 19번 고속도로로 진입했다면 지금 시간이면 아그라를 지나 칸푸르 주 경계를 지나고 있을 것이다. 축제가 끝난 뒤라 뉴델리를 빠져나가는 데도 대여섯 시간은 걸렸을 거고…. 큼이 뉴델리로 돌아오기에는 너무 늦어 보였다.

샌지 쿠마르 굽타는 다시 벽시계를 보았다. 시간을 지체하면 안 될 것 같았다.

"아나슐라 시킨 대로 하고 있어, 내가 곧 갈게."

"예스, 샌지."

두세라 축제가 끝나면 가족들과 함께 뭄바이 공항에서 멀지 않는 포와이 호수로 휴가를 갈 참이었다. 샌지 쿠마르 굽타는 급히 집을 나와 차를 몰았다. 이십 분이면 프레얀카 집까지 충분히 도착할 수 있을 것 같았다.

"아나슐라!"

전화를 받지 않았다. 샌지 쿠마르 굽타는 아파트로 뛰어 올라갔다.

"아나슐라, 아나슐라!"

아파트 출입문이 열렸다. 아나슐라는 거의 정신이 나가 있었다.

"어떻게 됐니?"

"샌지, 시키는 대로 했는데, 프레얀카가 깨어나지 않아요?"

프레얀카는 조용히 누워 있었다. 건지를 고에 갖다 댔다. 숨소리가 가늘었다. 샌지 쿠마르 굽타는 그녀의 입에 숨을 불어 넣고 가슴을 눌렀다. 그때야 숨이 트이는지 눈을 떴다.

"프레얀카?"

"오, 샌지 왔구나!"

프레얀카가 실눈을 떴다.

"아나슐라 프레얀카 옷가지를 준비해 뒤따라오너라."

샌지 쿠마르 굽타는 프레얀카를 그의 승용차에 태우고 비상등과 사이렌을 울렸다.

"아나슐라, 빨리 타."

샌지 쿠마르 굽타는 뉴델리 경찰병원 응급실로 차를 몰았다.

"샌지, 프레얀카는 당뇨성 급성 심장병입니다. 조금만 늦었으면 큰일 날 뻔했어요."

의사는 담담하게 말했다.

"예, 선생님."

샌지 쿠마르 굽타는 가슴을 쓸어내렸다.

"오래 견디지 못할 겁니다."

샌지 쿠마르 굽타는 가슴이 덜컥 내려앉았다.

"선생님 무슨 말씀을…."

"조용히 보내 주세요. 그리고 시바에게 기도하는 게 프레얀카
도 훨씬 좋아할 겁니다."

"선생님, 그래도…."

"이 약을 먹이세요. 그러면 일주일은 버틸 수 있을 겁니다. 아
니면 묵티 바반(Mukti Bhavan/구원의 집)으로 가서 조용히 보
내 주시던지…."

희망이 없다는 뜻이었다. 샌지 쿠마르 굽타는 가슴이 아팠다.
어릴 때부터 영리했던 누이였다. 아버지 엔 피 굽타도 프레얀카
를 유독 예뻐했다. 인도에서 여자로 태어난다는 것은 불행이었
다. 아버지에게 들은 이야기지만, 영리하고 예쁜 딸 프레얀카를
인도에서 여자로 살게 하고 싶지 않았다고 했다. 그래서 그녀를
미국으로 유학 보냈고 그는 한국으로 유학 보냈다. 그때는 아버
지가 못마땅했다. 아들인 그에게는 한국이고 누이 프레얀카를
미국으로 유학을 보내다니. 하지만, 프레얀카는 워낙 영리했다.
아버지의 결정을 수긍할 수밖에 없었다. 결국, 아버지의 선택이
프레얀카에게는 불행이었다.

"바라나시로 여행가요. 프레얀카."

프레얀카의 숨소리는 가늘었다.

"샌지, 그만두세요."

프레얀카가 그토록 가고 싶어 했던 바라나시, 아니 갠지스강으로 데려다주고 싶었다. 이번 생에서 이루지 못한 슬픈 사랑을 다시 태어나면 반드시 이룰 수 있게 갠지스강에서 소원이라도 빌 수 있게.

"일주일이라…."

일주일밖에 살 수 없다는 의사의 말이 야속하게 들렸다. 하지만, 다른 방법도 의사의 소견을 부정하기에는 너무 늦었다.

'나쁜 놈.'

한 여자의 삶을 송두리째 망가뜨린 스미스 큠을 한국 경찰과 대학 동기들을 통해 수없이 알아보았으나 찾을 수가 없었다. 그에 대한 정보가 너무 부족해 누이 프레얀카를 위해 샌지 쿠마르 굽타가 할 수 있는 일은 아무것도 없었다,

"아나슐라, 프레얀카가 바라나시로 여행할 수 있게 준비해 주겠니?"

"예스, 샌지."

아나슐라가 흰색 촐리(배꼽을 드러내는 인도 여자 전통 의상)와 붉은색 사리(힌두 기혼여성의 전통 평상복)를 프레얀카에게 곱게 차려 입혔다.

샌지 쿠마르 굽타는 프레얀카를 달랬다.

"프레얀카, 샌지와 함께 바라나시로 여행가요. 그리고 갠지스강에도 가 봐요."

"…."

프레얀카는 말이 없었다.

"프레얀카 조금만 기다려요."

샌지 쿠마르 굽타는 집으로 돌아와 가족여행 일정을 모두 취소했다. 아내에게 뭄바이 여행은 다음에 갈 거라 말했다. 아내의 입이 불쑥 튀어나왔다. 그는 눈을 부릅떴다.

"알았어요, 샌지 다음에 가요."

아내는 말없이 고개를 숙였다.

샌지 쿠마르 굽타는 간단하게 짐을 꾸렸다.

3,

'알라하바드 휴게소'라 쓴 이정표가 영어와 힌두어로 보였다. 5백 미터 전방, 힌두어 아래에 쓰인 영어 표기된 '알라하바드' 발음하기도 사나웠다.

"휴게소에서 쉬었다 가겠습니다."

큼 굽타가 휴게소 입구로 승합차를 진입시켰다. 휴게소 입구부터 관광객들이 무질서하게 붐볐다. 승합차가 주차장에 도착하자마자 정규태가 살았다는 듯 기지개를 켜며 먼저 내렸다. 뒤이어 차상철이 내리고 마지막으로 김민재가 내렸다.

휴게소 입구에 사람들이 빼곡히 몰려 있었다. 정규태가 그들 사이를 비집으며 고개를 디밀었다. 사람들이 비명을 질렀다. 코

275

브라가 목을 꼿꼿이 세워 금방이라도 독을 쏟아낼 것처럼 혀를 날름거렸다.

"어이쿠!"

정규태가 깜짝 놀라며 호들갑을 떨었다.

비쩍 마른 노인은 엄지와 검지로 코브라 목을 죄며 가느다란 팔을 앞으로 불쑥 내밀며 관광객을 유혹하고 있었다. 무르팍에 놓아둔 상자에서 환약이 든 비닐봉지를 꺼내 들더니 무어라 중얼거렸다. 사라는 뜻일 것이다.

목덜미를 납작하게 곤추세운 코브라는 송곳니를 드러내고 누런 침까지 질질 흘리며 연신 혀를 날름거렸다. 자칫 한눈을 팔았다가 낭패당하기 딱 알맞았다.

정규태는 코브라가 신경 쓰이는지 눈살을 찌푸렸다.

"정 부장님!"

차상철이 정규태를 불렀다.

"예, 사장님."

정규태는 그때야 정신이 들었던지 고개를 돌렸다.

"저 가운데 빌딩으로 들어가시면 됩니다."

차상철은 정면에 보이는 가운데 건물을 가리켰다.

건물은 세 동이었다. 오른편 건물은 인도를 상징하는 코끼리 인형, 원숭이 인형, 그리고 데코레이션이 많은 것으로 보아 기념품 상가 같았고, 왼쪽 건물에는 울긋불긋한 옷감과 옷들이 전시된 것으로 보아 인도 전통의상 상가로 보였다. 가운데 건물은 음식점들이 즐비했다. 쇼핑하다 지치면 먹을 수 있게 만들어진 관광객들을 위한 기념품 상가였다.

"아이고, 더러워."

휴게소 입구에 쌓인 쓰레기 더미를 보았는지 정규태가 얼굴을 찡그리며 호들갑을 떨었다.

차상철이 정규태를 힐끗 보았다. 못마땅했다. 뭐하던 놈이기에 쓰레기 더미를 보고 얼굴을 찡그리다니.

"이쪽으로 따라오세요."

정규태를 본체만체 차상철은 김민재를 휴게소로 안내했다.

"미스터 큼 굽타 따라오지 않고 뭐 해요?"

김민재가 머뭇거리는 큼 굽타에게 말했다.

"아닙니다. 저는 여기서 대기할게요."

큼 굽타가 끼어서는 안 될 자리였다.

"김 선생 빨리 오세요."

차상철이 역정을 냈다.

큼 굽타는 승합차로 돌아갔다.

'함께 식사를 해도 될 텐데….'

운전기사를 혼자 남겨두고 가다니…. 음식이 넘어갈 것 같지 않았다. 김민재는 차상철이 지독하다는 생각이 들었다.

정규태는 앞서가는 차상철의 옆모습을 설핏 보았다. 익숙했다.

'어디서 봤지…? 용의자 사진?'

정면으로 봤을 때는 용의자 사진과 전혀 달랐는데, 차상철의 옆모습은 너무 닮았다.

'또 어디서 봤지?'

구르가온 메트로 5번 출구를 들어가던 사내의 모습이 언뜻 머리를 스쳤다.

'설마….'

정규태가 아리랑게스트하우스를 빠져나갈 때 차상철은 분명히 게스트하우스에 있었다. 몇 번을 불러도 대답하지 않았다. 그러나 분명 그의 방에는 전등불이 켜져 있었다. 전기세가 아깝다는 말을 하지 않아도 늦은 밤에 계단을 오르내리면 전등불을 단속하는 것을 여러 번 보았다. 그런데 사람도 없는 방에 불을 켜 놓고 외출했을 리 없었다.

"이쪽으로 들어오세요."

상가 내부에는 기념품들이 손님을 기다리고 있었다. 울긋불긋하게 채색한 동물 인형들이었다. 원숭이 인형, 코끼리 인형, 조잡하기 이를 데 없는 유기 인형들이었다.

"오랜만에 인도 음식 먹어 볼까요?"

차상철이 인도 음식을 추천했다.

"그럽시다."

정규태가 거들었다.

"달과 로티가 괜찮은데?"

"달이 뭐로 만든 겁니까?"

김민재가 차상철을 보면 물었다.

"둘 다 콩으로 만든 것인데, 콩 껍질을 벗기지 않은 채 요리한 것을 칠케 달이라고 하고요. 콩 껍질을 벗기고 반으로 자른 것을 둘리 달이라고 합니다."

차상철의 설명은 장황했다. 인도에 오랫동안 머물렀으니 그럴만했다.

"밥과 로티(인도식 밀가루로 만든 빵)가 있는데, 곁들여 먹어야 제격입니다만…."

"로티를 얹어 주세요."

정규태가 로티를 주문했다. 지난번 프랑스 리옹 인터폴 회의에 갔을 때 샌지 쿠마르 굽타에게 인도식 요리를 대접받은 적이 있었다. 차상철의 상술이 뻔히 보여 다른 음식을 시키고 싶어도 인도 음식을 아는 게 란과 로티밖에 없었다.

"저도 로티로 하겠습니다."

김민재는 엉거주춤 정규태를 따라 로티를 시켰다. 사실, 칠케 달이 뭔지, 둘리 달이 뭔지 김민재는 관심이 없었다. 마지막 여행일지도 모르는데, 칠케 달이면 어떻고 둘리 달이라고 달라질 것도 없었다. 차상철의 말대로 재료가 콩이라고 하니 그저 먹을 만하겠다고 생각했을 뿐이었다.

"칠케 달은 몹시 거칠 텐데요?"

정규태와 김민재를 번갈아 바라보며 차상철이 말했다.

"…."

"걱정하지 마세요. 한 번 먹어보겠습니다."

정규태는 용감하게 대답했다.

음식이 테이블에 올려졌다. 유황 냄새가 코를 자극했다. 생전 처음 맡는 얄궂은 냄새였다. 달은 인도 사람들의 주식이라고 했다. 프랑스 리옹에서 샌지 쿠마르 굽타와 먹었을 때와 맛이 턱없이 달랐다. 역한 냄새가 코를 찔렀다. 정규태가 코를 움켜쥐고 바깥으로 나갔다.

"…?"

김민재도 접시에 코를 갖다 댔다. 익숙하지는 않아도 먹을 수 있을 것 같았다. 오라나 호텔 레스토랑에서 맡았던 냄새와는 또 다른 냄새였다. 처음 먹는 음식인데도 거북스럽지 않았다. 그는 코를 막고 바깥으로 나가는 정규태의 뒷모습을 멀거니 바라보며 중얼거렸다.

"괜찮은데…."

정규태의 호들갑을 이해할 수 없었다. 한 끼 먹으면 그만일 텐데 굳이 이것저것 까탈 부릴 필요가 없었다. 입맛에 맞지 않더라도 참아두면 좋을 텐데, 유난을 떨어 주위 사람들의 눈살을 찌푸리게 하는 정규태가 오히려 민망해 보였다.

"괜찮습니까?"

정규태가 차상철과 김민재를 바라보며 얼굴을 찡그렸다.

"괜찮은데요."

김민재가 별나기도 하다는 듯 정규태를 바라보았다.

정규태는 여전히 코를 움켜쥐고 있었다.

차상철의 눈은 여전히 정규태를 감시하고 있었다.

'도대체 뭐 하는 놈일까?'

정규태의 행동을 일일이 눈여겨보았다.

정규태도 마찬가지였다.

"자 갑시다. 다른 팀들도 모두 출발하네요?"

차상철이 자리에서 일어났다.

코브라로 요술을 부리던 삐쩍 마른 노인이 여전히 그 자리에
앉아 손님들에게 비닐봉지에 든 환약을 팔고 있었다. 코브라가
그의 몸을 칭칭 감았다. 코브라가 조금만 힘을 써도 노인은 숨통
이 끊어질 것 같았다. 노인의 얼굴이 붉다 못해 검붉게 변해가고
있었다.

"차 사장님, 저러다가 저 노인 죽겠습니다!"

김민재가 차상철을 돌아보며 말했다.

"모른 척 그냥 갑시다."

차상철은 단호하게 말했다.

노인이 죽을지도 모르는데 그냥 지나가다니….

"아니, 차 사장님?"

"어떻게 하려고요?"

차상철이 인상을 찌푸렸다.

사실, 정규태도 어떻게 해야 할지 방법이 있었던 것은 아니었
다.

"그래도, 차 사장님…."

"큼 굽타, 차 대기 시켜!"

차상철은 더는 머물 수 없다는 듯이 단호하게 큼 굽타에게 지시했다.

"예스, 보스."

큼 굽타가 주차장으로 달려가는 모습이 보였다.

차상철이 조수석으로 먼저 올라탔다. 뒤이어 김민재가 승용차에 오르고 정규태는 그래도 안타까운지 엉거주춤 뒷걸음질 치며 차에 올라탔다.

"걱정하지 마세요. 지들이 잘 알아서 할 겁니다."

"…."

정규태는 더는 말하지 않았다.

먹구름이 몰려오더니 빗방울이 떨어지기 시작했다. 휴게실을 나와 두어 시간은 달린 것 같았다.

"창문 닫읍시다."

차상철이 창문을 닫으라는 바람에 비 오는 줄도 몰랐던 김민재는 삼짝 놀랐다. 에어컨 냉기보다 자연 바람을 쐬고 싶었다.

"아, 예…."

스콜이 쏟아졌다. 아무것도 보이지 않았다. 그들이 탄 승합차는 바라나시로 가는 고속도로에서 가는 둥 마는 둥 엉금엉금 기어가고 있었다.

4,

언제 그랬냐는 듯 비가 뚝 그쳤다. 드문드문 보이는 파란 하늘이 눈을 시원하게 했다. 차들의 속도가 빨라지기 시작했다. 큼굽타도 액셀러레이터 페달을 밟으며 추월차로로 진입하려는데 트럭 서너 대가 추월선을 맹렬하게 달려오더니 눈 깜짝할 사이에 지나갔다.

"엄청나게 달리네!"

정규태가 혀를 내둘렀다. 운전대를 잡으면 달리고 싶은 충동이 일어나지만, 도로 사정도 엉망인데 저렇게 무자비하게 달리다니. 죽음을 각오한 레이스였다.

"미친놈들….."

승합차가 털썩거릴 때마다 허리에 통증이 찾아왔다. 과속하면 사고 나는 것은 한순간이다. 도주하는 용의자를 추적할 때 과속하는 경우는 있어도 평소 운전할 때는 과속을 하지 않았다. 추격하던 용의자를 체포하면 그나마 다행이지만, 그렇지 못했을 때는 그 후유증은 오래갔다.

"날아가네, 날아가!"

정규태가 혼잣말을 중얼거리며 혀를 끌끌 찼다.

"저기 보세요. 트럭에서 떨어지는 게 피 같은데요?"

정규태가 얼굴을 찡그렸다.

"그러게요, 황천길이 눈앞에 보이는 것 같은데요?"

차상철이 보아도 분명히 트럭에서 뚝뚝 떨어지는 붉은 피였다. 트럭에 실은 냉동 쇠고기가 뜨거운 날씨에 녹아 침출수가 트럭 밖으로 흘러내린 것 같았다. 무슬림들이 쇠고기를 트럭에 싣고 가다가 힌두 원리주의자에 발각되어 총격 사건이 종종 발생했다. 무슬림들이 총에 맞아 사망하거나 부상한 사건으로 파키스탄과 인도는 전쟁 일촉즉발 전까지 간 적이 여러 번 있어 무슨 일이 일어날 것 같은 불안한 생각이 들었다.

'황천길….'

김민재는 정규태가 말했던 '황천길'이라는 말을 곱씹었다. 지금 죽으나, 몇 년 더 살다 죽으나 무슨 차이가 있겠는가. 어차피 시간의 차이일 텐데…. 며칠 먼저 죽는다고 남은 세상이 달라지는 것도 아니었다. 창밖을 내다보았다. 고속도로 전방에 무슨 사고라도 발생했는지 차들의 움직임이 더뎌지고 있었다.

'얼마나 더 도로에서 지체하려나.'

김민재는 여행이 아니라 고행이라는 생각이 들었다.

"금, 다른 길 없어?"

차상철은 무슨 일이 발생할 것 같아 시간이 더 걸리더라도 다른 길을 찾아보는 게 좋을 것 같았다. 그의 민감한 촉은 항상 틀리지 않았다. 그가 출국할 때 김해공항에서 일본 후쿠오카로 그리고 중국 상해를 거쳐 인도로 온 것도 그의 동물 같은 느낌을 믿었기 때문이었다. 성형 수술은 일본 후쿠오카에서 했어도 중국을 환승지로 택한 이유였다.

"3백 미터만 더 가면 알라하바드로 나가는 톨게이트가 있습니다. 길이 험하고 두어 시간은 더 걸리는데 그 도로로 갑시다."

차상철이 우회로를 찾는 것 같았다.

정규태는 말이 없었다.

"시체실은 차들이 주로 다니는 길이라서 썩는 냄새가 지독하긴 합니다만…."

정규태가 말했다.

"차가 너무 밀리니 그렇게 합시다."

큼 굽타는 머리만 긁적거렸다.

"미안해할 것 없어, 차 밀리는 게 큼 탓인가?"

우회로를 찾아보라고 한 게 미안했던지 차상철은 말 머리를 돌렸다.

"정 부장님, 조금 돌아가더라도 그길로 가시죠. 이러다가 오늘 안에 바라나시 도착하기는 틀린 것 같습니다."

차상철이 정규태의 의견을 물었다.

"예, 저는 괜찮은데, 김 선생님은 어때요?"

정규태가 김민재 의견을 물으려고 옆으로 돌아보는 순간 구르가온 매트로 역에서 보았던 사내의 모습이 언뜻 떠올랐다. 구르가온 메트로 역 5번 게이트, 모자챙을 깊숙하게 눌러 쓰고 얼쩡거리던 사내, 4번 게이트로 들어오던 박영호 전도사가 비척비척 뒷걸음질 치며, 왔던 길로 도망치듯 되돌아가던 그를 부르려는 순간, 사내와 눈이 마주쳤다. 사내는 황급히 승강장으로 들어갔다. 그때 돌아서던 사내의 살기등등한 눈빛, 차상철에게서 설핏했다.

'차상철이었을까?'

"저는 괜찮습니다."

시간이 정해진 것도 아니고 일찍 도착하나 늦게 도착하나 김민재에게 어떤 의미가 없었다. 가기만 하면 되었다.

"큼, 알라하바드로 가서 31번 국도로 우회하자."

큼 굽타에게 우회하자고 차상철이 말했다.

"예스, 보스."

큼이 경음기를 울리며 갓길을 향해 승합차 방향을 바꿨다. 여기저기서 경적을 요란하게 울렸다. 차들 사이로 방향을 바꿀 때마다 경적은 심해졌다. 인도에서 경적은 일상화되어 한국처럼 민감하지 않았다.

트럭 뒤에 쓰인 글자를 보고 차상철은 황당했던 기억이 났다.

"Horn Please."-혼을 울리세요.

잘못 쓴 문장이라 생각했다. 트럭을 자세히 보면 사이드미러가 없다. 사이드미러가 없는 트럭 뒤를 달리는 승용차를 트럭 기사가 감지하기 쉽지 않을 것이다. 차라리 경적을 울려 사전에 위험을 방지하라는 뜻이다. 이곳 환경에 알맞은 지혜 같아서 놀란적이 있었다.

승합차가 겨우 갓길까지 빠져나와 알라하바드 톨게이트로 막 진입하려는데, 사이렌 소리가 요란하게 들렸다. 뒤따르던 차들이 슬금슬금 차로를 비켜주었다. 흰색 터번을 쓴 사람들을 가득 태운 트럭이 추월선을 쏜살같이 내달았다. 그들은 장총을 거꾸로 매고 있어 당장이라도 총격전이 벌어질 것처럼 긴장이 흘렀다.

고속도로 차들이 알라하바드 톨게이트로 몰려드는데 느닷없이 총소리가 맹렬하게 들렸다. 큼이 핸들 아래로 고개를 납작 엎드리자 차 안의 정적에 휩싸였다. 무슨 일인지가 중요하지 않았다. 일단 고개를 숙이고 날아오는 총알을 피하려는 듯 눈을 말똥거리며 차상철을 바라보았다.

"무슨 일이죠?"

정규태가 차상철에게 물었다.

"글쎄요."

차상철도 멀뚱거렸다.

총소리가 연거푸 들리고 뒤따라 폭발음이 들렸다. 차들이 불길에 휩싸였고 고속도로는 한순간에 아수라장으로 변했다. 차를 뛰쳐나온 사람들의 혼비백산 고속도로 밖으로 달아나고 있었다. 총소리는 끊이지 않았다. 폭발하는 소리, 순식간에 도로는 전쟁터로 변했다. 아비규환이었다.

"큼, 고개 숙여!"

정규태가 소리를 질렀다. 무슨 일인지 몰라도 일단 총알은 피해야 할 것 같았다. 핸들을 잡은 큼 굽타가 손을 부들부들 떨었다. 앞에 섰던 차가 피격당했는지 폭발하는 소리와 함께 하늘로 날아오르더니 땅바닥을 떨어져 불길이 타올랐다.

"고개 숙여!"

정규태가 다시 소리를 질렀다.

차상철이 눈을 반짝이더니 문을 열고 바깥으로 뛰어나갔다.

"차 사장님, 차 밖으로 나가면 안 돼요!"

정규태가 밖으로 도망가던 차상철을 붙잡아 승합차에 태웠다. 총을 쏘는 사람들은 움직이는 것부터 겨냥하기 때문에 차에서 나가는 순간 표적이 될 수 있었다. 그것이 무엇이든지. 그는 창밖을 정황을 살폈다. 어쨌든 이곳을 빠져나가야만 안전할 수 있을 것 같았다. 그래야 살 수 있다.

정규태에게 끌려 승합차로 돌아온 차상철은 도망갈 궁리를 했다. 이곳에서 개죽음을 당할 수는 없었다.

'어떻게 여기까지 왔는데….'

동료들과 술 한 잔 먹으려면, 아내에게 혀 짧은 소리를 해야 한다.

"여보, 삼만 원만 주소?"

화장을 하고 있던 아내의 손이 잠시 멈추더니 조용히 머리를 돌렸다. 립스틱을 바르다 말았는지 시체를 뜯어먹다 만 귀신처럼 입술은 붉었다.

"아니, 그게…."

한태일은 뒤통수를 긁적거리며 아내의 눈치를 살폈다. 아내의 눈초리가 살짝 처지는 것을 보고 용기를 냈다. 찔끔 던져주는 용돈으로 동료들과 술자리 없이 보험을 주선한다는 게 쉽지 않다는 것을 아내도 알 텐데. 도무지 믿으려고 하지 않았다.

"머 할라 꼬?"

아내의 눈초리가 치켜 올라가더니 목소리가 비수처럼 날아왔다.

"어…, 알잖아. 곽 기사."

"뭘 알아! 술이나 퍼마시고 돌아다니지 말고 일 좀 해라. 그래, 곽 기사 좀 봐라. 그 나이에 한 달에 5백만 원씩 적금 한다 카더라."

"그게…."

"니는 머 하노? 이 화상아. 아이고, 내가 죽고 말지…"

아내의 입에서 거친 말이 거침없이 쏟아졌다.

"그래, 그 곽 기사 말이야. 그저께 내가 당신에게 자동차 보험 소개해 줬던…. 그 곽 기사에게 소주 한 잔 산다고 약속했거든…."

곽 기사는 D 사 자동차 보험을 이용했다. 그런데 몇 날 며칠을 따라다니며 아내가 다니는 S 사 보험으로 갈아타게 했다. 물론 상세한 보험약관과 다른 보험사보다 유리한 혜택에 대한 설명과 고지는 아내의 몫이었다.

"곽 기사가 뭐?"

"그러니까, 그게…."

"니는 신경 쓰지 마, 내가 알아서 할 테니."

아내의 눈초리가 다시 올라갔다. 이때쯤이면 '알았어.'하고 포기하는 게 한태일의 일상이었다. 그날은 포기할 수 없었다. 곽 기사가 대전에서 화물을 넘겨주고 돌아오면 저녁 10시에는 도착할 수 있다고 했다. 그때 만나 소주 한잔하기로 약속을 해 놨던 터다. 그런데 주머니에는 겨우 육천 원밖에 없었다. 한태일은 주머니에 꼬깃꼬깃 감춰둔 지폐를 만지작거렸다. 이 돈으로는 소주는커녕 마을 슈퍼마켓에서 깡 소주 두어 병이면 밑천이 거덜 나버린다.

한태일의 언성이 높아졌다. 성질이 목구멍 가까이 올라왔다. 거실에서 텔레비전을 보던 딸아이가 슬금슬금 제방으로 들어가 빠끔히 방문을 열고 거실 상황을 지켜보았다.

'쪼그만 게, 지 에미 닮아서는 꽉….'

그렇다고 아내가 보는 앞에서 딸아이에게 욕을 할 수도 없어 한태일은 집을 나와 버렸다.

'제 아비에게 데려다주기나 하지, 혹은 왜 달고 와!'

그날 저녁 곽 기사를 만나러 집을 나간 게 탈이었다. 소주를 한잔 걸치고 함양 읍내 화물차 주차장으로 가는데 아내와 곽 기사가 여관으로 들어가는 것을 보았다. 한태일은 눈이 뒤집어졌다.

'죽여 버릴 거야…. 이 연놈들을….'

한태일은 어금니를 우두둑 갈았다.

불길이 점점 다가오고 있었다. 그대로 차 안에 틀어박혀 있다가는 통닭이 될지도 모를 일이었다. 총소리가 연이어 들렸다.

김민재가 피격당했는지 앞으로 꼬꾸라졌다. 검붉은 피가 사방으로 튀었다. 큼 굽타가 운전석에서 바들바들 떨었다. 차 안에 있다가는 총알 맞아 죽거나 불에 타 죽을 것 같았다. 차상철은 도망갈 기회를 엿봤다. 여기까지 어떻게 왔는데.

"큼 내려!"

정규태가 창문을 열더니 운전석으로 달려가 큼을 끌어내리고 운전석에 앉았다.

"큼, 빨리 뒷좌석으로 옮겨 타!"

정규태가 큼 굽타에게 소리쳤다. 창문을 닫고 시동을 걸었다. 핸들을 톨게이트로 향해 돌렸다. 그리고 경적을 울렸다. 차들이 움직이지 않았다. 그는 빈틈을 찾아 톨게이트로 향했다. 부딪히는지 소리가 요란했다. 총알에 맞아 죽으나 도망가다 죽으나 죽기는 마찬가지였다. 다를 게 없었다. 무슨 일이 일어났는지 몰라도 일단 이곳을 벗어나는 길밖에 없었다.

김민재의 가슴에서 피가 샘처럼 쏟아졌다.

"김 선생님?"

큼 굽타가 다급하게 김민재의 가슴을 누르고 그의 셔츠를 찢어 피 나는 곳을 찾아 지혈을 하는 게 보였다. 김민재는 의식이 없어 보였다.

정규태는 차상철을 힐끗 보았다. 좀 전까지는 도망가려더니 차창을 내다보고 있었다.

"정 부장님, 빨리 톨게이트로 나갑시다."

차상철이 소리쳤다.

"고개 숙이고 안전벨트를 꽉 잡으세요."

정규태가 소리쳤다.

도로로 뛰쳐나온 사람들이 총알에 맞아 픽픽 쓰러지고 있었다.

정규태는 승합차 액셀 페달을 힘껏 밟았다. 승합차가 요동을 쳤다. 그리고 그는 알라하바드 톨게이트로 향해 돌진했다.

5,

"프레얀카 하늘이 너무 파랗습니다."

샌지 쿠마르 굽타는 프레얀카에게 말을 걸었다. 가만히 두었다가는 언제 숨이 멈출지 알 수 없었다.

"샌지, 잠이 와요."

조수석에 앉은 프레얀카는 숨을 가쁘게 몰아쉬었다.

"프레얀카 잠자면 안 돼요."

"걱정하지 마, 샌지."

프레얀카의 목소리는 힘이 없었다.

샌지 쿠마르 굽타는 잘한 선택이라 생각했다. 바라나시까지 무사히 도착할 수 있을지 알 수 없지만, 쉬엄쉬엄 가면 문제 될 것도 없었다. 노이다로 진입하는 이정표가 보였다. 뉴델리에서 19번 고속도로를 이용하기에 너무 늦은 시간이었다. 아그라까지 가는데도 오전 내내 걸릴 것 같았다. 그는 34번 국도를 이용해 알라하바드로 가는 길을 택했다. 프레얀카를 바라보았다. 잠이 들었는지 조용했다.

라디오를 틀었다. 정규 방송 시간인데, 속보를 방송하고 있었다. 알라하바드 근처 고속도로에서 테러가 일어났는데 사망자가 예닐곱 명은 넘을 거라며 현장 상황은 괴한들 때문에 확인하기 어렵다는 속보였다.

큼 일행이 궁금했다. 이른 새벽에 출발했으면 지금쯤 알라하바드 근처를 지나가고 있을 것이다. 샌지 쿠마르 굽타는 전화기를 꺼내 큼 굽타에게 전화를 했다. 받지 않았다.

'전화를 왜 안 받지?'

다시 전화를 걸었다. 마찬가지였다. 통신이 원활하지 않은 지역을 지나가고 있을지도 몰랐다. 샌지 쿠마르 굽타는 마음이 다급해 그대로 있을 수가 없었다. 하지만, 확인할 수 있는 다른 방법을 찾을 수가 없었다.

프레얀카는 숨을 헐떡이고 있었다.

"프레얀카?"

"……."

프레얀카는 대답이 없었다.

"프레얀카 조금만 참아요."

34번 국도는 텅 비었다. 노이다를 돌아가는 34번 국도는 19번 고속도로보다 거리는 멀어도 차들이 많지 않았다. 샌지 쿠마르 굽타는 34번 국도 타기를 잘했다는 생각이 들었다.

쇠고기를 실은 무슬림 원리주의자가 운전하던 트럭이 힌두교 도에게 피습을 받아 사망이 11명 부상이 30여 명이나 된다는 속 보가 또다시 방송됐다. 그리고 불탄 차량은 헤아릴 수 없이 많아 19번 고속도로는 여덟 시간 째 고립되었다고 했다. 샌지 쿠마르 굽타는 정규태에게 전화했다.

"미스터 샌지?"

정규태의 목소리는 상기되어 있었다.

"미스터 정, 무슨 일입니까?"

"김 선생이 피격당했어."

"왜요?"

"모르겠어, 일단 도망쳐서 알라하바드 프라치 종합병원으로 오긴 했는데 외국인은 수술할 수 없다고 해. 도와줘 샌지."

샌지 쿠마르 굽타는 당황했다. 좀 전에 속보로 전해진 라디오 방송에 의하면 힌두교도들의 무슬림 피격사건이었다. 그 현장에 정규태 일행도 휩쓸린 것 같았다.

"의사 좀 바꿔 주세요."

"잠깐 기다려요."

정규태는 의사를 찾았다. 방금까지 있었던 의사가 사라져 버렸다.

"의사가 없어졌어요."

"알았어요. 응급실 전화번호 문자로 보내주세요."

문자 수신이 들어왔다. 샌지 쿠마르 굽타는 승용차를 도롯가에 세웠다. 그리고 프라치 종합병원 응급실 센터장에게 전화했다.

"여보세요."

"당신이 프라치 병원 응급실 센터장이야?"

"예, 그렇습니다만⋯."

"뉴델리 경찰청 외사국 샌지 쿠마르 굽타 경산데, 응급실에 실려 온 환자 중에 한국사람이 있어?"

"예, 그렇습니다만⋯."

"상태가 어떻습니까?"

"피를 많이 흘려 수술하기가 어렵습니다."

"야, 이 새끼야 수술하기가 어렵다니! 그 사람은 한국 인터폴 경찰이야 죽기라도 하면 당신이 책임질 거야, 그러니 무조건 수술 들어가 내가 책임질 테니, 알았어!"

샌지 쿠마르 굽타는 일단 의사에게 호통을 쳤다. 그렇지 않고는 인도 국립병원 의사가 움직일 리 없었다. 그리고 외사국 CP(뉴델리 경찰청 외사국 경찰국장)에게 전화해 상황을 설명했다.

"알았어, 내가 다시 전화해 놓을 테니 걱정하지 마."

"탱큐, 서어."

샌지 쿠마르 굽타는 손목시계를 들여다보았다. 오후 다섯 시였다. 여덟 시까지는 알라하바드에 도착 할 수 있을 것 같았다.

프레얀카에게 말했다.

"프레얀카 조금만 참아요!"

그녀는 조용히 고개를 끄덕였다.

알라하바드 톨게이트 이정표가 눈에 들어왔다. 건너편 19번 도로에는 아직도 사고처리가 덜 됐는지 고속도로 여기저기에서 연기가 자욱했다. 군인들과 경찰들이 뛰어다니며 사고처리가 한창이었다.

"프레얀카 괜찮아요?"

대답이 없었다. 프레얀카를 돌아보았다. 조용히 눈을 감고 있었다. 샌지 쿠마르 굽타는 더럭 겁이 났다.

"프레얀카?"

"….."

샌지 쿠마르 굽타는 가슴이 덜컥 내려앉았다.

'설마….'

"프레얀카?"

샌지 쿠마르 굽타는 비상들을 켜고 사이렌을 울렸다. 그리고 큼에게 전화를 했다.

"큼, 응급실 의사 좀 대기 시켜. 30분이면 도착할 거야 알았지?"

"샌지 무슨 일이에요?"

"의사나 대기 시켜!"

샌지 쿠마르 굽타는 정신없이 승용차를 몰았다. 알라하바드 로터리에 프라치 종합병원 이정표가 보였다. 좌회전 후 3백 미터, 도롯가에는 야자수가 도열해 있었다.

6,

응급 수술실 문이 열렸다.

"가족 안 계세요?"

인턴이 눈을 동그랗게 뜨고 김민재의 가족을 찾았다.

"한국에서 출장 온 분인데 가족이 없습니다."

차상철이 나섰다.

"혈액이 부족해 수술할 수 없습니다. 같이 오신 분들은 일단 혈액검사를 받아 주세요."

차상철은 슬쩍 뒤로 물러났다. 혹시나 그의 정보가 노출되기라도 하면 지금까지 감췄던 그의 노력이 허사가 될 수 있었다. 그럴 수는 없었다. 도대체 김민재가 뭐기에 피를 나눠준단 말인가. 말도 안 되는 헛소리였다.

'혈액검사를 하라니….'

"제가 혈액검사 받을게요."

정규태가 나섰다.

"이쪽으로 오세요."

인턴이 혈액채취 실로 정규태를 데리고 들어갔다.

"선생님, 저도 혈액채취 하겠습니다."

큼 굽타의 말에 혈액채취 실로 들어가던 인턴이 돌아보면서 말했다.

"인도사람 아니세요?"

"아메리칸·인디언입니다."

"혈액형이 다를 텐데요?"

인턴이 고개를 갸웃거리며 큼 굽타를 바라보았다.

"알겠습니다. 일단 기다리세요."

큼 굽타의 말에 차상철은 할 말을 잃었다. 한국사람인 그도 헌혈하기 싫어 슬쩍 뒤로 빠지는데, 김민재와 전혀 관련도 없는 큼 굽타가 혈액검사를 자처하다니 차상철은 창피하다는 생각이 들었다. 하시만, 모른척했다. 더군다나 잘못했다가는 수년을 숨겨온 그의 정체가 탄로 나면 평생을 교도소에서 보내야 할지 몰랐다. 김민재 따위 때문에 그의 인생을 망칠 이유가 없었다.

'만날 때부터 재수가 없더라니….'

"차 사장님도 혈액검사 받아 보세요?"

혈액검사를 마친 정규태가 차상철에게 말했다.

'저까지 혈액검사 받을 필요가 있을까요?'

차상철은 잘 못 걸렸다는 생각이 들었다.

"혹시 모르잖아요. 혈액형이 맞을지?"

인턴이 차상철을 바라보자 그는 잠시 멈칫하더니 결심한 듯 말했다.

"알았어요. 받아 보죠. 뭐."

큼 굽타도 혈액검사를 받겠다는데 한국사람인 차상철이 거절하기에는 아무래도 께름칙했다.

피범벅이 된 김민재의 슈터를 들고 있던 큼 굽타가 채혈실로 들어갔다. 그는 부들부들 떨고 있었다. 군이 채혈하지 않아도 될 일을 찾아서 하면서 부들부들 떨기는 왜 하는지 차상철은 알다가도 모를 인간이라는 생각이 들었다.

"외국인은 여권을 제시해 주세요?"

인턴이 신분증 제시를 요구했다. 혹시나 모를 사고 때문이라는 설명을 덧붙였다. 차상철의 여권을 조회하던 인턴이 정규태를 바라보았다.

"여권 검색이 되지 않는데요?"

"아, 그래요."

정규태는 샌지 쿠마르 굽타에게 전화했다.

"샌지, 차상철 사장의 여권번호가 검색되지 않는다고 하는데 확인 부탁합시다."

"알았어요. 여권번호 불러 주세요."

그럴 리가 없었다. 차상철은 여권을 네 번이나 갱신했다 그런데 검색이 안 된다니. 갱신할 때마다 한국 대사관 직원에게 뒷돈을 주기는 했지만, 그래도 그렇지….

"알았어, 미스터 정, 의사 좀 바꿔 주세요."

샌지 쿠마르 굽타 전화를 넘겨받은 인턴은 차상철을 한 번 보고는 모바일폰을 정규태에게 돌려줬다.

"샌지?"

전화는 이미 끊겨 있었다.

"채혈실 안으로 들어오세요."

인턴은 차상철을 채혈실 안으로 불렀다.

정규태가 인상을 찡그리며 채혈실에서 나오고 뒤따라 큼 굽타와 차상철도 나왔다.

"아이고 엄청 피를 빼던데요."

차상철이 엄살을 피웠다. 핏줄에 굵은 주사기를 한참 동안 꽂아 놓았으니 그럴 만했다. 큼 굽타의 얼굴은 백지장처럼 하앴다.

"큼, 걱정 안 해도 돼."

정규태가 큼 굽티를 안심시켰다.

"…."

혈액 검사가 끝났는지 인턴이 응급실로 들어왔다.

"미스터 정은 A형, 미스터 차는 AB형이라서 환자에게 수혈이 불가합니다."

차상철은 다행이라는 생각이 들었다. 그의 여권 조회 결과 O형이라고 기록되었던 기억이 그때야 생각났다. 한태일은 AB형이었지만, 차상철은 O형이었다. 그는 가슴이 철렁했다.

인턴의 말은 계속됐다.

"다행히 미스터 큼 굽타의 혈액이 B형이어서 환자와 일치합니다."

인턴이 고개를 갸웃거렸다.

"미스터 큼 굽타, 수혈 동의서 작성하시고 채혈실 안으로 들어오세요."

"예스. 서어."

큼 굽타는 김민재의 슈터를 의자에 올려놓으면서 정규태에게 말했다.

"김 선생님, 옷입니다."

"걱정하지 마! 큼 굽타. 괜찮을 거야!"

정규태는 의자 위에 올려놓은 김민재의 슈터를 집어 들었다. 금속성 물질이 떨어지는 소리가 들렸다.

"…?"

소리 나는 곳으로 고개를 돌렸다. 검은색 만년필이 떨어져 있었다. 고속도로에서 큼 굽타와 김민재가 주고받던 말이 생각났다.

'몽블랑 만년필.'

버려서는 안 될 것 같아 김민재의 슈터 안주머니에 다시 꽂아 두었다.

의사 서넛과 간호사들이 황급히 수술실로 들어갔다. 정규태도 그들의 뒤를 따랐다.

"선생님, 들어오시면 안 됩니다."

"예…."

정규태는 수술실 입구에서 멈춰 섰다. 머리가 복잡했다.

"수술이 잘 돼야 할 텐데…."

복잡한 일에 얽힌 것 같았다. 일단 샌지 쿠마르 굽타가 도착해야 어떻게 수습할지 실마리를 풀 수 있을 것 같았다. 복도 끝에서 차상철이 두 손을 비비면서 서 있었다. 그 뒤로 채혈을 끝낸 큠 굽타가 수술실로 걸어왔다.

"큠, 괜찮아?"

"예, 저는 괜찮습니다만, 김 선생님은 어떻게 됐습니까?"

큠 굽타는 김민재가 걱정되는 모양이었다.

"지금 수술실에 들어갔으니 크게 염려 안 해도 될 것 같아. 아무튼 고마워."

정규태는 큠 굽타가 고마웠다. 그와는 전혀 상관없는 사람인데 조건 없이 채혈을 동의해 줘 그저 고마울 따름이었다.

알라하바드 프라치 종합병원 응급실 입구에서 샌지 쿠마르 굽타를 기다리고 있었다. 그가 오면 김민재 피격 사건을 처리할 방법을 상의할 참이었다. 용의자를 체포하는 것도 중요하지만, 현지에서 사고 난 한국사람을 돕는 것도 한국 경찰이 외면할 수 없었다. 정규태는 머리가 복잡했다.

비상등을 켠 검은색 승용차 한 대가 급하게 병원 응급실로 들이닥치더니 샌지 쿠마르 굽타가 내렸다. 대기하던 의사들의 이동식 병상을 승용차 옆에 세웠다. 창문이 열리고 붉은색 사리를 곱게 차려입은 인도 여인을 휠체어에 태우고 응급실로 급히 들어갔다. 그 뒤를 샌지 쿠마르 굽타가 뒤따랐다.

정규태가 샌지 쿠마르 굽타에게 말 붙일 시간조차 없어 멍하게 그들의 일행을 바라보았다. 간호사들이 붉은색 사리를 입은 여인을 침상에 뉘었다. 김민재의 사고 문제를 처리하기 위해 휴가도 제쳐놓고 온 것으로 알았는데, 느닷없이 병든 여인을 데리고 이곳 병원에 나타나다니 정규태는 어리둥절했다.

"미스터 샌지?"

정규태 놀란 눈을 보던 샌지 쿠마르 굽타는 알았다며 큼 굽타를 먼저 찾았다.

"큼은 어디 있어요?"

"채혈 중인데."

"채혈 중이라니?"

샌지 쿠마르 굽타는 무슨 일이냐는 듯이 정규태를 바라보았다.

"아니, 그게, 다음에 설명해 줄게."

채혈실을 나온 큼 굽타는 침상에 누운 여인을 보더니 깜짝 놀랐다.

"맘! …."

"…."

큼 굽타는 너무 놀라 샌지 쿠마르 굽타를 바라보았다.

"샌지, 무슨 일이에요?"

"프레얀카의 진찰 먼저 받고 보자."

간호사들이 프레얀카를 데리고 검사실로 들어갔다.

사태가 어떻게 돌아가는지 알 수 없어 정규태와 차상철은 입을 다물었다.

"숨을 거뒀습니다."

큼 굽타가 오열했다. 샌지 쿠마르 굽타는 말없이 고개를 숙였다. 침상에는 붉은 사리를 입은 프레얀카가 조용히 누워 있었다.

큼 굽타는 침상에 누운 프레얀카에게 엎드린 채 오열했다.

"맘…."

프레얀카는 입을 꼭 다문 채 말이 없었다. 큼 굽타의 어깨가 들썩거렸다.

"큼 준비해야지?"

"샌지, 어떻게 해야죠?"

"일단, 묵티 반으로 가자." ─구원의 집(바라나시에서 기부금으로 운영되는 죽음을 기다리는 사람과 그의 가족들이 묵는 집)

"예스, 샌지."

큼 굽타는 강가잘(Gangajal)을 조용히 눈을 감은 어머니 프레얀카 입에 흘렸다.

"정규태 경원가요?"

"예, 박영호 전도사님, 어디에 계신가요?"

"그냥 듣기만 하세요. 차 사장이 바라나시 여행 가이드로 간 모양이에요."

"네, 예."

정규태는 차상철을 힐끗 돌아보았다.

"그게 말입니다."

"네, 말씀하세요."

정규태는 전화 소리가 들리지 않을 만큼 차상철과 거리를 두었다.

"제가 보았다던 용의자입니다. 확신이 없어 추적을 계속했는데, 얼굴은 성형한 것 같습니다. 옆모습을 보면 분명한데, 정면으로 보면 알 수 없었습니다."

"알겠습니다. 전화 드릴게요."

"아 참! 귀국했던 차 사장의 사모님 박순애 권사에게서 오늘 아침에 연락이 왔습니다. 아리랑게스트하우스 침실 장롱 선반에 옛날 여권을 아직도 보관하고 있다고 합니다."

"감사합니다. 전도사님, 뉴델리 폴리스 스테이션에서 뵙죠."

"알겠습니다."

정규태는 차상철을 멀찍이서 바라보았다. 구레나룻을 길렀지만, 분명 그의 모습은 한태일이었다.

'얼굴 성형까지 했다니….'

아내를 살해하고 성형까지 한 뒤 인도에서 숨어 살다니 지독한 놈이었다.

"경위님?"

서울 경찰청 외사부에서 전화가 왔다.

"어, 정 형사, 무슨 일이야?"

"인도 델리 경찰국 외사부에서 차상철의 여권을 조회해 달라는 요청이 엑스400으로 왔는데요. 무슨 일이 있습니까?"

샌지 쿠마르 굽타가 델리 경찰청 외사국에서 한국 경찰청 외사국으로 차상철의 여권 조회를 의뢰한 모양이었다.

"그런데?"

"차상철은 지난겨울에 서울역 지하에서 얼어 죽어서 벽제화장터에서 화장했다고 합니다."

"뭐라고? …. 차상철이 죽었다고"

"예."

"알았어. 다시 연락할게."

"잠깐만요. 경위님."

"왜?"

"김민재라는 사람도 같이요."

"그런데?"

"둘 다 위조 여권입니다."

"알았어."

정규태는 차상철을 바라보았다.

강물이 갠지스강을 가득 채워 흐르고 있었다. 엄청났다. 상류
에 비가 내렸는지 강물이 불어나 관광용 배를 띄울 수 없다고 선
주가 말했다. 김민재는 선주의 위험하다는 말을 일축하며 남은
백 달러를 선주에게 내밀었다.

"이 돈이면 됩니까?"

선주는 입이 함지박만큼 벌어졌다. 일주일 치 수입을 하루 만
에 채웠으니 그럴 만도 했다.

"오케이."

누런 갠지스강물이 노을에 빠졌다. 배를 띄웠다. 하얀 물살을
가르며 강 가운데로 미끄러졌다. 가슴에 통증이 찾아왔다. 아프
지만, 시원했다. 김민재는 가슴을 폈다. 그리고 한없이 강바람을
들이마셨다.

'둘이었으면 좋았을 텐데….'

"저곳이 마니카르니카 가뜨입니다."

가이드가 가리키는 곳에는 연기가 끊임없이 났고 사람들이
엄청나게 몰려있었다. 누군가가 장작불에 태워지는 모양이었
다. 다음 생에는 똑똑한 브라만이나 힘 좋은 크샤트리아로 태어
나겠지…. 그래도 달리트(불가촉천민)로는 태어나지 말길…. 마
니카르니카 가뜨에 불길이 연거푸 치솟자 밴드 소리에 맞춰 힌
두 사제들의 경전 낭송이 카랑카랑하게 갠지스강을 호령했다.
군중들은 사제를 따라 미친 듯이 소리를 질렀다. 우는지 웃는지
알 수 없는 소리였다. 죽음은 인도사람들에게도 슬픈 일인 것만
은 확실해 보였다.

"어디요?"

"사람이 가장 많이 몰린 곳이 마니카르니카 가뜨입니다."

멍하게 서 있는 김민재가 못 들었다고 생각했는지 가이드는
한 번 더 불꽃이 타오르는 곳을 가리켰다. 그는 가이드가 가리키
는 방향으로 고개를 돌려 사람들이 가장 많은 곳을 바라보았다.
누구의 시신인지 불길에 휩싸였다. 그리고 가이드를 바라보며
고개를 끄덕였다.

'프레얀카!'

그녀의 시신도 불에 탈 것이다. 그리고 갠지스강에서 영원한
안식에 들어갈 것이다. 엄마의 품으로 영원히….

바람이 불었다. 해 질 녘에만 부는 바람이라고 했다. 물살이

거칠어지고 있었다. 갠지스강의 붉은 수평선이 지워졌다. 김민재는 가이드를 힐끗 보았다. 경전을 암송하는 힌두교도들의 아우성에 정신이 홀려 있었다.

김민재는 두 손을 가슴에서 모아 합장했다.

"나마스테 카르, 프레얀카…." -프레얀카여 잘 가요

그리고 김민재는 거친 강물 속으로 몸을 던졌다.

갠지스강물만 유유히 흘렀다. 그렇게 갠지스강의 붉은 노을이 수평선 아래로 내려앉았다.

"귀하는 위조여권으로 취업비자를 받아 불법체류자로 체포한다. 따라서 금일 부로 인도에서 국외로 추방한다."

차상철의 눈이 동그래졌다.

"샌지, 나에게 왜 이러는 거야?"

"당신은 한국 경찰에 살인 용의자로 적색수배가 내려져 있습니다."

정규태는 말없이 샌지 쿠마르 굽타 옆에 서 있었다.

"미스터, 정 인디라간디국제공항 출국장에서 봅시다.

"알겠습니다."

정규태가 그의 신분증과 체포허가서를 내밀며 미란다 수칙을 말했다.

"한태일 당신을 살인 용의자로 체포합니다. 당신은 변호사를 선임할 수 있고 불리한 진술은 하지 않아도 됩니다."

박영호 전도사 이 개자식 십일조를 얼마나 냈는데 나를 엿 먹이다니, 그리고 경찰이라는 놈이 이미 공소시효가 끝난 사건도 모르고 있으니 한심했다.

"어이, 정 부장, 무슨 사건인지 모르지만, 나는 상관없는 사람이야. 확인 좀 해보고 체포하든지 해라 이 개새끼야!"

차상철은 사신만만하게 악을 썼다.

"아, 공소시효 말입니까?"

정규태는 어이없다는 듯 차상철의 말을 맞받아쳤다.

"대한민국 경찰이 그럴 리 있겠습니까. 한태일 씨, 인도에 오래 계셔서 아직 모르시는 모양입니다만, 강간 살인사건은 공소시효가 없어졌습니다."

탑승하라는 안내 방송이 흘러나왔다. 두 시간 째 대기 중이었는데 스콜이 멈춘 모양이었다. 정규태는 인디라간디국제공항 대합실을 바라보았다. 샌지 쿠마르 굽타가 손을 흔들고 있었다. 그의 손에는 검은 몽블랑 만년필이 쥐어져 있었다.

"미스터. 샌지, 그 만년필 자네 조카 카말 큼 굽타에게 꼭 전해줘."

"…, 선물입니까?"

"아니, 그게 아니고, 김민재 씨 것인데, 갠지스강에서 실종되기 전 병원에서 수술할 때 맡아두었던 겁니다. 사연이 있는 것 같아 가지고 있었는데, 깜빡했지 뭐야….”

“실망입니다.”

“한국 한 번 오세요. 선물은 그때 인사동에서 통 막걸릿집에서 거나하게 한잔 쏠게.”

“아이구, 감사합니다.”

샌지 쿠마르 굽타는 두 손으로 합장했다.

“인사동 통 막걸릿집 알죠?”

“나마스테!”

정규태는 옆자리를 흘깃 보았다. 수갑을 찬 용의자 한태일이 졸고 있었다. 그는 안쓰러울 정도로 지쳐 보였다. 한태일은 어머니에게 버려졌다는 엄청난 트라우마가 평생 동안 그를 괴롭혔을 것이다. 끊임없는 의심으로 인한 비행과 살인, 사람을 믿지 못한 삶이 그를 어둠에 가뒀다. 어쩌면 졸고 있는 이 순간이 한태일이 그의 의심으로부터 해방되는 유일한 순간이 아닐까…. 믿는다는 것 누구나 쉽지 않은 일이다. 그러나 대다수의 사람은 타협하면서 믿으려고 노력한다.

비행기가 하늘로 솟구쳤다. 뉴델리의 뿌연 먼지 위로 히말라야 빙설이 병풍처럼 펼쳐져 있었다.

갠지스강

초판 1쇄인쇄 2019년 11월 13일
초판 1쇄발행 2019년 11월 15일

저   자 최희영
발행인 박지연
발행처 도서출판 도화
등   록 2013년 11월 19일 제2013 - 000124호
주   소 서울시 송파구 중대로34길 9-3
전   화 02) 3012-1030
팩   스 02) 3012-1031
전자우편 dohwa1030@daum.net
인   쇄 (주)현문

ISBN | 979-11-86644-98-0 *03810
정가 13,000원

도화道化, fool는

고정적인 질서에 대한 익살맞은 비판자,
고정화된 사고의 틀을 해체한다는 뜻입니다.